Роковой аккорд

SHERYL
J. ANDERSON

KILLER RIFF

Шерил Андерсон

Роковой аккорд

ИЛ

Издательство Иностранка

УДК 821.111(73)-312.4Андерсон
ББК 84(7Сое)-44
А65

Перевод с английского Л.Сумм

Художественное оформление и макет Д.Черногаева

Андерсон Ш.
А65 Роковой аккорд : Роман / Шерил Андерсон ; Пер. с англ. Л.Сумм. — М. : Иностранка, 2010. — 464 с.

ISBN 978-5-389-01026-0

Сбылась заветная мечта Молли Форрестер: начальство наконец-то признало ее детективный талант, и отныне она будет писать для журнала "Цайтгайст" проблемные статьи. Смерть музыкального продюсера Рассела Эллиота, о котором ей предстоит написать на этот раз, выглядит случайной, но дочь погибшего утверждает, что ее отца убили. Сыскная лихорадка мгновенно овладевает Молли, а ведь опасное расследование грозит помешать ее примирению с любимым — детективом Кайлом Эдвардсом...

УДК 821.111(73)-312.4Андерсон
ББК 84(7Сое)-44

ISBN 978-5-389-01026-0

Моим родителям — всегда и за всё

1

— С диетой не справляюсь, где уж мне с жизнью справиться!

Трисия закивала сочувственно:

— Когда разом сбываются все мечты и сбивают тебя с ног... Ужас, что и говорить.

Скажи эти слова любая другая женщина, даже моя лучшая подруга (я имею в виду, *вторая* лучшая подруга, тоже присутствовавшая за столом), — они прозвучали бы как легкая насмешка. Или не такая уж легкая, а вполне заслуженный упрек. Но Трисия Винсент говорила то, что думала, она-то понимала извращенные шуточки судьбы: рок выполняет самые заветные твои желания, да так, что сбивает с ног.

Кэссиди Линч протянула мне бокал шампанского.

— Мы же вроде бы праздновать собрались?

— Так было задумано, пока не выяснилось, что имеется целых *два* повода для торжества.

Два повода, которые столкнулись друг с другом, точно два грузовика, несущиеся на полной скорости. Ни один не доедет до заветной цели, оба рухнут в кювет. С одной стороны, долгожданное повышение по службе, с другой — роман, о каком я могла только мечтать, но профессиональные обязанности (о которых я тоже могла только мечтать) лишали роман всякой надежды на развитие. Боги смеялись надо мной, а я не знала, как выпутаться из безвыходного положения.

Поначалу все представлялось в радужных тонах. После обеда редакторша вызвала меня и заявила:

— Молли, придется мне тебя осчастливить. Гррр!

В одном нужно отдать начальнице справедливость: лицемерить тетенька не станет. Работать с ней — все равно что карабкаться на раскаленный, конвульсивно вздрагивающий вулкан, но Эйлин хоть честно дает понять, что в жерле этого вулкана тебе и место. За что-что, а за честность ее похвалить нетрудно. Сложнее угадать, что ей взбрело в голову и к чему она клонит; я вечно пытаюсь угнаться за ней, и все понапрасну. Хоть какое-то упражнение для человека, забывшего дорогу в спортзал.

В данном конкретном случае мне особенно хотелось сообразить, о чем речь, поскольку к моему нежданному счастью какое-то отношение имел Генри Квон, развалившийся на диване поблизости от стола Эйлин. Позу мистера Квона тоже истолковать непросто: то ли ему по душе все происходящее, то ли на этой смехотворной кушетке по-другому и не усядешься. Выглядел он даже в этой позе настоящим душкой — он всегда выглядит душкой, — и он улыбался. Что же это значит, подумала я, глядя ему прямо в глаза. Улыбка стала еще шире.

Вроде бы как хорошо: смотрит на меня красавец мужчина и улыбается. Но душка Генри еще и один из партнеров-издателей нашего журнала, так что мне сильно хотелось знать, с чего это он улыбается мне. И красота его тоже была кстати. У меня как раз очередной период целибата затянулся на семь с половиной недель, самое время какому-нибудь душке-мужчине обратить на меня внимание.

Изо всех сил я старалась отвлечься от этого отвлечения и сосредоточиться на игре в угадайку: что же затеяли Эйлин и Генри? Хотя школу я покинула уже много лет назад — не будем подсчитывать, сколько именно, — каждый раз, входя в логово Эйлин, я трясусь, словно школьница в кабинете директора. И пусть Эйлин в этот раз посулила мне счастье (что само по себе подозрительно), я не радовалась, а нервничала — виной тому сложный комплекс заниженно-завышенной самооценки. Хотя что же это я позволяю Эйлин действовать мне на нервы? И уж перед Генри я непременно должна предстать спокойной, уверенной в себе и клевой.

Поэтому мысли о чем-то неладном во мне или в окружающем мире я запихнула подальше и попыталась ощутить блаженство от сияющей улыбки Генри. Эйлин — хитрая лиса, втягивать Генри в наши с ней распри она бы не стала, так что, раз он сидел на этой кушетке, обещанное Эйлин счастье могло оказаться и впрямь... счастьем. Может быть, прикидывала я, моей колонке отведут место получше? А то и побольше? Или меня продадут другому изданию в обмен на выпускающего редактора и секретаря — я же стою двоих по крайней мере.

— Ваша статья об убийстве Гарта Хендерсона произвела хорошее впечатление на Издателя, — гладко и плавно заговорил Генри.

Я закивала: за помощь в изобличении убийцы Гарта Хендерсона я удостоилась пышного букета цветов от Издателя. У меня имелись основания подозревать, что Издатель в особенности впечатлился тем, как по моей оплошности Эйлин пролетела кувырком через бальный зал роскошного отеля (битком набитый зал, заметим в скобках). У нашего Издателя с чувством юмора все в порядке.

— Цветы мне очень понравились, спасибо, — скромно поблагодарила я.

Судя по гримасе Эйлин, сейчас она скажет мне самое приятное (для меня, разумеется). Вот оно:

— Он хочет, чтобы ты продолжала.

Не врубилась:

— Написала продолжение? Репортаж из зала суда?

— Нет, — вмешался Генри. — Не так узко. Мы хотим, чтобы вы взялись за проблемные статьи.

По такому поводу не грех и в обморок хлопнуться. Микроскопические воздушные шарики вздувались в моем мозгу, приподнимали череп, руки вспотели и затряслись.

— Стааатьи? — проблеяла я. Голос срывался, но лучше уж блеять, чем застыть немой статуей с отвисшей челюстью.

— Перед нами стоит задача повысить престиж журнала, и самый очевидный путь — дать читателю более насыщенное содержание. Ваши расследования — как раз то, что мы ищем. Так что отныне это ваша рубрика, и с нее, как мы надеемся, начнется новая эра для всего издания. — Улыбка Генри становилась все шире. — А для вас — полная свобода творчества.

Полная свобода! И все, о чем я мечтала, чего я всегда хотела, ведь я знала: предоставьте мне шанс, и я вам всем покажу!

— Спасибо, — пробормотала я. Где мое красноречие, где мой шарм? Тоже мне, великая журналистка, застигнутая врасплох, двух слов связать не может. Сколько лет я пробивалась к статусу Автора Проблемных Статей, хваталась за любой шанс, показывала им всем, и — по нулям! В последний месяц я уже потихоньку начала узнавать насчет вакансий в других журналах: здесь, уверилась я, Эйлин до самой пенсии не пустит меня дальше колонки писем. Не тот человек, чтобы признать и пестовать чужой талант. Эйлин принадлежала к доброй старой школе Придирчивых и Пристрастных Боссов; в любимчики себе выбирала красивых мальчиков, а всем остальным регулярно и с наслаждением задавала трепку.

Уж конечно, чем предоставить мне такую возможность — и даже смотреть, как Генри предоставляет мне такую возможность, — Эйлин скорее горло себе перережет, вон как скривилась. И дело не только в том, что ей приходится себе вопреки меня осчастливить: у Эйлин и так не все ладилось. Издатели ожидали от нее "подъема журнала". Если Издатель и его партнер Генри сочтут, что подъем осуществляется слишком медленно или не в ту сторону (такое возможно?), то как бы Эйлин самой не оказаться на кромке вулкана (уф!).

— Есть одна загвоздка, — облизнулась Эйлин. Сморщила востренький носик — того и гляди проткнет мои мыльные пузыри. Я поглубже вдохнула и сумела удержать улыбку. Стать настоящим журналистом! Да никакие загвоздки не страшны!

Хуже другое: Генри хмурился. Эта морщинка на лбу доброго босса означала, что загвоздка и впрямь малоприятная. Желудок начал понемногу проваливаться — как на колесе обозрения, когда едешь вверх, вверх и уже предчувствуешь, затаив дыхание: сейчас УХНЕШЬ.

— Обычно мы так не делаем, — извинился Генри, — но на этот раз Издатель и Эйлин сами выбрали героя первой статьи.

Облегченный вздох. Загвоздка, тоже мне. Нет в мире темы, на которую я бы не согласилась написать свою собственную статью.

— И герой этой статьи мертв — ты же предпочитаешь покойничков? — пропела Эйлин. — Одна беда: в мир иной он ушел по-хорошему. Никаких заговоров, никаких тайн. Можешь не ломать себе голову, просто напиши статью.

Судя по интонации, меня предупреждали. Всерьез предупреждали. Признаться, у Эйлин были основания для беспокойства, если учесть, сколько раз я встревала, когда все думали, будто все "по-хорошему", и в результате мирный сюжет превращался в детективное расследование. Подобные эскапады Эйлин отнюдь не одобряла, хотя материалы я неизменно сдавала в срок. Случись мне оступиться, начальница с восторгом выперла бы меня из журнала. Но я работала изо всех сил, и в целом мне везло, за одним неприятным исключением: пришлось расстаться с бойфрендом. И вот наконец прорыв, о котором я так давно мечтала. Кто бы ни был покойный, я вникну и напишу такую статью, что все увидят: Издатель не напрасно верил в меня, а Эйлин напрасно пыталась подорвать эту веру.

— Нас интересует не столько сам покойник. — Генри бросил предостерегающий взгляд на Эйлин. Очевидно, тему они успели заранее обсудить, и согласия в их рядах не отмечалось. Интересно, что сильнее заколебало Эйлин: мое "счастье" или неудачный, с ее точки зрения, выбор сюжета? Генри тем временем продолжал: — Нас интересует, как его дочь поступит с наследством. С творческим наследием, я имею в виду.

Эйлин растянула губы в резиновой улыбке. Ей бы так на приеме у дантиста, чтобы все зубы показать, до самых дальних.

— *Мы* имеем в виду.

Темные сексапильные глаза Генри излучали на меня все свое обаяние.

— Моя сестра училась в колледже вместе с Оливией Эллиот, дочерью Рассела Эллиота.

Я закивала. Рассел Эллиот, известный рок-продюсер, менеджер той самой группы, чьи постеры украшали мою детскую, двинул коньки за три недели до этого разговора — в одиночестве в своих апартаментах на Риверсайд-драйв, со стаканом хайбола в руке и заводным музоном в плеере. Большая пресса сдержанно упоминала причину смерти: случайная передозировка снотворного в сочетании с алкоголем; интернет и таблоиды взапуски обсуждали роковое сходство этой кончины с гибелью солиста упомянутой выше музыкальной группы. Броские заголовки, безответственные гипотезы: самоубийство, тайный роман, проклятье из прошлого, страшная месть... Бедная его дочка, только этого ей и не хватало.

Оливия попыталась заглушить сплетни, устроив мощнейшую поминальную вечеринку со всеми звездами рок-н-ролла. Заткнуть сплетникам рот ей не удалось, но о приличиях все же вспомнили: теперь о вероятных причинах смерти Рассела шептались, а не трубили.

— Сами понимаете, Оливии сейчас нелегко. Все, что писали о ее отце после этого несчастья... Я ее вполне понимаю. Кстати, вам имя Эллиот что-нибудь говорит?

— Постер “Внезапных перемен” висел у меня на стене, когда я заканчивала школу, — призналась я.

Генри рассмеялся, закивал:

— Самое страшное горе моих отроческих лет: никак не получалось соорудить прическу под Мику.

Мика Кроули, темноволосый, мрачный, сексуальный солист “Поры внезапных перемен”. Рок, замешанный на блюзе. Их песни прорвали тесную поруку “волосатиков” конца 80-х и уготовили путь гранжу и “возвращению к корням”. Рассел Эллиот дружил с Микой еще в колледже; когда группа сложилась, он естественно занял должность менеджера. А уж как он исполнял эту должность, зависит от точки зрения рассказчика: Расселу Эллиоту группа обязана своим взлетом и творческими достижениями — из-за Рассела Эллиота начались пресловутые ссоры с продюсерами, студиями звукозаписи, оркестрами — ссоры, которыми более всего и прославилась группа. Под конец существования группы все ее альбомы Рассел записывал собственноручно — опять же, по одной версии, потому, что был ее вдохновителем и идейным лидером, а по другой — просто потому, что никто не хотел связываться с хулиганами. Так или иначе, в 1997 году все закончилось нелепой трагедией: Мика Кроули умер от передоза, и группа распалась.

После смерти Мики Рассел стал опекуном его детей и главным распорядителем музыкального наследства группы. Сверх того он сделался вполне признанным, идущим своим путем продюсером, никаких больше ссор и капризов — то ли Рассел выровнялся, то ли зачинщиком безобразий был все же Мика. В последние годы Рассел продвинул несколько оригинальных проектов и только что начал раскручивать очередную звезду — Джордана Кроули, сына Мики.

— Может, постер у тебя на потолке висел? — Долго же Эйлин тужилась, пока выдумала эту шпильку.

— А ты их любила? Или ты к тому времени выросла из подобных глупостей? — вежливо подколол ее Генри. Ох, как я восхищалась этим темноглазым красавцем, пока Эйлин по-совиному хлопала веками в поисках достойного ответа.

— Я предпочитаю классику, — нашлась она в итоге, и, хоть меня так и подмывало уточнить, Бетховена или диско, лучше было не зарываться посреди столь важного для меня разговора.

— Очень удачно, что эта группа вам небезразлична, — обернулся ко мне Генри. — Оливии кажется, что во всех некрологах о ее отце пишут только в связи с Микой, вспоминают, как он помогал Клэр, Адаму и Джордану. Рассел превратился в часть легенды о Мике, а его собственный вклад в историю музыки забыт. Сестра как-то раз упомянула об этом, и я подумал — отличный сюжет для статьи. Если написать такую статью с точки зрения дочери, это будет как раз для "Цайтгайста". Полагаю, это будет как раз и для того, чтобы начать вашу новую карьеру — нашего штатного автора — статьей.

Изнутри поднималась горячая волна, однако снаружи я попыталась остаться сдержанной и профессиональной.

— Спасибо вам, Генри, Эйлин. Я высоко ценю предоставленную мне возможность.

— Лично я считаю: давно пора. — Генри поднялся с дивана, как будто не замечая оскала Эйлин — теперь уже и десны были представлены дантисту для осмотра. — Морган из юротдела растолкует вам все насчет нового контракта, зарплаты и так далее.

Я-то обрадовалась новой работе до такой степени, что о денежной прибавке даже не вспомнила. Круууто! Генри протянул мне визитку:

— Телефон Оливии. Она ждет вашего звонка. Держите меня в курсе.

Неловкость, запомнившаяся на торжественном вручении диплома: одной рукой принимаешь из рук старшего заветную бумажку, другой пытаешься пожать ему руку. Так и я с этой визиткой и одновременным рукопожатием, но стоило Генри улыбнуться, и я снова расслабилась.

— Спасибо, — повторила я, глядя ему прямо в глаза и пытаясь взглядом передать благодарность и подобающее случаю волнение. — Спасибо, спасибо, я и слов не подберу...

Улыбка Генри сделалась еще шире.

— Главное, подберите слова к дедлайну. Поздравляю, Молли. А ты, — он приятельски подмигнул Эйлин с порога, — позабавься всласть, подыскивая замену.

Тут-то я запнулась:

— Подыскивая замену?

Мой глупый вопрос остановил Генри в дверях.

— Для вашей колонки. Мы вас так загрузим, не до советов читателям будет.

Что-то больно кольнуло меня, когда смысл каждого слова проник в мозг. Конечно, с колонкой придется расстаться. Прекрасно, сколько можно утешать растерянных, странных, вечно-влюбляющихся-не-в-того-парня личностей? И все же привычка или чувство собственности не давали мне так легко расстаться с "Разговором по душам". Я создала эту рубрику, а теперь должна вверить ее кому-то — еще даже неизвестно кому. Или они уже решили?

— Кого вы наметили?

Генри покачал головой, передавая все права Эйлин. Эйлин, стянув наконец свои губы, нехотя ответила:

— Я еще не успела привыкнуть к счастливому известию, где уж мне было подумать об административных последствиях.

— Как насчет наших сотрудников? — заговорил Генри. — Надо поощрять собственные кадры.

Резиновые губы Эйлин снова растянулись в усмешку-оскал.

— Ага, точно. Устроим конкурс. "Американский идол"[1] местного значения. Выберем несколько писем и попросим дать ответы. Кто ответит лучше всех, тот получит работу.

Не стоило упражняться в сарказме перед Генри. Он попросту поймал Эйлин на слове: широко раскинул руки, будто в небывалом восторге, и воскликнул:

— Да-да! Именно то, что надо.

— Шутите? — Очередная гримаса: Эйлин, оказывается, еще и ноздри умеет раздувать. — Представляете себе, какое дерьмо они наваяют? — Пальчик с острым французским маникюром ткнул в сторону загородки, где гу-

1 "Американский идол" — телеконкурс на звание лучшего ведущего среди новичков.

жевались все младшие сотрудники журнала. — И кто будет оценивать ответы?

— Разумеется, вы, — ответил Генри. — Это ваша прерогатива.

Уж не знаю, чему я больше радовалась в тот момент: тому обстоятельству, что Эйлин села в лужу, или тому очевидному удовольствию, которое извлекал из этой лужи Генри? Расстановка сил в нашем журнале, как выяснилось, вовсе не в пользу Эйлин.

— Колонка-то Молли, — захныкала она, старшая сестрица, которой велели присматривать за маленькими в выходной.

— Значит, вы с Молли отберете лучшие ответы, а потом мы сядем втроем и определим победителя. Годится?

— Годится, — торопливо подхватила я.

— Жду не дождусь, — распахнула ротик в ухмылке Эйлин.

— Мы славно проведем время. — Улыбнувшись и подмигнув на прощание, Генри покинул кабинет.

Я двинулась было за ним, но ледяной голос Эйлин остановил меня:

— Молли! — Целая глыба льда, прямо-таки айсберг.

Резко развернувшись, я бросилась в превентивную атаку:

— Эйлин, даже выразить не могу, как я ценю ваше доверие. Конечно, у нас бывают разногласия, но я уверена, вы оба будете довольны моим вкладом в журнал — я многое смогу сделать в этой новой должности.

На минуту мне удалось смутить ее, но Эйлин быстро оправилась:

— Очень мило, очень мило. Главное, чтобы не осталось недопонимания.

— Насчет чего?

— Насчет того, что по сути ничего не меняется.

— Но я буду писать на другие темы!

— Но писать ты будешь по-прежнему для меня.

Она поднялась из-за стола и двинулась ко мне. Прижимать меня к груди она вряд ли станет, прикинула я. Только я понадеялась, что отношения с начальницей улучшатся, поскольку теперь я буду делать свое дело и не стану больше доставать ее просьбами о повышении, однако судя по тому, как ссутулились ее хрупкие плечики — ну боксер и боксер, — отношения наверняка станут еще хуже. Слишком много сил потратила Эйлин, удерживая меня на "моем месте", на том самом месте, откуда меня одним рывком вырвал Генри. Теперь небось постарается затоптать меня в грязь, чтобы я не смогла ничего написать и Генри отменил это назначение. Паранойя? Поработаешь на Эйлин, станешь параноиком.

— Уверена, ты напишешь хорошую статью. Потому что недостаточно хорошую я попросту не опубликую, — продолжала она, остановившись против меня и глядя на меня в упор. — Помни: Издатель дает, а Редактор отнимает.

— Не придется, — бодро ответила я. Может, обнять ее, интересно же, как она будет выкручиваться? Эта мысль мелькнула и исчезла — не стоило начинать новую карьеру с такой проделки. Не дай бог, голова Эйлин взорвется, кому охота смотреть на ее мозги.

По-кошачьи склонив голову набок, Эйлин прикидывала, съесть мышку или жить оставить. С театральным вздохом она заключила:

— Напиши конкурсный вопрос для своей колонки и передай мне. Я дам объявление для персонала, поищем тебе наследничка.

— Спасибо. — Я попятилась к двери.

Губы Эйлин изогнулись в подобии улыбки.

— Кто б мог подумать, что вы с Генри так близки?

— Вовсе мы не близки, — проворчала я. Неужто Эйлин намекает — на то, на что Эйлин намекает?

— Эта блестящая идея сама собой заскочила ему в голову?

— Ты бы его спросила, — посоветовала я в уверенности, что Эйлин уже спрашивала. Будем надеяться, Генри она задала этот вопрос в более деликатной форме.

— Скромничай на здоровье. Думаешь, скромность девице к лицу?

— Эйлин! — потверже произнесла я. Новость о моем повышении только что "дошла", ударила в голову. — А что, если он считает меня хорошим журналистом и в этом все дело?

— Ах да, а я-то гадаю, — просюсюкала она. — Награда нашла героя.

— Разве ты не по заслугам получила свою должность? — напомнила я.

Честное слово, я всего лишь хотела, чтобы Эйлин поставила себя на мое место, но мой ответ зацепил какую-то неправильную струну. Тщательно выщипанные брови редакторши сошлись на переносице, взмахом руки Эйлин указала мне на дверь:

— Ты куда-то собиралась?

Одним прыжком меня вынесло за дверь, в тот загончик, где теснились безымянные сотрудники. Что за страшная тайна скрывается в прошлом Эйлин, на какую мозоль я так ловко наступила? Подумать я не успела — дверь с грохотом захлопнулась за моей спиной.

— Неплохо прошло.

Скайлер Кристофер была текущим секретарем Эйлин. Текущим, нынешним — суть в том, что люди на этой должности менялись стремительно. Стоило бы поставить турник возле стола секретаря. Нынешняя, брюнетка с миндалевидными глазами, носившая обтягивающие водолазки и лопающиеся джинсы, — довольно странное явление в череде голубых юношей и расплывшихся матрон, которых Эйлин обычно приставляла к дверям своего кабинета. Разведка донесла, что Издатель дружил с предками Скайлер. Что поделать: терпеть рядом с собой красотку Эйлин было невтерпеж ("терпеть — невтерпеж", в статье я такого бы не потерпела), но ведь и угодить начальству хотелось. Умница Скайлер вряд ли задержится долго на должности секретаря, думалось мне, но пока что мы с удовольствием болтали.

— Эйлин так за меня рада, — пошутила я.

— Еще бы. Кстати, поздравляю.

— Спасибо.

— А кто возьмет твою колонку? — Этот вопрос Скайлер бросила небрежно, взгляд ее не отрывался от монитора, но я различала облаченный в бархат стальной кулак. Всего три недели в журнале — и уже думает о продвижении! Молодчага!

— Тот, кто напишет лучший ответ на конкурсный вопрос. Открой в себе Энн Ландерс[1] — и вперед! — честно ответила я. На миг Скайлер забыла о работе, и наши глаза встретились. Мы дружески улыбнулись друг другу, и я поспешила к своему рабочему месту — еще не все охвачены новостями.

Если отправить рассылку по электронной почте, не будет обид и счетов: кого известили первым, о ком забыли. Однако в первую очередь мне хотелось позвонить своему парню, и, только схватившись за телефонную трубку, я вспомнила, что моему парню звонить нельзя, ведь он перестал быть моим парнем, и разошлись мы как раз из-за тех сюжетов, в погоню за которыми Генри только что отправил меня.

Кайл Эдвардс, мужчина, по которому я сходила с ума (имеется в виду, сходила с ума до описанного момента и продолжала сходить с ума в тот момент), работает в убойном отделе полиции Нью-Йорка. И хотя он старался отнестись к моей работе с пониманием и даже сочувствием, моя склонность к опасным поворотцам завела отношения в тупик. Каламбур? Ну так вот вам еще один: он предложил сделать

1 Ландерс Энн (1918–2002) — американский литератор, по профессии медсестра, автор афоризмов.

“перерыв” в наших отношениях, и этот “перерыв” превратился в “разрыв”. С тех пор как мы не вместе, мы и поболтали-то всего пару раз, а в последние три недели вовсе перестали разговаривать, и хотя я пыталась списать это на особенности его и моего напряженного графика, куда вернее было бы помянуть особенности его и моего окаянного характера.

Жизнь вошла в колею “до Кайла”, и теперь я в первую очередь позвонила не ему, а подругам. У Трисии, предупредила ее секретарша, были клиенты, и я попросила, чтобы Трисия мне перезвонила, когда освободится, мол, у меня Большие Новости, — и тут же Трисия сама схватила трубку.

— Какие новости? — весело окликнула она меня.

— Новости никуда не денутся. Займись клиентами.

— Это клиенты никуда не денутся. Пока еще решат, какого цвета скатерть им требуется... Рассказывай сейчас, а то загрузят меня, неделю потом не перезвоню!

Трисия Винсент нашла свое призвание, устраивая праздники и мероприятия. Людям кажется, будто они обсуждают свои планы с близкой подругой — причем такой подругой, чьей внешности и стилю они втайне завидуют и на чей совет с готовностью полагаются. Неудивительно, что Трисия занята с утра до вечера семь дней в неделю.

— Надо им объяснить, что серые салфетки выглядят не "элегантными", а застиранными. Ладно, давай про свое.

И я пустилась рассказывать о повышении по службе. Рассказывать Трисии — одно удовольствие, так искренне радуется она за подруг.

— Дааа! Ты скачешь на одной ножке, скачешь?

— Не в этих туфлях.

— Ничего, я за тебя поскачу. В шесть встречаемся где скажешь, пьем шампанское. Или у вас с Кэссиди другие планы?

— С ней я еще не говорила.

— Очень лестно! Думаю, ты оказываешь нам эту честь по очереди, но прикинусь, будто ты позвонила мне первой *сознательно*. Узнай, сможет ли она в шесть. — В трубке послышались звуки воздушных поцелуев, и Трисия вернулась к серым салфеткам.

С годами это превратилось в игру: кто кому звонит в первую очередь, когда случается что-то важное или пусть не судьбоносное, но чувства задеты. Но это лишь игра: приятно знать, что наш тройственный союз вечен.

Теперь Кэссиди — но едва я взялась за телефон, раздался звонок. Телепатия! — подумала я и радостно прощебетала в трубку:

— Ал-ло!

— Молли, это Бен Липском, все в порядке, сразу говорю. — Но хоть он и поспешил меня успокоить, сердце успело на миг замереть: с какой стати напарник Кайла набрал мой номер? Мне уже мерещилось отделение "Скорой", а то и похуже, но до морга я не добралась — разобрала-таки, что "все в порядке".

— Рада тебя слышать, Бен, — искренне призналась я. Бен умеет наводить страх на кого следует, но в душе он мягок и добр. Кажется, я по нему соскучилась; не только потому, что Бен был напарником Кайла, но и потому, что он был славным парнем, такими разбрасываться не стоит.

— Что случилось? — спросила я, стараясь не пыхтеть слишком громко.

— Да вот надумал позвонить тебе, спросить, что да как.

— Только и всего?

— Нормальное дело, если человек тебе не безразличен. Нормальное дело, позвонить да спросить.

Нет, это не было упреком. Скорее это прозвучало как инструкция по применению, и все-таки я поморщилась.

— Я звонила.

— И когда это было в последний раз?

— Кто считает?

— Кто считает, кто делает вид, будто ничего не произошло, кто что соображает своими мозгами. Если твой номер набрал я, это еще не значит, что его не хотел набрать кое-кто другой.

Крепкий орешек Бен Липском, полицейский со славным послужным списком, снял-таки маску — извольте любить и жаловать, Бен Липском — сваха!

— К чему ты клонишь, Бен? — Интересно, может он по голосу угадать, что рот у меня сейчас растянут от уха до уха?

— Молли, на такой работенке, как у меня, только и видишь, как люди сами себе по дурости жизнь портят. Вот почему я стараюсь подтолкнуть друзей к правильному решению, покуда они не упустили свой шанс.

Страшное зрелище всплыло перед моим мысленным взором: роскошные блондинки — Наоми Уоттс и Ума Турман — в платьях для коктейля от "Мишка"[1] (декольте до пупа) с двух сторон надвигаются на Кайла, две хищные пантеры в поисках добычи. Неужто Бен звонит предупредить меня о том, что на горизонте уже появилась "другая"?

— Пока не упустили? — сдавленным голосом переспросила я. Пусть объяснит получше.

1 "Бэдгли и Мишка" — известный бренд роскошной женской одежды и аксессуаров.

— Тешить свою гордыню — самый дурацкий способ зря тратить свою жизнь. Уж извини за откровенность.

Стоило ли оправдываться и доказывать, что гордыней тут и не пахнет? А ведь пахнет, припахивает, по крайней мере. Это не единственная причина разрыва, но — весьма существенный фактор. И в наших выяснениях отношений ничего мы не выяснили, только еще больше запутались. Тупик: он не может пережить, что я сую свой нос в загадочные преступления и при этом рискую жизнью, а я утверждаю, что он ставит меня перед выбором — или он, или моя любимая работа.

Моя работа! Вовремя я получила повышение, нечего сказать! Как теперь мириться с Кайлом, если главная новость дня — теперь я полноправный автор проблемных статей, и у него появилось в десять раз больше причин волноваться за меня. Или будем оптимистами? Этого покойничка, Рассела Эллиота, по крайней мере никто не прикончил, так что я могу писать свою статью в полной безопасности. Вот и случай показать Кайлу, что моя работа и наши отношения вполне совместимы. Пусть привыкает к мысли, что за меня можно не беспокоиться, а там, глядишь, все у нас вернется на круги своя.

Построить разговор с Кайлом будет непросто, но мне уже не терпелось попробовать:

— Как ты думаешь: он хочет, чтобы я позвонила?

— Если б он сам знал, чего хочет, мне бы не пришлось разруливать ситуацию.

Как жаль, что мы говорили по телефону! Так бы и обняла милого Бена!

— А если я наберу, он мне ответит?

— Все пойдет по плану.

— Ты такой милый, Бен!

— Конечно, я милый! И нас таких хороших мало, будем держаться друг за друга.

— Непременно.

— Сама понимаешь: я тебе не звонил, этого разговора не было.

— Но я так рада, что разговор был!

— Скоро увидимся, Молли. Надеюсь.

— И я надеюсь, Бен.

Повесив трубку, я осталась сидеть, ухмыляясь как дурочка. Повышение по службе, и Кайл готов возобновить отношения! Лучший-на-хрен-день в моей-на-хрен-жизни! Правда, пока я набирала номер Кайла, радостное возбуждение успело сникнуть и смениться легкой тревогой. Что сказать ему? С чего начать? Не получится ли так, будто я позвонила именно сегодня потому, что заполучила повышение? А если он поймет все неправильно — и как именно неправильно? Желудок мой снова заскакал и заплюхал точно на русских горках, и вместо Кайла я позвонила Кэссиди.

— Давно пора, черт подери, — такими словами приветствовала она мое радостное известие. Стиль Кэссиди отличается точностью и беспощадностью, как и подобает юристу.

— Что пора? Писать статьи или звонить Кайлу?

— И то и другое. Звезды к тебе нынче благосклонны, красотка, спеши!

— Так-то оно так, но не могу же я позвонить Кайлу и выпалить: "Ну вот, я получила эту работу, как ты и боялся. Давай-ка возвращайся!"

— Неудачная формулировка, — согласилась Кэссиди-юрист.

— Большое спасибо, господин адвокат!

— Ты позвони вроде как просто поболтать, ведь ты же думаешь о нем... А в разговоре помаленьку дойдет и до новой работы. К тому же на этот раз сюжет обошелся без убийств, с чего Кайлу так уж беспокоиться?

— Не с чего, ты права.

— Давай звони.

— Трудновато.

— Еще бы!

— Сколько раз в жизни тебе доводилось звонить бывшим и признавать, что ты о них вспоминаешь?

— Я никогда не вспоминаю бывших.

— Как утешительно!

— Мне ближе тактика выжженной земли; ты — другое дело. Таких девочек, как ты, не стыдно представить мамочке, если все пошло на лад, и даже после разрыва их вспоминают с нежностью.

— После таких слов мне следует прослезиться и просить прощения?

— У кого? Во всяком случае, не у меня. Перед детективом Эдвардсом я бы на твоем месте извинилась.

— Постой. Я, что ли, все это затеяла?

— Говоря юридическим языком, тебе можно вменить в вину "пассивное соучастие".

С юридическим языком не поспоришь. Сколько б я ни твердила, что проблемы в отношениях с Кайлом исходят не от меня или не только от меня, какая-то доля вины, безусловно, лежала и на мне.

— Полагаю, твое молчание означает, что ты готова подумать. Когда будешь говорить с Кайлом, не скрывай своих чувств, мой тебе совет. Сдается мне, твоя сдержанность подчас его пугает, так что небольшой взрыв эмоций — и он у твоих ног.

— Может быть, — протянула я, прикидывая так и эдак, мысленно репетируя разговор. Слишком важное дело, нельзя полагаться на импровизацию.

— Будешь долго думать — раздумаешь, — предупредила всеведущая Кэссиди. — Раздумаешь — пожалеешь.

— Бен тебе звонил?

— Не звонил, а зря. Одна голова хорошо, и далее по тексту.

— Давай на минутку сменим тему. Ты готова выпить шампанского со мной и Трисией нынче часиков в шесть?

— Только с условием, что до тех пор ты позвонишь Кайлу.

Мне хотелось подыскать какую-нибудь отговорку, но Кэссиди уже многозначительно покашливала в трубку.

— Обещаю!

— Видишь — это совсем не трудно.

— Обещать — да. Но ведь надо еще позвонить.

— И позвонить не смертельно.

— Кто бы говорил! Ты-то никогда не звонишь своим "экс".

— Буду брать с тебя пример. Встретимся в шесть в "Баббл Лодж".

— Аарона с собой прихвати, — предложила я. Аарон — симпатичный преподаватель физики, продержавшийся рядом с Кэссиди рекордно долгий срок. В наш сплоченный кружок не так-то просто ввести нового бойфренда, но Аарон прижился на удивление легко.

— Кажется, у него семинар, но я передам приглашение, ему будет приятно. Ты приведешь Кайла?

— Не гони лошадей. — И на том мы обменялись "пока-пока", "чмок-чмок" и повесили наконец трубки.

Вернее, трубка так и осталась у меня в руке. Я сжимала ее так крепко, словно боялась упустить решимость, только что обретенную в разговоре с Кэссиди. Не слишком ли я усложняю задачу? Неужто всего и делов: позвонить Кайлу и признаться: "Милый, я соскучилась, хотелось бы повидаться"? Но все было совсем не так просто. Совсем не просто. Кажется, годы работы записным советчиком ничему не научили меня.

Дорогая Молли!

Почему самый важный в жизни вопрос труднее всего задать? Например: "Счастлива ли ты?", или: "Этого ли ты хочешь от жизни?", или: "Любишь ли меня?". Почему я медлю задать себе и другому эти вопросы — потому ли, что боюсь услышать ответ, или потому, что я уже его знаю? Что лучше: позвонить и услышать ответ или так и не позвонить?

Рука, протянутая в пустоту

Сформулировав собственную проблему в виде письма читательницы, я, как правило, обретаю ясность и перспективу. Так и на этот раз стало ясно: не гордость руководит мной, а страх. Если я так боюсь, что Кайл меня разлюбил, лучше поговорить откровенно и покончить с этим. Пластырь надо сдирать одним движением, а не мееееедлеееенно, кусочек за кусочком, больно же! Я вздохнула поглубже, сняла трубку и начала тыкать в кнопки.

— Не помешала?

Палец замер на последней цифре номера. Я уронила трубку на базу и, к своему стыду, почувствовала облегчение. Передо мной маячила секретарь редакции Дорри Пендлтон. Я поспешила ободрить ее приветливой улыбкой. Дорри привносит нервозность во всякое дело, но свою работу выполняет ответственно и в общем-то, вполне прилично. И одевается она разумно и прилично, только что не в твид, и носит обувь почти без каблуков — забавно смотрится среди редакционных модниц, но словно бы не замечает контраста.

— Чем могу помочь, Дорри?

— Это правда, что в редакции будет объявлен конкурс на должность ведущего колонки "Поговорим по душам" и кто напишет лучший ответ, тот заменит тебя? То есть тебя заменить невозможно...

Быстро же распространяются слухи в редакции. Я прервала Дорри, слегка подняв руку:

— Спасибо на добром слове. Думаю, ты вполне справишься. Эйлин скоро повесит официальное объявление о конкурсе.

Дорри, словно курочка на насест, вспорхнула на соседний стол, подалась поближе ко мне, соблюдая интимность. Обе мы видели, как судорожно меняют позы наши коллеги, стараясь исподволь уловить хоть обрывки разговора.

— Твоя колонка — лучшее, что есть в журнале. Нужно сохранить ее изящество, ее проницательность и точность!

— Большое спасибо, — поблагодарила я, уговаривая себя: Дорри — кандидат не хуже любого другого.

— Как я рада, что слухи, будто Эйлин собирается выжить тебя из журнала, не подтвердились!

Улыбка застыла, превратившись в гримасу.

— Да уж, и я рада, — уголком рта выдавила я. Становится не по себе, когда личная паранойя подтверждается издательской сплетней, пусть даже теперь я знаю, что Издатель на моей стороне. Что ж это за слухи? Неправильно истолкованная весть о повышении, в связи с которым освобождается должность "доброго советчика", или же Эйлин и впрямь хочет избавиться от меня? И почему я обо всем узнаю последней?

— Ты — мой образец, мое вдохновение! — кликушествовала Дорри, и от ядреной лести мне сделалось еще более не по себе. Я заерзала на стуле.

— Спасибо, Дорри, удачи в творческом состязании! — И я поднялась, еще не решив толком, куда направляюсь.

— Нет, это тебе спасибо! — завершила беседу Дорри и рыбкой скользнула к своему столу, оставив меня стоять в неуклюжей позе — зачем встала? куда собралась? — причем как минимум четверо сотрудников уже не подслушивали исподтишка, якобы углубившись в работу, — нет, все, вытаращив глаза, уставились на меня. Послать им воздушный поцелуй? Или нет, пусть титула "мисс Сдержанность" мне не видать даже на конкурсе из двух человек (тьфу ты, опять конкурс!), хоть попытаюсь. Прихватив с собой мобильник, я ринулась в лифт.

Что может заставить такого человека, как я, поглядеть в глаза проблеме? Только не желание отвернуться от другой проблемы. И вот, стоило мне отойти подальше от неумолчного рева Лексингтон-авеню, как я раскрыла телефон-раскладушку и ткнула в горячую клавишу с номером Кайла. Что я скажу, еще не решила, но решилась что-нибудь сказать.

Он ответил на второй гудок, я еще и струсить-то не успела.

— Привет! — раздался его голос, и мои колени подогнулись, а глаза увлажнились от слез. Соскучилась.

— Привет, — в приливе красноречия отозвалась я. — Не помешала?

— Нисколько. Ты как?

— Мне плохо. — Так и не придумала, что соврать.

— Очень хорошо.

— То есть как?

— Мне тоже плохо.

— Похоже, нам есть что обсудить, — проговорила я, а кровь била в уши, и хотелось громко кричать.

— Правильная мысль. Что у тебя запланировано на вечер?

Все, что хочешь, хотелось мне сказать, но, протолкнув застрявший в горле ком, я выдавила из себя:

— Мы с Трисией и Кэссиди собирались немного выпить в шесть. Присоединишься?

— Нет. Пусть девочки не обижаются, но мне надо видеть тебя — наедине.

Я чуть было не нарушила главное правило нашей троицы — еще никто не отменял встречу с подружками ради свидания со своим парнем, — но Кайл тут же нашел выход:

— Где вы встречаетесь? Я мог бы заскочить за тобой.

— В “Баббл Лодж”.

— Шампанское перед ужином? Что мы празднуем?

Проницательность детектива — не такое уж распрекрасное качество для бойфренда, но отступать мне было некуда:

— Я получила повышение. Теперь буду писать большие статьи. Первая уже заказана, об Оливии Эллиот и о том, как она бьется за наследие своего отца. Рассел Эллиот недавно умер, сам по себе умер, о его смерти уже все, что могли, написали, а дочери важно уберечь память о нем. — Я из кожи вон лезла, подчеркивая, что новая работа никак не связана с делами убойного отдела и не представляет ни малейшей опасности для моей жизни.

Пауза. Пот заструился по моему злосчастному позвоночнику.

— Рассел Эллиот, музыкальный продюсер?

— Он.

— “Пора внезапных перемен”. Я любил эту группу.

— Я тоже.

— Это же прекрасно!

— Ты о сходстве наших вкусов?

— О твоей новой работе.

— Правда?

— А что, нет?

— Хотелось бы надеяться.

— Значит, так и будет.

— Спасибо.

— Ладно, выпью с вами шампанского по такому случаю. Но ужинать мы будем вдвоем.

— Безусловно! — подтвердила я. Авось к тому времени и руки перестанут дрожать.

— Увидимся.

— Ага.

— Я рад, что мы поговорили.

— И я.

Стоя на тротуаре и прислушиваясь к тому, как выравнивается помаленьку дыхание, я благословляла Бена Липскома. Вновь в мозгу принялись лопаться маленькие шарики с гелием, того и гляди взмоешь на воздух и с первым порывом ветра пролетишь всю дорогу до Центрального парка. Надо было как-то израсходовать переполнявший меня избыток адреналина, пока я не начала обнимать прохожих и приглашать их потанцевать со мной, счастливицей. Чтобы направить энергию в мирное русло, я быстренько выудила из кармана визитку Оливии Эллиот, прикинула, не позвонить ли по рабочему ее номеру, но решила, что проще будет оставить сообщение на мобильнике, нежели пробиваться через секретаря.

— Оливия Эллиот.

Голос насыщенный, чуть с хрипотцой, как у диджея. Я вовсе не ожидала, что Оливия ответит сама, а потому чуть промедлила, прежде чем представиться ей:

— Мисс Эллиот, я Молли Форрестер, корреспондент “Цайтгайста”. Генри Квон договаривался с вами...

— Да-да. Генри прекрасно отзывается о вас. Очень рада, что именно вы взялись написать статью о моем отце.

— Спасибо большое. Я, в общем, я его поклонница, в особенности периода “Перемен”.

— Весьма мило с вашей стороны. Однако должна предупредить вас, что мне отнюдь не хотелось бы получить еще один перепев на тему добрых славных денечков моего отца.

Под конец этой фразы голос Оливии напрочь утратил бархатистость и обнажилось зазубренное стальное лезвие. Я выдержала паузу и ответила как можно любезнее:

— Генри объяснил мне, как вы огорчены тем, что вклад вашего отца в современную музыку остается незамеченным, так что, полагаю, в нашем интервью мы могли бы более подробно поговорить о вашей задаче по сохранению наследия отца...

— Вряд ли я стану заниматься его наследием, пока он даже не похоронен толком!

— Боюсь, я вас не совсем понимаю?

— Миз Форрестер, Генри поручил это интервью вам, учитывая ваши специфические интересы. И я тоже полагаю, что вы прямо-таки созданы для основной темы этого разговора.

— А эта тема?..

— Никто и знать не желает, что моего отца убили.

2

— Может быть, ей просто нравится думать, будто ее отца убили, — попыталась утешить меня Кэссиди, одновременно вкладывая в мои бесчувственные пальцы ножку так и не пригубленного бокала с шампанским. Для чего и собираются люди в "Баббл Лодж", если не ради праздника, но из моих воздушных шариков повытек гелий, и пузырьки в шампанском полопались.

— Ужас какой! — поежилась Трисия.

— Ну, если ей приходится выбирать между убийством и самоубийством... — пожала плечами Кэссиди. Трисия призадумалась, потом одобрительно кивнула.

Мы с Оливией подобных психологических тонкостей не обсуждали. В том разговоре по телефону все, на что меня хватило, было робкое:

— А я-то думала, ваш отец погиб от несчастного случая.

— Это заблуждение, причем широко распространенное. Чересчур широко. И я хочу внести ясность раз и навсегда. Вы готовы написать об этом в журнале?

В ушах у меня тревожно завыла сирена, однако я спросила:

— Когда вам будет удобно встретиться со мной?

— Утром у меня пациенты... Как насчет ланча завтра днем?

Пациенты. Газеты именовали Оливию "психотерапевтом". Несколько неожиданная профессия для человека, выросшего среди необузданных ребят из "Внезапных перемен".

— В час дня? — уточнила я.

— Лучше в полпервого. В гриль-баре "Времена года". Я закажу для нас стол.

И опять меня удивил ее выбор — подчеркнуто консервативный, заведение самого высшего класса. Возможно, эта женщина сознательно выстраивает дистанцию между собой и тем диковатым миром, в котором прошло ее детство. Согласившись на ланч во "Временах года", я тут же прикинула: надо будет выяснить, кто и в каких размерах оплачивает мои расходы. Оливия положила трубку, вежливо поблагодарив меня напоследок, но сквозь эту вежливость пробивалась столь раскаленная ярость, что казалось, ухо у меня запылало. Даже теперь, в

“Баббл Лодж”, мне больше хотелось приложить запотевший бокал к пострадавшему органу, чем поднести напиток к губам.

— Итааааак, — протянула Кэссиди, — как ты теперь поступишь?

— Пойду на ланч.

— Ты попытаешься ее разубедить? — поинтересовалась Трисия.

— Сначала я должна ее выслушать.

— А если она права?

Я постаралась ответить небрежно, заглушая подозрительное бурчание в собственном брюхе — что так действует на меня, испуг или радостное возбуждение?

— Значит, мне в руки попал интересный сюжет.

Следующий вопрос напрашивался сам собой и все выводы и следствия были так же очевидны, но Кэссиди все же произнесла вслух:

— Что ты скажешь Кайлу?

Я глянула на часы. Он опаздывает или передумал приходить?

— Скажу, что рада его видеть. Очень. Надеюсь, и вы будете рады.

Трисия легонько покачала головой. Ее каштановые локоны весьма изящно приподнялись и опустились, но этот жест означал категорическое несогласие.

— Если ты хочешь наладить отношения с Кайлом, тебе не следует врать и утаивать. В особенности не стоит скрывать как раз те проблемы, из-за которых вы разошлись.

— Между прочим, — сладким голоском вставила я, — не хочешь ли поучаствовать в конкурсе на *бывшую* мою колонку?

— Ты же знаешь, что я права, — отмела шуточку Трисия. — Что за хаханьки?

— Это не хаханьки, — вступилась Кэссиди. — Молли и впрямь расстроена. Однако не будем спешить, еще не поздно. — И тут же поправила себя, взглянув на часы: — Хотя с какой точки зрения...

— Ну вот, так ты еще больше ее расстроишь. Придет он, куда денется, — вздохнула Трисия.

И Кайл внезапно материализовался из воздуха. Вроде бы я глаз не отводила от большого окна у двери и должна была заметить возлюбленного еще на подходе, а он уже стоит возле нас, сногсшибательный — хотя не прилагает к этому ни малейших усилий, — и приглаживает волосы, хотя прическа у него и так идеальная.

— Простите за опоздание.

Трисия так и подскочила и бросилась ему на шею; Кэссиди тоже поднялась, хотя более плавно и элегантно, я же осталась сидеть на своем диванчике, прикидывая, смогу ли устоять, если поднимусь на ноги, — сногсшибательность Кайла я ощущала физически. Обняв моих подруг, он обратил на меня взгляд своих лучистых голубых глаз, но даже встретиться с ним взглядом я была не в силах. Только сглатывала часто-часто, опасаясь разреветься.

Кайл подошел вплотную, протянул мне руку. Я ухватилась за его руку, и мне почудилось, будто незримая сила оторвала меня от диванчика. Теперь, глядя ему в глаза, я разволновалась пуще прежнего: хоть бы, думаю, ладони не вспотели. В такие минуты хочется превратиться в Лару Тернер, само хладнокровие и точно рассчитанные жесты, а выходит у меня Джун Эллисон, интеллигентная улыбка и заикание. Одно утешение: главным героем под занавес завладеет Джун Эллисон. А что, если он так до конца своей жизни и не забудет Лару?

О чем мы с ним только думали? Мы оба, ведь он согласился на встречу в "Баббл Лодж" — после двух месяцев разлуки свидание в клубе, выпьем и сделаем вид, будто встретились, как всегда, после рабочего дня? Груз невысказанных и неразрешенных проблем давит на нас, а мы выпьем шампанского, и что же дальше? Ужин? Объяснение? Объятия?

А с другой стороны, может, и лучше, что здесь столько народу, приходится вести себя как следует, не реветь, не задыхаться от чувств. То есть я не имею в виду, будто Кайл собирался реветь или задыхаться, но я вполне могла.

Он-то, черт бы его побрал, посмотрел мне прямо в глаза, сжал руку — в меру, не слишком сильно — и произнес:

— Рад тебя видеть.

Я улыбнулась:

— И я тебя. — Поцеловала его в щеку, на миг прижалась лицом к его лицу. Лара Тернер и Джон Гарфилд, "Почтальон всегда звонит дважды". Опрокинуть его на кофейный столик прямо тут, на глазах у моих друзей, Господа Бога и всех посетителей "Баббл Лодж"? Ага, я же до кончиков ногтей леди. Глубокий вздох, опускаюсь снова на диван и приглашаю кавалера сесть рядышком.

— Выпьешь с нами или ты на дежурстве? — Кэссиди помахала рукой, подзывая официантку.

— Буду праздновать с вами, только попроще что-нибудь, — взмолился он, с тревогой косясь на пенящийся коктейль в моем бокале.

Кэссиди заказала для Кайла бокал "Тайтингера", а Трисия тем временем, поближе наклонившись, трепала Кайла по плечу:

— Как хорошо, что ты с нами, Кайл!

— И я рад вас видеть, — повторил он.

— Прекрасные новости, верно? — кивнула Трисия в мою сторону.

— Еще бы! Удивительно, как люди могут недооценивать Молли! — Он снова взял меня за руку и нежно пожал ее, покуда Трисия и Кэссиди за его спиной заговорщически округляли глаза и подмигивали мне. Хорошо, что вокруг было столько посторонних, а то бы я вскочила с места и завизжала: "Вы слышали, что он сказал обо мне? Все слышали?"

Сообразительная Кэссиди встала первой:

— Ох ты, вечно забываю, где у них туалет.

Менее сообразительная Трисия ткнула пальцем в нужном направлении, но Кэссиди выразительно двинула бровью:

— Ты уж лучше проводи меня, Трисия.

Ухмыляясь, мои подружки двинулись прочь, а я тупо смотрела им в спину, лишь бы не поворачиваться к любимому. Легче не стало, когда он заговорил:

— Потрясающе выглядишь.

Я все-таки повернулась к нему и убедилась, что цвет его синих глаз сделался еще более насыщенным с тех пор, как я в последний раз заглянула в них. Я слегка облизнула губы — не капает ли бешеная слюна — и ответила:

— И ты тоже.

Он очень внимательно пригляделся ко мне и сказал:

— Спасибо, что позвала.

— Спасибо, что пришел.

— Послушай, ты как — ничего?

Пожать плечами и буркнуть что-нибудь, не выдавая подлинных чувств? А как же наставления Кэссиди насчет открытости и откровенности? Иисус тоже велел говорить правду.

— Мне было плохо. А тебе?

Он дергает плечом:

— Плохо. И поделом. Время, видишь ли, потребовалось на размышления. Вот я и думал: все о тебе да о тебе.

Я крепко прижала пальцы к его губам: не рассыплется ли он от моего прикосновения на мерцающие точки — голограмма, созданная моим воображением из желания и тоски? Но он лишь поцеловал мои пальцы и не стронулся с места. Он вернулся, он действительно здесь.

— Я скучала, — тихо шепнула я.

Он кивнул, снова взял мою руку, прижался губами к ладони. Так бы и оставалась с ним рядом, тысячу лет, и ничего больше не надо,– но тут же я получила и больше.

— Прости меня, — по-детски просто сказал он.

Выразительный или запоминающийся ответ не шел на ум, только и выскочило:

— И ты меня.

— Ты молодец. Новая работа как раз для тебя.

— Не уверена.

— Ты справишься.

— Оливия Эллиот подозревает, что ее отца убили.

— Не расслышал.

Эти слова вырвались прежде, чем я успела подумать, — прежде, чем я заметила, что подумываю произнести их. Что к этому добавить? "Ой, облажалась?" Так нет же, я еще раз повторила для полной ясности:

— Говорит, ее отца убили.

— С чего вдруг?

— Выкладываю все карты на стол. Не буду больше ничего от тебя скрывать.

— Не "с чего ты мне сказала", а "с чего она взяла"?

Не от шампанского ли так разгорелись мои щеки? Нет, не от него. Чувство вины — отличный рецепт для придания девичьему личику румянца.

— Пока не знаю, интервью назначено на завтра. Мы договаривались по телефону, и она сказала об этом, так что я решила тоже сказать, чтобы ты не подумал, что я не хочу говорить, а то раньше так у нас было, и сейчас я тоже хотела промолчать, но поняла, что так больше нельзя, если не хочу, чтобы у нас опять разладилось.

Кайл крепче сжал мою руку, но я и так заметила, что дыхание вот-вот иссякнет — намного раньше, чем мои жалкие попытки самооправдания. Я смолкла, вжалась в спинку диванчика и силой воли попыталась заглушить усиленное сердцебиение. Ага, выровняешь дыхание, когда мой красавец всем телом наклоняется надо мной и его губы почти касаются моих губ.

— Мы с тобой можем обсудить все наши проблемы, разберемся с ними? — прошептал он.

— Их всего ничего, — также шепотом ответила я.

— Может, и вовсе ничего нет.

— Хорошо бы.

Он наклонился еще ближе ко мне, наши губы соприкоснулись. Мурашки побежали у меня по затылку и шее. Я с трудом разбирала его слова:

— Ведь это все лишь передозировка, а не убийство.

— Так в газетах.

— Это подтвердило вскрытие.

— Точно?

— Точно. Я заглянул в дело.

— Заглянул в дело? — с шепота я сорвалась на крик.

Кайл слегка отодвинулся, чтобы получше разглядеть меня и сообразить, довольна я или нет. Но я сама еще не решила.

— Что ж, и я выложил свои карты, — сказал он. — Я хотел понять, во что ты на этот раз впуталась.

— И какие проблемы из этого воспоследуют?

Дистанция между нами увеличилась, и я смогла оторваться от спинки дивана.

— Не подгоняй ни себя, ни меня, — попросил Кайл.

— Да, но я хотела бы понять...

— Я тоже хочу понять. Прежде у меня плохо получалось, я все запутал. Не стоит повторять ошибки.

Мне сто раз объясняли, как недостойно выражать свои чувства на публике, но плевать — обеими руками я сцапала Кайла и поцеловала его так крепко, что сама испугалась: не останется ли у него метка на всю жизнь. А если и останется, опять-таки плевать, все равно я больше никогда его не отпущу, а из-за меток, оставленных мной самой, я париться не стану.

Это было похоже... похоже на киндер-сюрприз, первое шоколадное яйцо, которое вытягиваешь из корзинки пасхальным утром, после стольких недель поста; спозаранку, еще до службы, не терпится вспомнить этот вкус, сладкий, насыщенный, мягкий, и уже поверить не можешь, что чуть ли не два месяца обходилась без него, и я собиралась угоститься целой корзиной пасхальных яиц, но смутный шум клуба прорезал насмешливый голос Кэссиди:

— Надо было нам подольше возиться с прическами!

Мы с трудом разлепились, взяли себя в руки. Кэссиди притворно хмурилась, Трисия откровенно сияла.

— Прошло еще лучше, чем я надеялась, — заявила она, дергая Кэссиди за рукав.

— Тебе премию за это выдать? — буркнула Кэссиди.

— Леди, леди! — попыталась я их перебить.

— Ага, премию за то, что я всегда в них верила! — охотно согласилась Трисия.

— Так ведь и я тоже, — не смолчала Кэссиди.

— А я не говорила, что ты нет.

— Господи, как же я скучал по вашим милым голоскам, — вздохнул Кайл, стаскивая меня с дивана. — Пошли ужинать.

— Мы еще шампанское не допили, — напомнила Кэссиди.

— Верно. — Его бокал так и стоял, забытый, на столике, не до него нам было, но теперь Кайл приподнял шипучий напиток и выжидающе глянул на меня. Я промедлила, и он сам провозгласил тост:

— За новое начало!

Звон бокалов и гул счастья в ушах практически заглушили звонок мобильного телефона — или мне просто не хотелось его слышать. Нелегко дается новое начало, старые заботы не отпускают.

С мрачной решимостью Кайл полез в карман за вестником несчастья.

— Да, — напряженно и жестко произнес он в трубку. Веки его опустились, прикрывая глаза, и все пузырьки в бокале и в душе разом полопались. — Да, — повторил он и положил трубку.

Я оглянулась на Кэссиди и Трисию: подружки не сводили глаз с Кайла в надежде, что дело окажется пустое, может подождать. Я-то не надеялась. Кайл с усилием открыл глаза и встретился взглядом со мной:

— Бен передает привет.

— Да. — Попытаемся растянуть губы в улыбке. — И ему привет.

— Ты можешь остаться? — жалобно протянула Трисия. Оптимисты не сдаются.

— Тело остывает, — мрачно буркнул он и сокрушенно покачал головой: не стоило пугать женщин. — Глупая шутка. В общем, кое-что нашли, и надо...

— Мы будем тебя ждать, — вставила Кэссиди.

— *Вы* не будете, — вежливо, но твердо возразил Кайл. — Если повезет, *она* дождется. — Он сжал мою руку еще разок напоследок и двинулся прочь.

Хотела бы я проявить хоть каплю сдержанности и самоуважения, но меня как магнитом потянуло вслед за ним — честное слово, я не по своей воле шла за ним до самой двери.

У выхода Кайл остановился, но не поцеловал меня и не подмигнул, а широко ухмыльнулся:

— Учти: наши медэксперты свое дело знают.

— Но и они не боги, — ухмыльнулась я в ответ. Обмен заговорщическими ухмылками оказался ничуть не хуже французского поцелуя, так что я была в полном восторге и возвратилась на свой диванчик в уверенности, что у нас с Кайлом все продолжается, а старые неурядицы остались позади. Не успела я сесть, как Кэссиди пребольно толкнула меня в плечо:

— Ты ему все рассказала?

— Трисия советовала больше не врать, — проворчала я, потирая ушибленную руку.

— Но не в первую же минуту все вываливать, — простонала Трисия, предусмотрительно отодвигаясь подальше от кулачка Кэссиди.

— Все хорошо. Все будет просто прекрасно, — заявила я и в тот момент искренне верила, что так и будет.

Кэссиди покачала головой:

— Насколько я понимаю, Кайл не принял интересную теорию Оливии?

— Ага.

— Насколько я понимаю, *тебе* эта теория кажется теперь еще более заманчивой?

— Нет, — возразила я, и снова совершенно искренне. Трисия и Кэссиди подхватили друг друга под ручку — не иначе, отрепетировали сцену, пока находились в дамской комнате, — и изобразили ожидание.

— Мне поручили работу, и я собираюсь ее сделать, — продолжала я. — И я не собираюсь ничего скрывать ни от вас с Кайлом, ни от своего Издателя. — Взметнув руку в скаутском салюте, я торжественно закончила свою речь: — Я буду вести себя, как подобает примерной девочке!

— Ты так и светишься, точно наживка для акул, — скривила губы Кэссиди. — Кто с тобой ужинает, сильно рискует. Даже стоять с тобой рядом и то небезопасно.

Трисия отцепилась от Кэссиди и обеими руками ласково взяла меня за руки:

— Уверена, ты справишься. В твоей жизни наступит гармония. И я всегда рядом, если тебе понадобится помощь.

— Можно подумать, я ее бросаю, — фыркнула Кэссиди. — Я только напоминаю, что быть с ней рядом — небезопасно. За это мы ее и любим, и не только за это.

— И я вас, — откликнулась я. — А теперь допивайте шампанское и пошли поужинаем.

Мы пошли в "Хартбит" и порадовали себя отличной едой, выдержанным вином и дружеским разговором — на все интересные темы, за одним исключением: Кайл. Стоило Кэссиди задать неосторожный вопрос, и я тут же невинно полюбопытствовала, как развиваются ее отношения с Аароном. Кэссиди отступила с непривычной для нее робостью. Трисия охотно заняла ее место, и мы дружно принялись составлять план охоты: довольно Трисии куковать одной. Поскольку наши планы Трисия отвергла, от любовных приключений мы перешли к политике и культуре. Тут проблемы оказались не менее сложными, и мы засиделись допоздна. Вполне удовлетворенные физически и эмоционально, мы сели, наконец, каждая в свой автомобиль и разъехались по домам.

Пока я ехала, кофеин из поглощенного мной ирландского кофе благополучно перебил спиртное, так что уснуть я не могла. О, конечно же не потому, что уже перевалило за полночь, а от Кайла ни слуху ни духу. Не стоило обольщаться надеждой, будто мы сможем как ни в чем не бывало вернуться к прежним отношениям, забыв и об обидах, и о проведенных врозь месяцах, и о подкарауливающих нас заботах.

Направив лишнюю энергию в мирное русло, я нацепила рубашку "Вашингтон Редскинз", в которой обычно сплю, уселась за ноутбук и полезла в интернет: неплохо бы перед встречей с Оливией освежить мои знания о Расселе Эллиоте, Мике Кроули и "Внезапных переменах". Чуть не забыла еще один элемент — для атмосферы. На полке с дисками нашлось "Кино в половине двенадцатого" — третий альбом группы, тот самый, что мы в колледже крутили на всех вечеринках первокурсников.

Сколько лет я не слушала его, но едва раздались первые такты — "Я за тебя пойду на фронт", — воспоминания всплыли с поспешностью ныряльщиков, которым не хватило кислорода, и в нос ударили запахи пота и дыма — куча народу набилась в квартирку возле кампуса, — и во рту вновь отдавало кислятиной дешевое винцо, и басы прокатились волной по моему позвоночнику, а я, вжавшись спиной в стену, что-то орала в самое ухо Тому Доналдсону — жалкая попытка интимного разговора среди всеобщего гвалта. Образы и чувства прошлого ударили в меня с такой прямо-таки физической силой, что я рухнула на диванчик, пережидая, пока закончится песня и с ней уйдет омывавшая меня волнами ностальгия. Если Пруст накатал семь романов, вдохновившись печеньем к чаю, представляете, что бы он мог извлечь из лучшего альбома своей любимой группы и из пары стаканчиков ирландского кофе?

Под вторую песню мне все-таки удалось добраться до компьютера. На всех фан-сайтах красовалась фотография Мики Кроули из "Роллинг стоунз" — за пару месяцев до смерти он давал журналу интервью, мол, группа ищет новые пути. Мика, голый по пояс, блестящий от пота, длинные волосы облепили лицо и шею, стоит на сцене в "Мидоуленд", одной рукой сжимает микрофон, другую поднял, то ли приветствуя публику, то ли прося успокоиться. А выражение его лица — он казался счастливым и слегка озадаченным, как будто не понимал, за что ему все это. Он был "открытым и уязвимым", прямо по рекомендации Кэссиди, фаны так и набросились на эту фотографию. Она была повсюду: и на сайтах, и на обложке альбома с лучшими хитами, выпущенного уже после смерти Мики.

Найти фотографии Рассела оказалось не так просто, его ведь профессия не обязывала быть в центре внимания. В каждом интервью он твердил, что ему нравится его закулисная роль, что у него нет ни музыкальных талантов, ни честолюбия, и он хочет одного: предоставить Мике возможность реализовать *его* творческий потенциал. В той же статье из "Роллинг стоунз" я обнаружила фотографию, где Рассел, изящный, в хорошем костюме, стоит позади готовящейся к выступлению группы и что-то шепчет Мике на ухо — оба улыбаются, детишки, подслушавшие взрослый неприличный анекдот. Грэй Бенедек, игравший на синтезаторе, в этот момент проходит мимо них и ухмыляется знающей ухмылкой подростка — он уже сто раз слыхал эту шутку, надо же, мелкота находит ее забавной. Остальных членов группы почти и не разглядишь, их лица остались в тени.

"Внезапные перемены" успели записать шесть альбомов, и накануне смерти Мики группе прочили место на снежном Олимпе рядом с "U2" и "Стоунз". Наркотики или другие какие проблемы не упоминались ни разу, вот почему его смерть стала таким потрясением. Еще одна картинка из прошлого: Карл Дэвенпорт входит в редакцию "Красоты и здоровья", где я в ту пору подвизалась помощником младшего помощника, и надтреснутым голосом сообщает печальную весть. Карл, наш бильдредактор, располагал собственным кабинетом с телевизором, и он запустил нас всех туда, чтобы мы могли посмотреть новости по Си-эн-эн: та самая фотография Мики парила над правым плечом диктора. И у каждого из нас нашлась своя история — кто-то побывал на концерте, кто-то услышал песню "Перемен" по радио непременно в судьбоносный момент своей жизни. На миг все мы объединились — такие мгновения становились все реже и вовсе сошли на нет по мере того, как поп-культура утрачивала популярность. Десять лет миновало, только подумать!

В нескольких статьях, написанных сразу после смерти Мики, высказывались робкие надежды на сохранение группы, но вскоре Рассел и Грэй созвали пресс-конференцию и заявили, что Мика был душой группы и без него продолжать нет смысла. Джефф Форд ушел в "Стремительную спираль", заменив погибшего в автобусной аварии барабанщика; басист, Роб Кенилворт, радикально изменил свою жизнь – поселился на блаженном тихоокеанском острове; гитарист Дэвид Вашингтон собрал джазовый квинтет, который, согласно опросу читателей "Даунбит", оказался лучшей электроджазовой группой за последние два года. Грэй Бенедек тоже попробовал создать собственную группу, даже две, но обе скончались после первого же альбома, и нынче он пользуется бóльшим успехом как продюсер, чем как музыкант.

Грэй и Рассел вместе организовали мемориальный концерт к пятилетней годовщине смерти Мики; вся выручка пошла фонду "Женщины против насилия", очередной борцовско-благотворительной организации, в которую после смерти Мики вступила его вдова Клэр. На этом концерте впервые выступал двадцатитрехлетний сын Мики и Клэр: Адаму Кроули пришлось заменить своего знаменитого отца и спеть в самых любимых хитах группы. Все были потрясены: Адам казался точной копией отца, он и пел не хуже, и Рассел тут же заявил, что сделает Адаму альбом. Вот и фотография Адама, в тот самый вечер: усталый, ошеломленный, счастливый мальчик. К нему льнет молодая женщина; подпись под фотографией: Оливия Эллиот.

Как совместить эту девочку в джинсах, которая, не замечая ничего вокруг, вперилась обожающим взглядом в Адама, с той суровой профессионалкой в костюме от "Эскада"[1], что я видела в новостях, посвященных смерти ее отца? За пять лет человек может сильно перемениться, но это были просто две разные женщины. Чем внимательнее я всматривалась в фотографию, тем красноречивее становился язык тел: между Оливией и Адамом явно что-то было. Как устоять перед таким парнем, унаследовавшим отцовское мужское обаяние с толикой мягкости, "открытости", как выразилась бы Кэссиди.

А что касается Оливии — где-то я ее видела в очень похожей позе? Пощелкав мышкой, я отыскала статьи о похоронах Рассела.

1 "Эскада" предлагает в основном "респектабельную" дамскую одежду.

И вот пожалуйста: новая, "взрослая" Оливия точно так же ласково и нежно приникла к сыну Мики — но уже к другому его сыну, к очередной креатуре Рассела, Джордану.

Адам и Джордан — сводные братья. Матерью Адама была законная жена Мики, а Джордан родился от случайной связи с певичкой Бонни Карсон — певичкой, куда более прославившейся романами со звездами, чем сольными или групповыми выступлениями. Когда Джордану исполнилось восемь лет (Адам на три года старше), Бонни вздумалось раскрыть тайну его происхождения, и все таблоиды прямо-таки надрывались от любопытства пополам со злорадством: неужели Мика бросит Клэр? Но Мика, хотя брак его в ту пору, по слухам, переживал немалые трудности, остался с женой. Он признал сына и дал ему свое имя, однако на публике Мика и Клэр по-прежнему появлялись вместе. Они вроде как милостиво приняли Бонни и Джордана в свой семейный круг.

Оливия и ее отец (мать Оливии умерла, когда девочке было всего семь лет) тоже принадлежали к этой семье. Наверное, подумала я, Оливия хочет посвятить меня в подробности этих непростых отношений, это кажется ей важнее, чем творческое наследие отца, — и только я подумала, телефон яростно задребезжал.

— С первого же гудка, — негромко произнес в трубке голос Кайла. — Сидишь работаешь?

— Ага, за полночь, — подтвердила я. — Как и ты.

— Мы уже заканчиваем, но, вероятно, мне лучше пойти домой.

Тупой укол в грудь дал мне понять: я все-таки надеялась, что он забежит, пусть даже не останется на ночь. Наркоманка, да и только: вспомнила вкус его поцелуев и дождаться не могу, когда вновь заполучу Кайла. Однако хорошее воспитание еще не вовсе выветрилось, и я сумела ответить:

— О'кей.

— Не то чтобы о'кей, но так будет правильнее. — Мы оба призадумались над смыслом этих слов, и Кайл уточнил: — Я бы гораздо охотнее... но так будет правильнее.

— Если гораздо охотнее, так чего уж правильного?

— Ну, типа брокколи. Ешь полезное, а не вкусное.

— Ты сравниваешь наши отношения с гарниром?

— Востра! А я притомился. Поеду-ка я домой.

— Нет-нет, я буду вести себя тихооо!

— К счастью, не будешь. Но я уже на нуле. И у тебя работа.

— Работа подождет.

— Ничего, и мы подождем.

— Говори за себя.

Мгновение он молчал, я уж испугалась, не отключился ли. Потом вдруг произнес на полтона ниже, чем обычным своим голосом:

— Снова тебя увидеть — это было здорово.

— А увидеть тебя еще разок было бы совсем прекрасно.

— Позвоню утром.

— Ты лучше...

— Не спорь.

— Доброй ночи, мистер Таунсенд.

— Доброй ночи, мистер Долтри. — Он одобрительно хихикнул, и на том разговор закончился.

Сейчас бы поставить диск "Ху" — "Фейс дансиз"[1] — и запеть во весь голос "Ты лучше, ты лучше, лучше не спорь". Только я ж себя знаю — к трем часам ночи я заберусь на журнальный столик и начну перебирать струны воображаемой гитары, а перед встречей с Оливией не мешало бы выспаться. Так что я вынула "Кино в половине двенадцатого" и сунула в проигрыватель "Удачный полет", четвертый альбом "Перемен": в нем вдруг появились баллады, снискавшие им первое место в рейтинге

1 Чл ены группы "Who" Пит Таунсенд и Роджер Долтри записали песню "Face Dances" с труднопереводимым припевом "You better you better you bet".

“Биллборд”. Путешествие по Всемирной сети продолжалось под хрипловатый голос Мики Кроули — любовь и предательство, длинноволосые девушки (а ноги у них еще длиннее).

Эта песня — “Длинноволосые девушки” — все еще прокручивалась у меня в голове, пока я наряжалась для интервью с Оливией. Я раскачивалась перед зеркалом ванной, ручка щетки для волос у самых губ — ага, я пою в микрофон. Впала в отрочество, снова четырнадцать лет. И кстати, хотя я предупредила Кайла насчет подозрений Оливии, Эйлин я не сказала ни слова. Кайлу я сказала, чтобы все было по-честному и он не обижался на меня, а Эйлин все равно точит на меня зуб, одной обидой больше или меньше. Для начала стоит выяснить, насколько основательны подозрения Оливии.

Все утро я проторчала дома, собирая информацию, готовясь. Выяснялись новые подробности о детстве Оливии — не совсем обычном детстве, мягко говоря. Кроули с Эллиотами были все равно что одна семья; после смерти Мики Рассел взял на себя попечение об Адаме и Джордане, Рассел вел все дела и выступал перед публикой от имени семьи. Клэр занялась благотворительностью, а Бонни чем только не увлекалась — в данный момент она считала себя художницей. Большая дружная семья.

Так откуда же гнусное подозрение, будто папочку убили? Разумеется, публичный имидж счастливой семьи мог и не соответствовать действительности, но убейте меня (не буквально), чтобы я понимала, почему Оливия столь злобно уверена в своей версии.

Когда я добралась до “Времен года”, Оливия уже сидела за столиком и не то что не поднялась мне навстречу — даже руки не протянула. Поблагодарила проводившую меня официантку и выразительно указала на стул:

— Присаживайтесь, миз Форрестер.

Она выглядела еще более хрупкой, чем на фотографиях: фарфоровая блондинка, длинная тонкая шея, худые гибкие руки, изящные черты лица. Волосы она просто-напросто стянула в хвост, но тем аристократичнее казался патрицианский овал лица. Здесь, в гриль-баре, в зале с высокими окнами и оранжерейными деревьями, среди таких же отпрысков голубых кровей, она у себя дома — в отличие от меня. Мы одногодки, однако эта женщина была куда более зрелой и опытной — уж не знаю, в профессии дело или в ее деньгах.

— Рада знакомству, миз Эллиот, — произнесла я, усаживаясь.

— Погодите радоваться, пока не пообщаетесь со мной, — резковато ответила она, узкая ладонь привычным жестом обхватила подбородок.

Уж не присматривается ли она ко мне как профессионал, как психотерапевт? Или проверяет, не дам ли слабину? Лучше подыграть, решила я.

— Даже если я не обрадуюсь общению, знакомству я все равно буду рада, — отпарировала я, разворачивая салфетку и не хуже всякой аристократки выкладывая ее на колени.

Идеально ровные, яркие зубы на миг сверкнули в усмешке:

— Хорошо сказано.

— Я готовилась к интервью, а не к дискуссии, а вы? — невинно поинтересовалась я.

— И я тоже. Но хотелось бы, чтобы каждый человек осознавал смысл произносимых "просто так" слов.

— Это у вас профессиональное?

— По-моему, это для разумного человека нормально.

— И когда вы сказали, что ваш отец был убит, вы буквально это и имели в виду?

Улыбка стала более искренней, хотя ответ был печальный:

— Увы, это так.

— Вы поделились своими подозрениями со следователем?

Она кивнула:

— В полиции мне ответили, что улик не нашли. Значит, плохо искали.

— А что следовало искать?

— Отпечатки пальцев Клэр Кроули. Это она убила моего отца.

3

Надо отдать ей должное — Оливия прекрасно сознавала смысл и последствия каждого произнесенного ею слова и только слегка морщила носик и губы, как бы давая мне понять: да, все это очень неприятно, но что ж поделать.

Она-то была холодна и сдержанна, но меня так и подмывало. Я то и дело оглядывалась по сторонам: должно быть, все в ресторане примолкли, вытянули шеи, вот-вот лопнут от любопытства. Но нет — все болтали друг с другом или говорили по мобильному, а Оливия знай себе улыбалась, пока эта взрывоопасная информация разносила мой бедный мозг.

— Вы считаете, что вашего отца убила Клэр Кроули. — Я приглушила голос в надежде, что Оливия последует моему примеру.

— Я знаю, что она это сделала, — ответила Оливия все так же решительно, но хоть, благодарение богу, тоном ниже.

— Но ведь это был несчастный случай. — Поначалу я думала, что идея убийства родилась из нежелания признать, что папочка попросту хватил чересчур много зелья, но если у Оливии и подозреваемая имеется, выходит, она всерьез ломала себе голову над этой загадкой. Или она имеет в виду моральную ответственность? Скажем, Рассел был в депрессии и Клэр знала причину, да ничем не помогла? Если бы — но Оливия и впрямь все продумала до мелочей.

— Несчастный случай?! Для меня это лишнее доказательство "возможностей" Клэр. Она превратилась в тень Мики, люди готовы обожать ее лишь потому, что они поклонялись ее мужу. Прошла курс реабилитации и из девки, загрузившейся по самые брови кокаином и рушившей чужие семьи, превратилась в святую Клэр, заступницу угнетенных. И никто ей не даст по рукам.

Подошла официантка принять заказ. Я попросила Оливию решить за нас обеих, хотя понятия не имела, что она выберет, и придется ли мне это по вкусу. Но крабовая запеканка и холодный чай — звучит неплохо. И лучше смотреть в тарелку, чем в раскаленные глазищи Оливии.

— Вы так и не спросили, почему я считаю виновной именно Клэр, — напомнила Оливия, едва официантка отошла от столика.

— И это не единственный вопрос, который мне хотелось бы задать, — призналась я. Осторожность, прежде всего осторожность! Если я завалю это интервью, если статьи не будет, с ней вместе вполне может испариться и моя новая должность. Более того, Генри покровительствует Оливии; если она пожалуется на меня, что-то будет!

— Какие еще?

— Почему вопреки мнению медэксперта вы решили, что это убийство?

Оливия на миг запнулась, набрала в грудь побольше воздуху:

— У моего отца были проблемы с... с препаратами из особого списка — но в прошлом. В далеком прошлом. Много лет тому назад.

Бедная девочка! Я растрогалась: она и впрямь обманывает себя, никаких доводов у нее нет...

— Но он вполне мог снова... — со всей деликатностью намекнула я.

— Мой отец не употреблял наркотики! — словно бритвой отрезала она.

— Почему же медэкспертиза подтвердила передозировку?

Женственный кулачок врезался в стол с таким грохотом, что аристократы за соседними столиками недовольно оглянулись.

— Вы плохо слушаете! В его доме не было ни единой таблетки! Как может человек отравиться лекарствами, которых у него даже *не было*?

И еще раз — сочувствую, сострадаю, однако нужно придерживаться фактов.

— Вы ведь жили отдельно.

— Разумеется.

— Значит, ваш отец мог держать дома таблетки, а вы бы — вы бы ничего об этом не знали.

— Я перевернула все в доме вверх дном после его смерти, — свирепо заговорила она, глаза ее сверкали — от ярости или от слез, поди разбери. — Ни одной таблетки. Ни единой.

— Может быть, он принял сразу все, потому-то вы ничего и не нашли?

— Вы заведомо уверены, что я не права?

Я помедлила с ответом. Пальцы Оливии судорожно скребли скатерть, как будто она решила повыдирать нитки узора. Взбесится, как Грегори Пек[1] в "Зачарованном", еще и вилкой начнет корябать стол — и что мне тогда делать? Погоди-ка, а почему мне пришел в голову именно Грегори Пек? Уж не значит ли это, что Оливия права? Может быть, я не хочу признать ее правоту? Может быть, мне чем-то неудобна ее правота? Я бы предпочла, чтобы Оливия ошиблась и никто ее папу не убивал, а то у меня

1 Персонаж Грегори Пека страдал от амнезии и приступов ярости после того, как стал свидетелем убийства.

появятся лишние трудности? Нет-нет, я профессиональный долг не хуже ее сознаю: надо во всем разобраться и написать честную статью, не поддаваясь ни на чьи страхи, подозрения, междоусобные счеты.

— Я не говорю, что вы не правы. Но у меня нет причин с ходу принять вашу версию.

Она таки выдернула ниточку из скатерти и теперь катала ее между пальцами.

— Вам нужно что-то еще?

— Верно.

— Журналистика! Вы перекручиваете каждое слово, которое выудите у собеседника, чтобы состряпать свою историю!

— То ли дело психотерапия! Вы перекручиваете каждое слово, которое выудите у собеседника, чтобы состряпать *его* историю.

Она откинулась на спинку стула и вновь окинула меня профессиональным взглядом.

— Долго вы изучали психотерапию?

— С чего вы взяли, что я занималась психотерапией?

— Вы успели составить себе довольно отчетливое представление об этом ремесле.

— Выходит, и вам довелось поработать в журнале?

Оливия кисло усмехнулась:

— Нет, но мне довелось давать интервью, и не раз. Так что я знакома с вашими приемчиками.

— Мне показалось, к вашей семье пресса была довольно благосклонна.

— Лучше бы нас просто оставили в покое.

Это уж от твоего агента зависит, подумала я, но тут же вспомнила, что имиджем семьи занимался Рассел, он и решал, кто из них и в каких количествах будет общаться с прессой.

— Стоит вам заявить, что отца убили, журналисты валом повалят.

— Какой в этом теперь смысл? Все кончено. Раньше — раньше еще был шанс, что все уладится.

— Уладится? У кого?

Почему-то для ответа ей понадобилась пауза.

— У нас у всех.

— А теперь шанса нет? — мягко настаивала я.

— Папа умер! — выпалила она. Нет, Оливия не заплачет. Ни за что.

— По вине Клэр Кроули?

Она быстро закивала, жмурясь, с трудом сдерживая слезы.

— Теперь все в ее руках.

— Что именно?

— Деньги. Издательские права, записи, все. Контрольный пакет акций принадлежал моему отцу, а теперь все перешло к ней.

— Допустим. А почему она убила его сейчас, а не год или два тому назад?

— Понятия не имею. Хорошо бы вы помогли мне разобраться.

Так и вышло, что через час после чая с крабовой запеканкой я очутилась у парадного входа в элегантный особняк, где еще недавно проживал Рассел Эллиот. Старинное здание на Риверсайд-драйв; в одну сторону поглядишь — лодочная пристань, в другую — дальний конец парка Риверсайд. Рассел занимал половину пятого этажа этого здания; во второй половине жили Кроули, и пока мы вместе ехали в машине, Оливия рассказывала мне, как в детстве они с Адамом бегали из одних апартаментов в другие, словно все это было единым большим домом — да уж, куда больше, чем дом, в котором выросла я, — а певцы, музыканты, модели, актеры и прочие знаменитости приходили и уходили запросто, каждый день и каждый час. После смерти Мики этот поток не иссяк: Рассел стал известным продюсером, Клэр прославилась благотворительностью и модной коллекцией одежды. Пятый этаж оставался настоящим рок-салоном, но что будет теперь, когда и Рассела не стало?

Оливия провела меня по всем комнатам, пока мы не добрались до кабинета — огромного, с панорамным видом на реку. Мягкая мебель, обтянутая винного цвета кожей, приглушенный свет расставленных там и сям ламп, ярко блестит полированный паркет, отличная, в рабочем состоянии, аппаратура. Уютно и аккуратно, как говорится, "все на своем месте и есть место для всего". Одно меня удивило: небольшой микшерный пульт, оставленный на полу перед стереоустановкой. А так даже шнура лишнего нигде не было видно.

— Ваш отец работал над записью? — поинтересовалась я, тыча пальцем в пульт.

Оливия с какой-то странной неприязнью покосилась на аппаратуру.

— Он всегда работал.

— Вы не знаете, что он делал в тот вечер?

Легкая морщинка проступила на лбу моей собеседницы. Она-то, конечно, знала и собиралась подробно ответить, но в последний момент передумала:

— Нет, не знаю.

Как интересно! Раз она что-то пытается утаить, именно это мне и требуется выяснить.

— Я вам не верю! — откровенно брякнула я.

Оливия пожала плечами, но от меня так легко не отделаешься. Она понимала, что скрывает важную информацию, даже если самой себе в этом не признавалась. То, чем был занят ее отец в ту роковую ночь, вероятно, имело отношение к его смерти. Наверное, с этим как-то связаны подозрения Оливии, будто ее отец был убит. Не составляло труда догадаться, какая запись могла показаться столь ценной, чтобы ради нее стоило прикончить Рассела. С учащенно бьющимся сердцем я выпалила:

— Так "пленки из отелей" — не миф?

Лицо Оливии вспыхнуло так, словно я застала ее за каким-то неприличным и незаконным делом.

— С чего вы взяли?

— Я здесь, чтобы помочь вам, и раз вы что-то скрываете, значит, это что-то очень важное или это большая тайна — или и то и другое. "Пленки из отелей" вполне подходят под такое определение.

Фанам "Перемен" прекрасно известно, что Мика жил под магнитофон. В любой момент пара случайных аккордов может превратиться в сингл, в хит, рассуждал он, а потому никогда не отключал запись. После его смерти Грэй Бенедек в одном из интервью заявил, что лучшая их музыка — и его, и Мики — осталась на этих пленках. Все заорали: подайте нам эти записи, и тогда Рассел довольно сухо сообщил, что и количество, и качество записей безбожно преувеличивают. Тем не менее что ни год вновь возникали слухи, что пленки все-таки нашлись, их, мол, готовят к публикации.

— Ваш отец работал над "пленками из отелей"?! — Сердце билось у меня в горле, понять бы еще отчего: оттого, что на моих глазах сбывалась легенда, или оттого, что и впрямь обнаружилось сокровище, ради которого можно убить человека.

Короткий кивок — словно против воли:

— Он занимался этим все время, тайком. Теперь, когда техника усовершенствовалась, он надеялся, что записи удастся очистить и они пойдут в дело.

— Сколько всего пленок?

— Вроде бы ровно дюжина, но одну Мики ухитрился потерять.

— Длинные записи?

— На два часа звучания каждая.

Двадцать два часа неизвестных хитов Мики Кроули! У меня изо рта слюна капала, а я всего лишь фан. Если б я могла завладеть этими пленками, поработать с ними, продать — я бы пошла ради них на убийство?

Не успела я толком разобраться в своих чувствах, как на нас спикировала Клэр Кроули, и тут уж было не до раздумий. Клэр начала орать с полоборота:

— Какого черта ты приперлась? Кого ты с собой притащила?

Перед таким натиском Оливия дрогнула, но быстро овладела собой и достойно ответила вопросом на вопрос: ей, мол, интересно знать, какого черта Клэр без спроса вторгается в папочкину квартиру.

Клэр выразительно потрясала у нее перед носом связкой ключей:

— Мы с Расселом помогали друг другу, как тебе известно! Я услышала голоса и пришла посмотреть, не залез ли вор. — Судя по ее взгляду, я была ничем не лучше вора или бродяги.

Оливия, очевидно, знала, что у Клэр есть свои ключи, но я тут же положила этот фактик в свою копилку: у Клэр имелась *возможность* — штука чрезвычайно важная, когда расследуется убийство. К тому же, если подозреваемая — Клэр, нет смысла искать признаки взлома или тайного проникновения.

— Это Молли. — Оливия, похоже, не хотела продолжать спор на повышенных тонах. — Журналистка. Пишет статью о папе.

Со мной Клэр, видать, уже разобралась, и теперь ее жгуче-ледяной взгляд был сосредоточен на Оливии.

— Сучка самовлюбленная, — прошипела "святая Клэр", изо всех сил сжимая кулаки. Как бы ее удар не хватил, ишь лицо перекосилось! Но даже с перекошенным лицом она была прекрасна, вживую Клэр смотрелась еще лучше, чем на журнальных страницах. Ей шло к пятидесяти, а она все та же потрясная девчонка с обложки первого альбома "Перемен" — "Персик". Сколько моих одноклассников покупали этот альбом ради одной фотки, ради обнаженного по пояс Мики и Клэр, прикрытой лишь длинными, почти клубничного оттенка волосами и широкими ладонями Мики — слегка наклонившись, он ел из ее рук сочный персик. Предположительно эта картинка была как-то связана с персиками "Олмен Бразерз"[1] и Томаса Элиота[2]. Главное, она была достаточно секси, чтобы альбом в три месяца сделался золотым.

— Самовлюбленная? — пронзительно переспросила Оливия, как будто эпитет показался ей куда более обидным, чем существительное.

— Не об отце ты переживаешь, — плюнула в нее Клэр. — Ты больная, тебе непременно надо быть в центре внимания. Подрасти, малышка, нечего размазывать сопли по всем таблоидам!

Мне бы возразить с достоинством: "Цайтгайст" — отнюдь не таблоид, однако куда полезнее было промолчать — и в беду не вляпаться, и послушать, может, что-то полезное услышу.

— Тебе что за дело? — Оливия обрела свою высокомерную интонацию столь же быстро, как утратила.

— Ты не чужая мне, Оливия! — с надрывом произнесла Клэр. Н-да, от такой родни я бы

1 Группа "Олмен Бразерз" записала альбом "Ешь персик" в 1972 г.

2 Подразумевается выражение "персика вкусить" из поэмы Томаса Элиота "Любовная песнь Альфреда Пруфрока".

рвала когти как можно раньше и как можно дальше.

— Вот еще!

— Это ударит по мальчикам...

— Имела я твоих мальчиков!

— Имела? Или только хотела?

Лучше бы она дала Оливии пощечину. Сразу видно — попала ей в самое больное место. Придется и мне повнимательнее заняться отношениями Оливии с Кроули-младшими. Пока Оливия заливалась багровым румянцем и глотала воздух в поисках удачного ответа, Клэр резво переключила прожектор на меня:

— Так, а вы что здесь делаете?

Мне было искренне жаль Оливию, но ссориться с Клэр не следует: мне нужно будет поговорить с ней и не стоит заранее настраивать ее против себя. Всем нам будет лучше, если разговор перейдет в другое русло. Тщательно взвешивая слова, я ответила:

— Молли Форрестер, журнал "Цайтгайст". Собираюсь написать статью "с точки зрения Оливии": детство в окружении музыкантов и так далее.

Оливия подарила меня благодарным взглядом, Клэр — подозрительным.

— Как занятно, — протянула она.

— Мне бы надо и с вами поговорить, миссис Кроули. Раскрыть фон, контекст, так сказать.

— Контекст? — оживилась Клэр. — Приходите вечером на шоу. Увидите контекст.

Оливия резко втянула в себя воздух — и вдруг расплылась в улыбке:

— Да! Отличная идея.

Клэр снова насторожилась. Не ожидала, что Оливия согласится с "отличной идеей" — или ее ошарашило, как быстро девушка оправилась от оскорблений? Так или иначе, я получила приглашение:

— Джордан выступает сегодня вечером в "Марс-холле".

Джордан Кроули вживую? И я — почетный гость? Так, держим себя в руках, я журналистка, а не девочка-подросток.

— Я думала, Джордан давно не выступает в клубах.

— Обычно нет, но сейчас он завяз с новым альбомом, — словоохотливо пояснила Клэр, — и мы решили, что ему стоит пообщаться с живой аудиторией.

— Мы? — отважилась уточнить я.

— Мы с Расселом. Концерт был запланирован еще до смерти Эллиота.

— Теперь вы будете агентом Джордана?

— Нет, никаких формальностей. Какой там агент. Посоветую, присмотрю за мальчиком. Теперь, когда Рассела больше нет...

— Нашего юного гения мы растили всей семьей! — жестко усмехнулась Оливия.

И все же от женщины требуется изрядное мужество или благородство, а вернее, и то и другое, чтобы принять мальчика, которого ее муж прижил с другой женщиной, и чтобы продолжать заботиться о парне, даже когда ее муж и отец этого парня давно мертв. Так с виду не скажешь, чтобы Клэр Кроули была очень доброй и милой женщиной — хотя, конечно, не в самый ее лучший час я ей под руку попалась, — но ведь как-то же ухитрилась она ввести незаконного отпрыска своего мужа и даже мать этого отпрыска в тесный семейный круг. Может быть, это было всего лишь лицемерием, но долго же она продержалась! Когда впервые всплыла история о Бонни и Джордане, Клэр выступила с очень даже милым заявлением: мол, все поняла, все простила и постарается, чтобы семья не только не распалась, а стала в результате еще крепче. Я бы на ее месте (хоть мне не светит) больше нажимала на тему своевременной кастрации — или рвала на себе волосы — или рвала их на ком-нибудь другом.

Если верить прессе, Клэр, Бонни и мальчики остались друзьями и после смерти Мики. Что уж там творилось за закрытыми дверями — что-нибудь да творилось, — однако публика видела дружную семью Кроули с добрым дядюшкой Расселом во главе. Он руководил музыкальной карьерой мальчиков, он решал все проблемы. Отчего же гармония рухнула и Клэр, как уверяет Оливия, сошла с рельсов?

— Я никогда не видела Джордана вживую, — пробормотала я. Странно прозвучало "вживую" в комнате, где только что умер — возможно, был убит — человек. — Большое спасибо за приглашение. — Я постаралась поровну разделить благодарность между обеими женщинами.

— Буду рада вас видеть, — вежливо отозвалась Клэр. — Ваше имя будет в списке. Как, вы сказали, вас зовут?

Не такая уж сложная фамилия. Дело ясное: Клэр самоутверждалась. И пусть себе на здоровье, я готова была подыграть. Я продиктовала фамилию по буквам, и Клэр кивнула, после чего сделала весьма знакомый мне жест — повела правой рукой в сторону двери, как занятой риелтор, намекающий: дамочка, покупка вам не по карману, довольно уже тратить чужое время.

— Мы еще не уходим, — хмуро предупредила Оливия.

Клэр позвенела ключами. Ну точно риелтор!

— Что тебе тут понадобилось?

Слабый, беспомощный всхлип застрял у Оливии в горле:

— Я что, не имею права находиться в квартире моего отца?

— Не часто ты являлась, когда он тебя звал. А теперь надумала? — не замедлила с ответом Клэр.

— Не перекладывай на меня вину! — Оливия вот-вот сорвется, догадалась я и шагнула вперед, не слишком-то отчетливо представляя себе, как я сумею удержать ее от роковой ошибки: если она бросит обвинение Клэр прямо сейчас, вряд ли нам удастся собрать достаточно убедительные доказательства. Выходит, я уже встала на сторону Оливии и подозреваю Клэр?

— Кто у нас тут психотерапевт, лапонька? — Медоточивый у Клэр голосок. — Тебе ли не знать, что люди склонны винить всех подряд, когда их мучают угрызения совести?

Странный жар исходил от Клэр — я готова была держать пари: она знает, в чем Оливия подозревает ее. Оливия что-то побледнела и притихла. Оттого ли, что впервые поняла, что Клэр понимает? Или Клэр ухитрилась задеть ее за живое? Из-за чего Оливию мучают угрызения совести? Она так яростно доказывает, что отец не принимал наркотики, — быть может, у Рассела была-таки проблема, а дочь предпочла ее не замечать? Но даже если Оливии "хочется" обвинить Клэр, это еще не значит, что само обвинение беспочвенно. А с другой стороны — кто знает, вдруг вся семейка тычет друг в друга пальцами, укоряя и обличая, потому что никто не в силах признать, что Рассел — нечаянно или намеренно — покончил с собой?

— Уходи, очень тебя прошу! — Не думала, что Оливия может заговорить так: совсем детский, усталый и жалобный голосок.

Клэр снова повертела на пальце ключи, взвешивая — не ключи, свои дальнейшие действия. Она обернулась ко мне, и я постаралась сосредоточиться на мысли об изумительной изумрудной зелени ее глаз — так гораздо полезнее для моей статьи и для меня самой, нежели думать о том, какие же прохладные и твердые эти изумруды.

— Она вам поведала о том, как она нашла Рассела?

Я чуть было не возразила, что Клэр как раз на этом месте прервала нас. Подумать только, всеми силами я защищаю Оливию. А между прочим, тот факт, что она первой предъявила обвинение, еще не означает, что она во всем права. Может, Клэр и ни при чем, может, и убийство лишь выдумка. Но агрессивное поведение Клэр вроде как подтверждало правоту Оливии.

— Уходи! — все так же настойчиво и по-детски молила Оливия.

Вдруг Клэр распахнула объятия и притянула бесчувственную, растерянную Оливию к своей материнской груди:

— Не задерживайся нынче!

Оливия сумела промолчать. Клэр двинулась к двери, отбивая каблучками нетерпеливый и гневный ритм. Как только дверь захлопнулась, Оливия обернулась ко мне, но я не знала, что сказать, и уступила ей это право — или бремя. Ничего не надумав, Оливия предложила мне:

— Что-нибудь выпьете? Воды? Кофе?

— Нет, спасибо.

Она даже ростом стала ниже, увяла от общения с Клэр, как анемон при встрече с барракудой.

— Значит, тело отца обнаружили вы?

— Не тело, — угрюмо отвечала Оливия. — Я нашла *его*. Когда я приехала, он еще дышал, вот почему Клэр винит в его смерти меня. Дескать, его можно было спасти, если б я действовала решительнее.

— А что думаете вы? — Вот и я стала психотерапевтом, лезу пальцами в чужие раны.

— Я не сообразила. Он позвонил мне и просил заехать, по телефону голос его звучал странно, и говорил он какой-то вздор, как пьяный. Я вошла и сперва подумала, что он просто вырубился. Решила, я пока приберусь, посижу, а когда он очнется...

Жестом она указала на глубокое кресло с пуфиком для ног, прямо-таки шезлонг. Здесь, значит, сидел ее отец в тот последний вечер.

Возле кресла возвышался стол — столб из тропической акации, увенчанный массивным медным диском. Тайский столик, знакомая вещь — похожие предметы я видела в детстве у друзей, вернувшихся из Азии. Их родители работали в посольстве. На меди осталось круглое пятно — как раз в том месте, прикинула я, куда человек, развалившийся в кресле, поставит стакан. Я потерла пятно — основательно оно въелось. Идеально ровное, как будто стакан привычной рукой ставили каждый раз в одно и то же место. Ежевечерний ритуал.

А еще я заметила четыре царапины по углам стола, яркие и свежие на фоне затуманившейся меди. Что это было? Поднос? Нет, что-то покрупнее. Но пока что следовало сосредоточить внимание на рассказе Оливии.

— Значит, ваш отец пил?

Ноздри ее возмущенно задрожали.

— Никто этого и не скрывал. Я другое говорю: таблеток он в рот не брал.

— О'кей. И сильно он пил?

— Не так, как в молодости. Говорил, похмелье стало для него тяжеловато. Но иногда... — Она беспомощно пожала плечами. — С кем не случается?

— Как вы догадались, что ему плохо?

— Дыхание вдруг изменилось. Я попыталась разбудить его и не смогла. Тогда я кинулась звонить.

— Девять-один-один?

— Нет, Адаму.

— Адаму Кроули?

Оливия торопливо кивнула:

— Он мой... знаю, глупо звучит, но он для меня все равно что брат.

— А чем-то большим он для вас прежде был? — спросила я, припомнив намек Клэр насчет "мальчиков", которых Оливия-де мечтала поиметь.

Подбородок Оливии резко дернулся вверх.

— Клэр сука, не верьте ни единому ее слову.

— Это не ответ.

— Нет, ничего другого не было.

Не будучи психотерапевтом, я не могла разобрать причины ее гнева: досадовала ли Оливия оттого, что "ничего другого не было", или же ее достала эта ситуация. Пусть, думаю, лучше закончит рассказ.

— Итак, вы позвонили Адаму — и что?

— У него заканчивалась репетиция. Он сказал, что выезжает к нам, но ехать-то ему было далеко, с Аппер-Ист-Сайд.

— Он не посоветовал позвонить в "Скорую"?

— Я не хотела, чтобы отца застали в таком виде.

— Без сознания?

— Не в себе.

Не слишком-то разумная позиция, но прежде чем я успела выразить свои сомнения, Оливия понеслась дальше:

— Я еще подождала, но услышала, что он дышит с трудом, запаниковала и позвонила в "Скорую".

— "Скорая" опоздала?

Оливия запнулась, подбирая точные слова:

— Они еще застали его в живых. Сделали что полагается и повезли его в больницу, но в машине он перестал дышать и, пока они добрались до приемного покоя... — По телу ее пробежала дрожь. — Они спросили меня, принимал ли он какие-нибудь таблетки, и я сказала — нет, этого не может быть. Тогда я не знала... — Она повела рукой, как будто отмахиваясь от меня или от воспоминаний.

— Но теперь вы твердо уверены в своей версии. Почему?

— Потому что я идиотка. Когда "скорая" приехала, явилась и Клэр, дескать, она услышала шум, но в машину села я, а Клэр осталась. Она могла навести тут полный порядок и припрятать все улики задолго до моего возвращения.

Я потерла круглое пятно на медном диске столика:

— Она говорила вам, что прибралась в комнате?

— Разумеется, нет. Утверждает, что сразу же вернулась к себе и ждала у телефона.

У телефона. Так вот какой предмет оставил четыре царапины — четыре острых уголка — на столике!

— Откуда вы позвонили Адаму?

Судя по короткому, нетерпеливому вздоху, ей показалось, что я ухожу от темы:

— Отсюда. У меня всегда при себе мобильник.

— А куда девался городской телефон?

Я выразительно постучала пальцем по медной столешнице, и до Оливии дошло наконец. Она заморгала, потом обвела взглядом комнату:

— Он... — Она снова в растерянности глянула на стол. — А и правда, где же он?

— В ту ночь он стоял тут?

Оливия с минуту взирала на столик, как будто он мог подсказать ответ. Наконец обрывки воспоминаний сложились в мозаику.

— Нет, — вдумчиво ответила она, — только стакан и наушники. Больше ничего. Я и не подумала... Как странно!

Не так уж странно, подумала я. Если злоумышленник что-то подсыпал Расселу в его стаканчик виски "на ночь", имело смысл заодно убрать телефон, чтобы он не смог позвать на помощь. Когда это было проделано? После того как Рассел позвонил Оливии?

— О чем говорил отец, когда позвонил вам?

— Он был пьян, — отмахнулась Оливия.

— In vino veritas[1].

— Ничего не помню, — уперлась она.

— Так я не смогу вам помочь.

Вдруг она отвернулась от меня и отошла на несколько шагов, словно убегая от моего вопроса. Присела на край дивана, сложила руки на коленях и надолго погрузилась в молчание. Я уж подумала, может, мне уйти, но тут она резким, отстраненным тоном произнесла:

— Все обернулось ложью, против него использовали то, что было ему всего дороже.

Да, такие слова из уст близкого человека, отца, больно ранят. А уж если это последние его слова... Ох! Из сочувствия я помедлила, прежде чем задать очередной вопрос:

— О чем он говорил, вам известно?

— Нетрудно догадаться, — прошептала она.

— О вас?

Хоть Оливия и психотерапевт, обижается она быстрее всякого пациента. Судя по ее взгляду, она решила, что я издеваюсь над ней и ее горем. Но быстро опомнилась и поняла, что такое предположение напрашивалось само собой.

1 Истина в вине (*лат.*).

По ее лицу нетрудно было проследить, как она взвешивает очередной ответ, чтобы не ввести меня в заблуждение, но и не дать лишней, с ее точки зрения, информации:

— О своей работе.

— Каким образом его работу могли использовать против него?

— Не знаю. В тот момент я не могла толком разобрать. Это как-то связано с Клэр. После смерти Мики она была его работой, его ответственностью. Папа заботился о ней, помог ей оправиться, встать на ноги.

— С какой бы стати в таком случае ей желать его смерти?

— Ей все это надоело. Все только и говорили о том, как много сделал мой отец, а про нее забывали. А когда у Адама ничего не вышло с музыкой, Клэр свалила все на отца. С тех пор и пошли разлады.

— Я думала, Адам выбрал другую карьеру, не захотел больше петь. — После триумфального приема на вечере памяти Мики Адам под присмотром Рассела записал альбом — вполне успешный, сколько помнится, у меня он стоял на полочке, хотя, честно говоря, давненько я его не слушала. А потом Адам повесил гитару на гвоздь и занялся чем-то другим, и с тех пор о нем ни слуху ни духу.

Оливия скупо улыбнулась:

— Отец умел все представить в лучшем виде, такой уж у него талант. Альбом был неплохой, но все ожидали второго пришествия Мики и были разочарованы.

— Но Джордану это не помешало. — Вышедший полтора года тому назад альбом Джордана мгновенно ворвался в первую пятерку, побил рекорды продаж, песни из него все еще звучали по радио. Он оказался точной, до мурашек по коже, копией отца — и его манера писать песни, и его вокал. Гораздо ближе, чем Адам. Мальчишка очаровал и нас, ветеранов, помнивших его отца, и подростков, приветствовавших новую рок-звезду. Критики и публика с нетерпением ждали следующего альбома.

— Вот отчего Клэр с ума сходит. Корону Мики унаследовал "другой" сын. И опять же виноват оказался мой отец.

— Потому что он выпустил этот альбом?

— Потому что он позаботился о Джордане, а не только об Адаме.

Клэр, подумалось мне, из тех свирепых мамаш, что тигрицей набрасываются на всякого, кто обидит их выводок. Но прежде чем принять версию Оливии, мне требовалось заполнить лакуны и составить полную семейную картину. И кстати, как вписываются в эту историю "пленки из отеля"?

— У кого сейчас пленки? — спросила я.

— У меня.

— Где они?

— Не вижу, какое отношение...

— Ладно. По крайней мере, они в надежном месте.

Оливия поднялась, уперла руки в боки:

— Вы думаете, пленки как-то связаны?..

— Пока что я еще ничего не думаю. Только задаю вопросы. — Я улыбнулась, стараясь закончить первый разговор на позитивной ноте, ведь нам еще не раз предстоит встречаться. — Мне пора на работу, но мы вернемся к этой теме.

— Разумеется. Встретимся сегодня вечером. Я познакомлю вас с теми людьми, которые могут помочь.

— Большое спасибо.

Оливия испустила долгий вздох, как бегун, пересекший финишную прямую.

— Большое спасибо, что выслушали. Я и на это не рассчитывала.

— Если можно, больше ни с кем это пока не обсуждайте.

— Чтобы не перебить ваше интервью?

— Вам самой не понравится, если об этом напишут в "Пейдж сикс".

Стоит желтой прессе прознать, в чем Оливия обвиняет Клэр, с журналюгами родимчик приключится. Это будет просто глупо и гнусно.

4 – 1260

— Вы правы.

Не могу сказать, что выдвинутый Оливией мотив казался мне достаточным для убийства, но мысль уже работала вовсю. На площадке, дожидаясь лифта, я размышляла о том, каково жить публичной жизнью, когда папарацци сторожат каждый твой шаг, оговорку, ошибку. Требуется нарастить толстую кожу, и эта кожа с годами прирастает к телу, становится частью твоей сущности. Добавим к толстокожести раздутое "эго" творческого человека — и браки распадаются, дети ссорятся с родителями, все идет наперекосяк.

Я как раз прикидывала, какой бы я стала, если бы росла среди звезд рока, но тут чьи-то тонкие и гибкие пальцы впились в мое предплечье, словно корни растения. Я чуть было не выпрыгнула из своей недостаточно толстой кожи, а Клэр и глазом не моргнула.

— Надеюсь, вы понимаете, насколько она несправедлива, — мрачно произнесла вдова Кроули.

— Обычное дело, — кивнула я и попыталась высвободиться, но Клэр не собиралась отпускать меня, пока не скажет все, что надумала. Будем надеяться, после такого общения моя рука сохранит подвижность.

— Оливия — большой специалист искажать истину, — настойчиво продолжала Клэр. —

А уж сейчас, в горе, она и вовсе не способна посмотреть фактам в лицо. И мне бы не хотелось, чтобы ее фантазии проникли в ваше интервью. У девочки куча проблем, и, прежде чем выходить на публику, она должна разобраться со своим чувством вины и ответственностью. Близкие ей в этом помогут.

— Ответственность? — Я решила наплевать на свою руку, пусть отвалится. "Ответственность" подразумевает нечто более конкретное, чем избыточное воображение Оливии или ее чувство вины.

И тут Клэр отпустила мою руку. Она не играет, вдруг поняла я, она в самом деле сказала что-то, с ее точки зрения, лишнее. Полагаю, с миссис Кроули такое не часто случается.

— Я неудачно выразилась.

Так легко я удобный случай не упущу:

— Если только вы не имели в виду, что Оливия виновата в смерти отца.

Клэр облизнула языком верхние зубы, вечно надутые губки выпятились еще больше. Она ждала следующей моей реплики — а вдруг я сглуплю и переменю тему, — но, как уже сказано, так легко я добычу не выпущу. Наконец Клэр ответила:

— Это был несчастный случай.

— На этот счет нет единого мнения.

— Такова официальная версия.

— А сами вы как думаете?

— О чем вы собираетесь писать статью? — Отработанная улыбка человека, привыкшего иметь дело с прессой, растянула ее губы.

Больше из Клэр ничего не выжмешь.

— Я напишу об Оливии как о душеприказчице отца. Хранительнице творческого наследия.

Всего я могла ожидать от Клэр, но не смеха, тем более не хриплого, издевательского хохота. Что здесь смешного, хотела я спросить, но не успела: распахнулась дверь в другом конце холла и словно в раме нарисовалась Оливия. Клэр прекрасно ее видела, но продолжала хохотать. Оливия сделала шаг по направлению к нам, но в этот момент Клэр успокоилась, повернулась ко мне и сказала:

— Нам надо будет поговорить, пока не вмешались наши юристы, — и с этими словами она ушла к себе, не удостоив лишним взглядом ни меня, ни Оливию. Как только за ней захлопнулась дверь, Оливия тоже скрылась внутри квартиры. Я осталась стоять на площадке в ожидании лифта. Волосы у меня на затылке встали дыбом, и, приглаживая их, я пыталась понять, чем не угодила мне скромная работа "доброй советчицы", зачем я полезла в "настоящую журналистику".

4

— Одна ты не пойдешь!

— Спасибо, что заботишься о моей безопасности.

— Ну да, об этом тоже.

— А?

— Ну прости, я тоже без ума от Джордана Кроули, а ты хочешь лишить меня шанса увидеть его близко-близко, разгоряченного, потного, соблазнительного!

Дежавю: мы втроем в спальне, Кэссиди с неумолимостью морского пехотинца — найти и обезвредить! — прочесывает мой гардероб, Трисия на кровати, нежно прижимает к груди подушку, а я верчусь перед зеркалом, прикидывая, не побриться ли мне наголо — все равно с такими волосами жить нельзя. На миг мы снова превратились в студенток, живущих в одной комнате, и я порадовалась, что славные те деньки кажутся такими близкими. Ну, или не вовсе уж недоступными.

— Ты должна взять с собой человека, который будет по-настоящему счастлив познакомиться с Джорданом, — так сказать, покажет тебе правильную реакцию, — гнула свое Трисия. Словно маленькая девочка, она накручивала прядку волос на палец и заискивающе улыбалась мне.

— Ты что ни день встречаешься со знаменитостями, — отпарировала я. Организованные Трисией вечеринки были густо усеяны звездами.

— Только не с теми, с которыми мне хотелось бы встретиться, — мечтательно отвечала Трисия, и в ее улыбке засверкал намек.

— Я-то иду вовсе не из-за Джордана. Мне это нужно, чтобы разобраться с Оливией.

Обе подруги уставились на меня, широко раскрыв глаза, так что пришлось добавить:

— Пока что неясно, обвиняет ли она Клэр в убийстве потому, что искренне в это верит, или же она просто хочет причинить Клэр побольше неприятностей.

— А может быть, и у Клэр имеются какие-то подозрения насчет Оливии? — Кэссиди подозрительно оглядела мои лучшие черные слаксы и закинула их обратно в шкаф.

— Чем они тебе не угодили?

— Вполне сойдут. Если ты посидишь в них дома, — отрубила она, и отряд морских пехотинцев вновь принялся за дело.

— Оливия обвиняет Клэр, а Клэр обвиняет Оливию? — приподняла брови Трисия. — Так, может быть, все обвинения яйца выеденного не стоят?

— И моя статья тоже? — огрызнулась я.

— Твои отношения с Кайлом... так прекрасны и так уязвимы. Не стоит рисковать ради ерунды.

— Рисковать чем — статьей или отношениями?

— И тем и другим.

— Заметь, Кайла она с собой не берет, — подлила масла в огонь Кэссиди, роняя ледяно-голубую блузу на изрядную кучу одежды в изножье кровати.

— Не стоит смешивать работу с личной жизнью, — запротестовала я.

— Да уж, в твоем случае нетрудно перепутать, — вкрадчиво намекнула Трисия.

— Не стоит соединять ту, которой всюду мерещатся убийства, — ткнула в меня пальцем Кэссиди, — с тем, кто в этом разбирается. — Легкий взмах руки по направлению к двери обозначал отсутствовавшего Кайла.

По правде сказать, я предупредила Кайла, что вечер в клубе составляет часть журналистского расследования, однако мы это не обсуждали. В разговоре с ним я пыталась сохранять ту же заманчивую, полную невысказанных намеков интонацию, что и поутру, *до* встречи с Оливией, но теперь меня уже не на шутку беспокоил вопрос: как далеко заведет меня расследование? Кайл не возражал против концерта и не переживал насчет того, что я пойду туда одна. Полагаю, он решил не вмешиваться: скоро, мол, я просею все факты и домыслы, какими снабдит меня Оливия, и приму официальную версию случайной передозировки. А мне, чтобы переубедить Кайла, понадобится кое-что повесомее, чем две бабы, Оливия и Клэр, тычущие друг в друга указующими перстами. И насчет "пленок из отеля" надо все выяснить.

— Ты чересчур усложняешь. Клэр Кроули пригласила меня как журналистку, было бы нахальством привести с собой кого-то еще, иначе я бы вас обеих с собой захватила.

— Большое спасибо, — фыркнула Кэссиди, — но мы с Аароном нынче встречаемся после трехдневной разлуки, и уж это как-нибудь погорячее концерта с тем или иным Кроули, разве что сам Мика воскрес бы из мертвых.

Я невольно поежилась:

— Очень уж ты вольно обращаешься с метафорами.

— Ого! Три дня не виделись — и ты вся дрожишь! — Трисия театрально вздохнула. — А если б вы не виделись три недели? Или целых шесть?

— Мы же договорились не лезть, — подмигнула ей Кэссиди.

— *Ты* сказала, что не надо лезть, — уточнила Трисия.

— Вы о чем? — осведомилась я, натягивая черную джинсовую юбку с кантом.

— Мы решили не расспрашивать тебя о следующем свидании с Кайлом, — пояснила Кэссиди, томно вытягиваясь на моей постели. Но даже в этой позе она постаралась уложить свои скрещенные лодыжки не на груду отобранной одежки, а рядом с ней.

Трисия вытянулась рядом с ней, скопировала позу Кэссиди:

— И обо всех существенных деталях не выспрашивать.

— С удовольствием бы поделилась, да пора бежать. — Я принялась натягивать зеленовато-голубую блузку с узким разрезом, частично обнажавшим плечи.

— Только не в этом! — Трисия без усилий (как я ей завидую!) приподнялась, вырвала у меня из руку блузку и снова откинулась на спину.

— Мы с Кайлом снова разговариваем. Для начала достаточно? — не удержалась я.

— Думаешь? — лениво переспросила Кэссиди. — Примерь персиковую.

Я послушно взяла с кровати персиковую блузку и принялась натягивать и оправлять накрахмаленную до скрипа ткань, прикидывая тем временем, достаточно ли для начала, что мы с Кайлом разговариваем. Как я ни тосковала по нему, я вполне отдавала себе отчет в том, что наши размолвки и разногласия так и остались непроговоренными, неразрешенными, а значит, чем осторожнее мы будем сближаться, тем больше у нас шансов на успешное восстановление отношений. Но с другой стороны, все эти интеллектуальные мешки с песком (ох, с метафорами у меня дело обстоит не лучше, чем у Кэссиди) — в общем, вся эта труха не сдержит половодье наших чувств. У меня губы так и горят после его поцелуев.

— Недостаточно, я уж вижу, — авторитетно заявила Трисия.

— Что ты видишь?

— Ты блузку застегнула не на ту пуговицу.

Пришлось попросить их обеих заткнуться на эту тему: когда речь заходит о Кайле, я начинаю нервничать и не могу толком собраться на концерт, а ведь этот концерт — тоже непростая работенка. Идеальная возможность разобраться с отношениями внутри семейного круга Расселов — Кроули, выяснить, разделяет ли кто-нибудь из близких подозрения Оливии. Разумеется, с такого вопроса я не начну знакомство со звездами эстрады, но ведь и в невинном с виду разговоре может что-то всплыть.

Вот насчет невинных разговоров я могла не беспокоиться.

У входа в "Марс-холл" толпились десятки фанатов. Впервые в жизни я оказалась по другую сторону, и это было упоительно. Конечно, поклонники Джордана при виде меня думали не "кто она такая", а "кто она, черт побери, такая", но мне было решительно наплевать. Я подплыла к здоровенному громиле — у него в руках я приметила заветный листок с именами — и прочирикала:

— Привет, я Молли Форрестер, по приглашению Клэр Кроули.

Головой я не доставала даже до массивного плеча охранника — и это при том, что премудрая Кэссиди заставила меня надеть черные туфельки на шпильке от "Макс Студио" с ремешками вокруг лодыжки и маленькими шелковыми ленточками, а Трисия тем временем содрала с меня джинсовую юбку и заменила ее единственной кожаной юбкой из моего арсенала — ее подарила мне прежняя редакторша отдела мод после того, как я помогла ее племяшке со школьной стенгазетой. Юбка малость коротковата, но подружки взяли с меня слово, что я ни разу не попытаюсь ее оправить — ни разу за весь вечер. Впрочем, мы отклонились от темы.

Охранник принахмурился:

— Холли?

Я чуть ли не по буквам повторила свое имя. Возбуждение от мысли, что мне удалось-таки проникнуть за ограждение клуба, сникло: ближайшие ко мне в очереди фаны уже посмеивались, решив, что я блефую и меня разоблачили. Неужели Клэр посмеялась надо мной — или она просто забыла? И как мне строить разговор с крепким парнем, наслушавшимся уже куда больше "причин, по которым мне надо, ну правда же, необходимо пройти", чем я успею выдумать за те девяносто секунд, пока он еще терпит мое присутствие? И ведь такой лапочка, даже просмотрел список еще раз, но вот снова качает головой, и в этот момент за моей спиной раздается голос:

— Все путем, она со мной.

Дивный голос, низкий и звучный. Обернувшись, я убедилась, что владелец этого голоса тоже весьма хорош собой. Я не сразу его узнала: он подстриг длинные черные волосы, и они волнистым шлемом окружили его лицо. Лицо стало тоньше, отчетливее выступили скулы, но ослепительные зеленые глаза и чувственные губы — ах! Тут никакой ошибки быть не могло. "Адам Кроули!" — выдохнула я, и женские взвизги в толпе фанов подтвердили: да, это он.

— Ну конечно же я — Адам Кроули. А вы — Молли Форрестер. — Кривоватая улыбка показалась мне чуточку притворной, как будто излучать обаяние было для него не таким уж простым делом — уверена, это вовсе не так. Уф, я запуталась в отрицаниях. Но вы же меня поняли?

И я не смогла удержаться от широкой улыбки, когда пожимала ему руку:

— Вы меня спасли.

— Попробуем довести дело до конца. — Он поблагодарил охранника и распахнул передо мной дверь. Девицы в очереди выкликали его имя, самые отчаянные пытались дотянуться, притронуться к нему. Адам помахал им рукой и, довольно ощутимо подтолкнув меня в спину, захлопнул дверь за нами обоими.

— Я не собиралась похищать вас у ваших обожателей, — пробормотала я, оказавшись с ним вместе внутри.

— Они выкрикивают мое имя, но это вовсе не означает, что они любят меня, — сухо возразил Адам. Похоже, он решил посвятить меня во все тайны. — Наверное, вам это непонятно.

— Вы так добры ко мне.

— Я изредка бываю добр. — Он склонил голову набок, словно прикидывая, стоит ли и дальше рассуждать на эту тему. Решил, что не стоит. — Наше место там, — пальцем указал он куда-то через плечо, развернулся и пошел в этом направлении.

Я поплелась за ним.

— Спасибо, что вышли встретить меня, — сказала я в тот момент, когда мы пробирались за кулисами театра. В сумрачном интерьере, казалось, сверкали искры — так усердно готовились тут к вечернему концерту. Зал был довольно большой, по одной его стене тянулась сцена, напротив нее, по другой стене — высокие зеркала в позолоченных рамах. Зрители занимали места за столиками и на балконах напротив сцены, и по бокам от нее. Обстановка по минимуму, но хотя бы нет опилок на полу и ковбоев возле бара. Все приглушено, блестят лишь медные светильники на стенах и кольца на перилах балкона.

— Мама просила меня присмотреть за вами. Это почему? Вы для нее важная персона или она вам не доверяет?

Я рассмеялась (будем надеяться, не истерическим смехом). И не пронзительным смехом девочки-подростка, чей голос вопил у меня в голове: "Адам Кроули! Поверить не могу, я тут с Адамом Кроули, сыном Мики Кроули!" Откашлявшись, я постаралась заодно вернуть себе и ясность мыслей:

— Мы только что познакомились. С чего бы ей доверять или не доверять мне?

— Значит, вы — новая подружка Джордана, а не его экс и не сумасшедшая, которая его преследует?

— Не экс, не сумасшедшая и даже не подружка. — Я остановилась посреди дороги как раз в тот момент, когда Адам собирался провести меня через таинственную, без всякой вывески, дверь, которую охраняли двое здоровяков — по сравнению с ними тот великан у главного входа выглядел заморышем. — Вероятно, Клэр поручила вам встретить кого-то другого.

Он скорчил гримасу, выражавшую, должно быть, смиренную просьбу о прощении — вот только зеленые глаза так и полыхали:

— Да нет, это лишь мои домыслы. Раз уж меня послали к дверям встречать такую красавицу, значит, вы как-то связаны с Джорданом.

— Вообще-то я "связана" с Оливией.

— Ее пациентка?

— Вот уж нет.

— Она — ваша пациентка?

— Тем более нет.

Его улыбка стала более задушевной; Адам снова склонил голову к плечу, внимательно меня разглядывая (мы оба как раз прошли через ту дверь).

— В подруги ей вы точно не годитесь, — рассуждал он, ведя меня по коридору с афишами — краткая наглядная история рока: Джаггер, Бирн, Верлен, Йохансон, Хинд, Спрингстин, Кобейн.

— Почему это не гожусь в подруги?

— Я знаю обеих ее подруг — тоска зеленая, что внешне, что в разговоре.

Настал мой черед наклонить голову к плечу и хитренько посмотреть на него:

— А она о вас хорошо отзывается!

— Кто-то врет: либо она, либо вы.

— Вам станет легче, если я скажу, что она вовсе о вас не упоминала?

— Это больше похоже на правду, — отозвался он, но в его улыбке поубавилось киловатт. Мы свернули за угол и попали в очередной коридор, где изо всех сил трудились сопровождавшие группу рабочие сцены и, как это обычно бывает, болтались какие-то примазавшиеся лентяи. Адам ухватил меня за локоть — "Держитесь рядом, так будет веселее" — и ловко проложил себе путь через запруженный коридор. Со всех сторон выкрикивали его имя, он кивал, улыбался и тащил меня за собой.

Надо же, подумала я, как все его любят, хотя он перестал выступать и уже столько времени прошло с тех пор, как он выпустил свой альбом. Конечно, этот путь, этот маленький спектакль — все было подстроено специально для меня. Интересно, такая его нацеленность на очередную девицу — обычное дело или он старается из-за Оливии? Кстати говоря, в их отношениях следовало бы разобраться (для статьи, разумеется). Тем более когда Оливия и его мать обвиняют друг друга в смерти Рассела.

— Мы сможем поговорить в каком-нибудь более укромном месте? — намекнула я.

— Отлично. Пошли! — Он развернулся и снова потянул меня за локоть, как будто собирался вернуться к главному входу.

— Нет-нет. Сейчас у меня работа.

— Полно вам, Оливия — человек непростой, но чтобы работа? Расслабьтесь. — Адам подвел меня к двери с табличкой: "Джордан Кроули". Едва он занес кулак, чтобы постучать, дверь распахнулась, и оттуда вышел человек постарше — совершенно сногсшибательный и очень сердитый. Высокий, худой, с выразительными острыми скулами и густыми, до плеч, волосами, в которых только-только начала пробиваться седина. У меня буквально в зобу дыханье сперло — и это к лучшему, иначе я бы во всю мочь своих легких выкрикнула его имя и пустилась толковать о том, как была влюблена в него глупой тринадцатилетней девчонкой.

Он с трудом протиснулся мимо нас, изобразил вежливую улыбку:

— Прошу прощения.

— Грэй, ты что, уходишь? — удивился Адам.

Карие глаза Грэя Бенедека смотрели холодно, хотя на губах он удерживал улыбку.

— Друг, мне и приходить-то сюда не стоило.

— Погоди, я поговорю с ней, — предложил Адам.

— Тебе и без меня есть кем заняться. — Грэй кивком головы приветствовал меня (мои вытаращенные глаза, мои дрожащие губы, с которых так и не сорвалось ни слова) и быстро зашагал прочь.

Лишь когда он исчез из виду, я смогла вновь набрать воздуху в легкие. Быть рядом с Адамом Кроули — да, это круто, но ведь не он был идолом и звездой моих отроческих лет, когда я дни напролет слушала один альбом за другим, не сводя глаз с приклеенного к стене постера и заучивая наизусть каждую строчку, каждое словечко их песен.

— Это Грэй Бенедек? — довольно глупо спросила я.

— Ага. Простите, не успел вас представить. — Адам оглянулся, пытаясь высмотреть Грэя.

— Ничего, в другой раз, — подбодрила я его и себя. В другой раз, когда я не буду задыхаться и капать слюной. А теперь — соберись-ка, Молли! Как наставляла меня мама, когда я шла на вечер в посольство (к тем самым друзьям): "Просто притворись, что тебе это не в новинку".

Адам наконец постучал в ту дверь, дверь распахнулась, и перед нами предстала Клэр Кроули в винтажном индийском платье из хлопка — точно такое она могла надеть и в ту пору, когда на этой сцене пел Мика. Да и выглядела она точь-в-точь как тогда, ни месяцем старше. Она улыбнулась сыну, но тот был суров.

— Что это с Грэем? — спросил он.

— Ничего, — пожала плечами Клэр. — Спешит куда-то. — Она стремительно обернулась ко мне и одарила меня такой же улыбкой, как Адама: — Молли, спасибо, что пришли!

— Вам спасибо, — ответила я. Мы очутились в типичной гримерной — высокие зеркала с подсветкой, ряд стульев возле дальней стены. Что еще? Два больших, несколько выношенных дивана и большой круглый стол с прохладительными напитками. На любой вкус, от лимонада до спиртного, а еще корзинки с фруктами и здоровенный поднос с сэндвичами и пирожками.

Осматриваясь по сторонам, я заметила Оливию на дальнем от меня диване — забилась в угол, руки скрестила на груди, как будто только что с кем-то поругалась. При виде меня ее лицо просветлело, и она поднялась мне навстречу.

— Вот та самая журналистка, — громко объявила она, не обращаясь ни к кому в отдельности.

Адам выпустил мой локоть.

— Журналистка? — с притворным негодованием переспросил он. Хотелось бы надеяться, что с притворным.

Оливия похлопала по плечу молодого человека, который сидел спиной ко всем нам, склонившись над гитарой. Парень развернулся на стуле, но головы так и не поднял, и все-таки я сразу углядела поразительное сходство двух братьев. С годами они становились все более похожими на своего общего отца, особенно эти острые скулы и проницательные глаза. При том, насколько разные у них матери, казалось бы, унаследованные от Мики черты должны были измениться, расплыться, но нет, сразу видно, что это братья и один красотой не уступает другому.

Джордан отрастил себе волосы подлиннее, густые, разметавшиеся по плечам кудри. Они казались чуть-чуть светлее, чем волосы Адама, но разница незначительная. Зеленые глаза блестели тем же завораживающим блеском, те же губы улыбались — чувственные, полные губы, но тонкие черты лица. Старые Дэн Фогельберг и Тим Вайсберг вспомнились мне, альбом "Близнецы от разных мам"[1]. Вот они во плоти. Единственная разница — манера держаться. Когда Джордан наконец оторвался от гитары и встал, плечи его оставались слегка ссутуленными и в улыбке проскользнула какая-то неуверенность — странно, право, для рок-звезды.

1 Альбом "Близнецы от разных мам" был записан Дэном Фогельбергом и Тимом Вайсбергом в 1978 г.

Он помахал мне рукой, хотя я стояла в полутора метрах от него, когда Оливия нас представила.

— Надеюсь, вам понравится, — произнес он, хватая с импровизированной стойки бутылку воды.

— Конечно, ей понравится, — заявила изящная женщина в тугих джинсах "7 for All Mankind" и красных туфлях на платформе от Анны Кляйн[1]. Выступив вперед, она пожала мне руку: — Я Бонни, мама Джордана.

На фоне поразительного сходства братьев еще больше бросалось в глаза *несходство* их матерей. Бонни оказалась миниатюрнее, чем выглядела на фотографиях, все ее нежное личико занимали огромные карие глаза. Плотно облегавший тело пуловер не выдавал ни унции жирка. Волосы она стригла ежиком, в котором переливались все оттенки рыжего и светлого — поди угадай, какого цвета были ее волосы изначально. Они с Клэр одногодки, но Клэр с большим благородством принимала свой возраст.

— Как прекрасно, что вы решили написать об Олли, — заговорил Джордан, обнимая Оливию. — Она у нас самая лучшая. Вроде сестренки, которой у нас не было, верно, брат?

1 "7 for All Mankind" — преимущественно молодежный бренд, стиль Анны Кляйн близок к спортивному.

Оливия и Адам переглянулись, и какая-то одинаковая боль промелькнула в их глазах. Адам медленно кивнул:

— Именно так, брат.

— И мы все горюем по Расселу. — Теперь Джордан обращался "эксклюзивно" ко мне. — Все без него не так. Я надумал сегодня посвятить ему песню. — Он двинулся прочь, тряся бутылкой с водой, как будто это был музыкальный инструмент, и напевая — слишком тихо, слова не разобрать.

— Стоит ли? — равнодушным тоном спросила его Клэр.

— Да это прекрасная идея, — широко ухмыльнулся парень.

Оливия беспомощно оглянулась на Клэр и тоже вступила в спор:

— Право же, Джордан, зачем всех расстраивать...

Джордан несколько раз качнул головой в ритме только ему слышной песни:

— Не фиг расстраиваться, пусть лучше злятся. Чтобы такой крутой мужик и вдруг решил, что его жизнь дерьмо, что ему один выход...

Сдавленное рыдание вырвалось у Оливии. Джордан заткнулся, неловко обнял ее. Все вокруг в смущении отводили глаза. Да уж, не мешало бы мамочке привить Джордану деликатность.

В дверь постучали — распорядитель заглянул предупредить мистера Кроули, что до выступления остается четверть часа.

— Он пока разогревается, — сказал Адам, вытолкнул распорядителя из гримерной и прислонился спиной к двери, чтобы никого не впускать.

— Разогреваешься, да, брат? — с горечью повторил он, обращаясь к Джордану.

— Адам! — остановила его Бонни таким тоном, точно она приходилась мамочкой Адаму.

А родная мать Адама ничего не сказала, просто подошла к Джордану и сняла его руки с плеч Оливии. Так же молча она подвела Оливию к Адаму, а Джордан, прислонившись к зеркалу, принялся барабанить по длинному туловищу бутылки, тупо уставившись в потолок. Бонни приблизилась к сыну, погладила его по руке, но он как будто не почувствовал ее прикосновения. Зря они выгнали распорядителя сцены — тут требовался посторонний: указать, кому где встать и как направить эмоциональные потоки.

Клэр вежливо улыбнулась мне:

— Вы трое могли бы занять свои места, пока Джордан готовится к выступлению.

Это было не приглашение, скорее приказ, так что я покорно вышла вслед за Адамом и Оливией в коридор. Жаль, что я не могу обратиться в муху и пристроиться на потолке, подслушать их разборки: может, те трое двинутся в пляс вокруг котла, словно шекспировские ведьмы, кто их знает.

Что бы они там ни делали втроем, это сработало. Когда пятнадцать минут спустя Джордан вышел на сцену, Оливия рядом со мной все еще всхлипывала, но Джордан так и пылал. Он играл здорово, со страстью, и пел не хуже. Голос его, как и у Адама, казался отголоском Мики, но звучал печальнее, порой чуть ли не страдальчески. От его альбома я была в восторге (и еще полмиллиона американцев), но я и понятия не имела, насколько Джордан лучше вживую. Сидя за ВИП-столиком, прямо перед сценой, я чувствовала порой, как взгляд Джордана пронзает полусумрак зала и устремляется прямо ко мне. Потрясающе!

Ошалев, я не замечала, как Адам все ближе склоняется ко мне, пока его губы не коснулись моего уха. Адам принялся любезно разъяснять, кто есть кто в оркестре: барабанщик, басист и клавишник оказались "приятелями из других групп", названия групп мне мало что говорили. Я кивнула, но Адам не отклонился обратно к спинке своего стула, его губы все так же прижимались к моему уху, словно он собирался что-то еще сказать. Я выждала, но, поскольку он ничего не говорил, я повернула голову, чтобы разглядеть выражение его лица, и мы буквально столкнулись носами. Увидев, что я несколько сбита с толку, Адам усмехнулся и сел наконец по-людски. Что за игру он затеял? — недоумевала я, твердо обещая себе во всем разобраться.

Разобраться потом — пока что меня захлестнул поток музыки. "Приятели из других групп" неплохо подыгрывали Джордану и не тянули на себя одеяло: это был его концерт, и все лавры достались ему. Парень так классно работал, что только через час с лишним я опомнилась и сообразила: ни единой новой песни он не сыграл. Прозвучали хиты из его альбома, две-три неплохие кавер-версии и даже кое-что из старого, из "Внезапных перемен", нового же — ни куплета. Воспользовавшись моментом, когда гитара играла негромкое соло, я наклонилась к Адаму и прошептала ему (да-да, я тоже прижалась губами прямо к его уху):

— Я-то думала, он готовит новый альбом.

Адам усмехнулся в ответ, не сводя глаз с единокровного брата:

— Ну да, готовит.

— Почему же он не спел ничего нового?

Усмешка сделалась ядовитой.

— Хреновый альбом, надо полагать.

Оливия, сидевшая по другую сторону, легонько шлепнула Адама по руке:

— Прекрати!

Она тревожно оглянулась, словно кто-то мог подслушать наш разговор под гитарные трели.

Адам только плечами пожал:

— Ну чего там, провозился на полгода больше, чем сулил. Золотой будет диск, не иначе.

Я поспешно откинулась на спинку стула. Оливия уже более чувствительно хлопнула Адама по руке. Отношения между двумя братьями от разных матерей — какой увлекательный сюжет, и к тому же Оливия, если верить Клэр, испытывала к каждому из них (одновременно или поочередно) отнюдь не сестринские чувства. Я попыталась представить, как усложнялась семейная динамика (так вроде бы это называется?), по мере того как двое юнцов и красивая девушка росли в соседних квартирах, в довольно-таки своеобразной обстановке. С годами менялись не только их отношения с Оливией, но и отношения между братьями, ведь они боролись за внимание отца, а затем — за его наследство.

Что, если Рассел оказывал предпочтение одному из братьев? Адама он выпихнул под свет рамп чересчур рано, и юноша не оправдал его надежд — не хватило опыта, не справился с эмоциями, музыкальная карьера не сложилась. Быть может, Рассел ждал от него большего, требовал большего? А затем перекинулся на Джордана — Джордан обещал стать ничуть не хуже отца, а то и превзойти его. Впрочем, надо еще посмотреть, как сложится со вторым альбомом. Но если и Джордан не сдюжил, могло ли разочарование оказаться для Рассела непосильным? Он так и не заполучил второго Мику. Так, может быть, не убийство, а самоубийство, акт отчаяния творческой натуры? А почему тогда Рассел говорил Оливии, что его работу использовали против него?

Прозвучала очередная песня, стихли аплодисменты, и Джордан сделал шаг вперед.

— Со мной сегодня играют отличные ребята, — взмахом руки он охватил свой оркестрик, — но есть еще один человек, который необходим мне на сцене: мой брат Адам!

Крики, радостные вопли со всех сторон, овация. Люди вертелись на креслах, вскакивали, высматривая Адама. Тот сидел неподвижно, хмурился. Оливия подтолкнула его локтем — иди же, иди! — Адам нехотя поднялся и подошел к ступенькам сцены. Аплодисменты нарастали неудержимой волной.

Подавшись навстречу брату, Джордан бедром толкнул микрофон:

— Он не ожидал, что я приглашу его на сцену, но я-то знаю, что на Адама всегда можно рассчитывать: он подыграть не откажется.

Преданные фаны завопили, еще до первого аккорда догадавшись, куда клонит Джордан: "Подыгрывай", — один из самых любимых хитов "Внезапных перемен", хит из последнего альбома. На миг мне показалось, что Адам развернется и уйдет со сцены, но он, хоть и с усилием, выдавил из себя улыбку и уселся за большое пианино — клавишник поспешно освободил ему стул.

Глядя друг другу в глаза, братья запели. Мгновение — и публика дружно поднялась на ноги, люди хлопали, подпевали: "Я так давно в этой игре, я мог бы играть и во сне, но ты отбиваешь такт, я даже не знаю как". Джордан перешел к пианино, теперь они с Адамом пели в шаге друг от друга, каждый терзал свой инструмент, дразня, вызывая брата на спор, перебрасывая мелодию друг другу, словно физический объект. Электрические разряды пронизывали воздух.

Когда песня закончилась, Джордан обнял Адама, стащил его со стула и прижал к себе, а люди хлопали и орали, надсаживая глотки. Адам не стоял столбом, он тоже обнял брата, и Оливия прослезилась.

— Они уже сто лет не играли вместе! — крикнула она мне, перекрывая шум. — Как это прекрасно!

Джордан выпустил Адама из объятий и обернулся к толпе. Никто не садился, и аплодисменты не стихали. Джордану пришлось кричать, чтобы его расслышали. Адам снова сел за пианино.

— Двух человек недостает нам здесь сегодня, — долетели со сцены слова Джордана, и я услышала, как Оливия резко вздохнула. Адам тоже ощутимо напрягся, но Джордан уверенно продолжал: — Следующая песня посвящается тем двоим, кто растил нас и был с нами — пока они могли, пока не ушли навсегда.

Джордан сыграл вступительный аккорд, и жалобное "Нет", вырвавшийся у Оливии крик протеста, взмыло над воплями толпы. Кое-кто еще аплодировал, но многие смолкли, едва осознав, какую песню играет Джордан. Адам, сгорбившись, сидел за пианино, а Джордан знай себе распевал: "Виски и таблетки, русская рулетка, тут уж держись не держись, кончена жизнь". Он оглянулся на брата, недоумевая, почему тот не подыгрывает.

Адам уже спускался со сцены.

Толпа, только что радостно приветствовавшая обоих музыкантов, затихла в смущении. Оливия поникла, ее взгляд, устремленный на Джордана, был полон боли. Я тоже села и поглядывала по сторонам в поисках Бонни и Клэр.

За передними столиками их не было видно. Возможно, подумала я, они остались за кулисами. Жаль, что я не могу посмотреть на их реакцию.

"Виски и таблетки" — еще одна знаменитая песня из последнего альбома, но это не просто песня — эпитафия Мики. Фаны рока могут вам в точности поведать, какие таблетки вошли в смертоносный коктейль, прикончивший Мику. С какой стати Джордану понадобилось намекнуть, что те же таблетки стали причиной смерти Рассела? Ему кажется романтичным, что оба друга стали жертвой передозировки? Или он в такой форме делает "официальное заявление" о смерти Рассела? Или — заметает следы?

Адам чуть ли не бегом устремился к нашему столику, не обращая внимания на тянувшихся к нему со всех сторон фанов.

— Пошли, — сказал он, рывком поднимая Оливию на ноги. Оба, очевидно, считали, что я последую за ними. Так я и сделала, хотя оглядывалась через плечо на сцену: Джордан неотрывно следил за братом, но продолжал петь и ни разу не запнулся.

Я думала, Адам уведет нас прочь из клуба, но он пошел за кулисы. Что-то он задумал, и мы с Оливией составляли часть его плана. За стенкой было слышно, как поет Джордан, хотя голос был заглушен, отчасти искажен. Публика молчала.

Клэр торчала в коридоре возле гримерной Джордана, поджидая Адама. Она раскрыла было рот, но он не дал ей и слова произнести. Остановился прямо перед ней и злобно рыкнул:

— Молчи уж!

— Ты даже не знаешь, что я хотела сказать.

— Непредсказуемость не относится к числу твоих достоинств, мамочка.

— Тебе не следовало уходить со сцены.

— Если Джордану вздумалось стать пупом вселенной, при чем тут я?

— Людям хочется, чтобы вы были вместе...

Адам пожал плечами, вместо него заговорила Оливия:

— Это ты его надоумила, сука! Пусть, мол, люди думают, будто папа наглотался таблеток. От себя подозрения отводишь.

Клэр Кроули чуть не влепила Оливии пощечину, да вовремя вспомнила про меня, журналистку. Судя по лицу Адама, он был бы счастлив, если б крыша рухнула и придавила нас всех. При том что я не была лично знакома с Расселом Эллиотом, эмоциональную перегрузку испытывала уже и я; каково же приходилось этим раздираемым страстями людям?

— Молли, — заговорила Клэр, чересчур крепко сжимая мне руку (быть может, так она боролась с желанием врезать Оливии). —

Будьте добры, проводите Оливию домой. Так будет для нее же лучше, ведь правда? — Она еще разок сжала мне руку, то ли уговаривая, то ли угрожая.

— Да, я уйду отсюда, но домой не пойду, — с детским упрямством возразила Оливия. — Идем, Молли! — Она развернулась и направилась к заднему выходу.

Как бы посоветовал поступить в таком случае наш личный консультант по этике и этикету? С одной стороны, пригласила меня Клэр, но с другой — пригласила-то она меня только потому, что я подружилась с Оливией. Так чей же я гость и с чьими желаниями должна в первую очередь считаться? Интервью мне предстоит взять у Оливии и статью написать о ней, так что нужно сохранить добрые отношения с ней, даже ценой ссоры с Клэр. К тому же, если Клэр догадывается, что я уже готова разделить подозрения Оливии насчет причин смерти ее отца, она обязательно договорится о личной встрече со мной, чтобы развеять эти подозрения.

Взвесив все за и против, я поспешно сказала:

— Спасибо за прекрасный вечер, миссис Кроули.

Клэр ухватила меня еще крепче и не позволила сдвинуться с места:

— Нам следует встретиться за ланчем.

— Я позвоню вам, и мы выберем время. Мне бы хотелось подробнее узнать о ваших отношениях с Оливией, — закивала я, стараясь говорить вежливо, но деловито.

— Завтра меня вполне устроит, — заявила она стальным голосом женщины, привыкшей во всем добиваться своего.

— Хорошо, я позвоню утром, — ответила я, предпринимая очередную попытку освободиться. За стеной стихла музыка и вновь грянули аплодисменты. Клэр невольно обернулась на шум и выпустила мою руку.

Тут же вместо Клэр в мой локоть вцепился Адам и повел меня в другой конец коридора, где нас уже нетерпеливо дожидалась Оливия.

— Я знаю отличное местечко, где мы все сможем спокойно выпить. Прополоскать рот, чтоб не горчило.

— Почему они так ужасно ведут себя? — заныла Оливия, ухватившись за свободную руку Адама.

— Потому что по-другому не умеют, Олли, — печально ответил он.

— Эй ты, трус! А ну вернись!

Адам даже не обернулся — обернулась я и увидела в дверях зала Джордана: рубашка расстегнута, гитара на плече, ни дать ни взять спортсмен, возвращающийся после победной игры. Бонни ринулась к нему, глаза вытаращены, рука на сердце, словно ее мальчик сейчас взорвется и изойдет синим пламенем. Она принялась гладить его по руке, но мальчик не реагировал. Клэр стояла рядом, переминалась с ноги на ногу в нерешительности — то ли утешать Джордана, то ли вспомнить о собственном сыне.

— Тебе говорю, Адам!

Что-то изменилось в его интонациях — я не уловила, что именно, однако Адам расслышал и обернулся к брату:

— Спокойной ночи, Джордан!

Джордан скривился:

— И это все? Ты бросил меня на глазах у моих поклонников — а теперь: "Спокойной ночи, Джордан"?

Адам глубоко вдохнул и ответил:

— Вот именно.

Подобной сдержанностью можно только восхищаться. Впрочем, Оливия сдерживаться не стала: полагаясь на Адама, она всем телом подалась вперед и прошипела:

— Джордан Кроули, ты подлая свинья!

— Поаккуратнее, юная леди! — предупредила ее Бонни.

— Я воздал дань памяти! — высокопарно заявил Джордан.

— Ничего ты не помнишь и никого не уважаешь! — Адам повернулся к брату спиной и решительно повел нас с Оливией прочь из клуба.

Охранники, фаны, папарацци запрудили переулок. Снова вопли, вспышки "молний" —

Адама узнали. Кто-то окликал и Оливию. Я молилась об одном: добраться бы благополучно до подножия металлической лесенки. Не так-то просто, учитывая высоту моих каблуков и то, с какой скоростью влек нас вниз Адам.

Оливия начала спускаться первой, я собиралась последовать за ней, как вдруг дверь из зала распахнулась и на площадку, где мы стояли, вылетел Джордан. Толпа заорала вдвое громче, но Джордан словно и не замечал никого, он набросился с кулаками на Адама, Адам держал меня за руку, поэтому, когда брат схватил его за воротник и отшвырнул к ограждениям лестничной площадки, я отлетела к перилам вместе с ним. То ли я споткнулась о ноги Адама, то ли Джордан споткнулся о мои ноги, то ли еще что — короче, мы все трое с маху врезались в ограждение, причем я оказалась зажата между обоими противниками, Джордан спереди, Адам сзади. Они боролись, точно профессионалы, не обращая внимания на толпу и вспышки фотокамер, и, как я ни барахталась, пытаясь высвободиться и удрать, где уж было мне совладать с двумя изрыгавшими ярость и адреналин парнями! Теперь уже Адам ухватил Джордана за плечи и развернул всю нашу группу так, что спиной в перила врезался Джордан.

Фотоаппараты щелкали неудержимо, с таким шорохом и свистом птицы слетались на голову Типпи Хедрен[1] и ее друзей, и я чуть не завизжала, да профессионализм не позволил, зато я расслышала то, чего не могли разобрать стоявшие внизу фотографы: как Адам, прижимая Джордана к ограждению, шепчет:

— Хочешь отправиться вслед за ним? Я и тебе помогу.

5

— Твое дело писать статьи, а не фигурировать в них!

Что на такое ответить? "Слушаюсь, мэм!" Час был ранний, уровень кофеина в крови приближался к нулю, на ребрах расцвел синяк — точно по форме этих долбаных перил. Я только что вышла из душа и рассматривала увечье перед зеркалом гардероба, как вдруг зазвонил телефон — прежде, чем я успела окончательно проснуться и подготовиться к этому источающему яд голосу.

— Тебя послали взять интервью у Оливии Эллиот. Какого черта ты делаешь на фотографиях в "Пост"[2] — будто начинка в сэндвиче между двумя Кроули?

1 В фильме Хичкока "Птицы" (1963).

2 "Нью-Йорк пост" — крупнейший таблоид США.

Я тяжело вздохнула — отчасти чтобы посмотреть, как отреагируют ушибленные ребра, отчасти потому, что снимок в газете и впрямь стал для меня неприятной новостью.

— Журналистское расследование, — отважилась я.

— Ты хоть понимаешь, в какое положение ты поставила журнал?

Почему бы не сделать вид, что вопрос задан всерьез, а не риторически? Тем более что на предыдущий, столь же не требовавший ответа вопрос я что-то промямлила. Итак — может быть, еще удастся переубедить Эйлин.

— Типа крутое издание, чьи репортеры умеют оказаться в нужном месте в нужное время?

Эйлин издала рык, больше похожий на тот звук, с каким мусоропровод глотает прокисшие спагетти:

— Когда ты дотащишь свою примелькавшуюся в таблоидах задницу до редакции, первым делом ко мне. И поторопись!

— У меня назначена встреча с Оливией. Это для статьи. — Так-то вот, вряд ли от моих успехов Эйлин почувствует себя счастливой. Кстати о счастливых женщинах — не забыть бы про Клэр. Но мне понадобится дополнительная информация, прежде чем я позвоню ей.

— Не засиживайся. И заодно принеси конкурсный вопрос. — По обыкновению, Эйлин хлопнула трубку с такой силой, что я испугалась, как бы на моем конце телефон не взорвался. Я тоже со всего маху бросила трубку на рычаг — жест бесполезный, поскольку этого Эйлин уже не могла слышать, но чуточку легче стало.

Поиски хоть какой-то одежонки для офиса среди груды нарядов, валявшихся по всей комнате после вчерашней примерки, предоставили мне паузу для обдумывания. Разве я что-то сделала не так? Или, не по своей воле проводя, как положено, журналистское расследование, попала в неприятную ситуацию? Лично я предпочитала второе объяснение, однако Эйлин будет настаивать на первом. Ей лишь бы увидеть, как меня попрут с новой должности.

Только-только я решилась надеть удобное платье-рубашку "Банана Репаблик", как снизу позвонил швейцар. Наш постоянный швейцар Дэнни взял отпуск и хоть бы уж поскорее вернулся: с его заместителем Тоддом можно с ума сойти, пока он доберется до сути, а в то утро мне и вовсе некогда было его выслушивать.

— Доброе утро, миз Форрестер, — приступил Тодд. — Как поживаете нынче?

— Прекрасно, Тодд, а вы? — ответила я (господи, хоть бы "Пост" не попался ему в руки!).

— Благодарю вас, отлично. Тут у меня джентльмен, который говорит, что я не знаю его в лицо, потому что вы с ним встречались раньше, до меня, однако ему необходимо увидеться с вами, и это срочно...

Только этого не хватало! Тодд не читал "Пост", но Кайл уже все знает.

— Спасибо, Тодд, пошлите его наверх.

Я повесила трубку, прошлась щеткой по волосам и первым делом ухватила тушь для ресниц: если он доберется до двери прежде, чем я полностью наложу макияж, по крайней мере, я не буду сидеть тут с бесцветными ресницами, из-за которых я выгляжу словно обревевшаяся младшеклассница.

Он постучал в тот момент, когда я выбирала правильный оттенок теней для век. Что бы посоветовала в таком случае наш редактор-косметолог Марли: заставить кавалера ждать или плюнуть на макияж? Я ухитрилась не сделать ни то ни другое: быстренько нанесла тени на правое и на левое веко и бросилась к дверям.

Хорошо еще, что я не выпрыгнула за дверь прямо в его объятия, хоть мне и не терпелось, — боюсь, это желание чересчур явно отпечаталось на моем недокрашенном лице.

— Вижу, ты мне рада! — ухмыльнулся гость.

— Привет, Питер, — мрачно откликнулась я.

— Чем-то разочарована? Ожидала другого? — Ухмылка становилась все шире. — Я предупредил швейцара, что я — "бывший". Не думаю, что твой список так уж длинен, но, конечно, я в нем не единственный.

Ну да, Питер Малкахи был моим "бывшим". С ним я встречалась до того, как познакомилась с Кайлом, а поскольку мы оба журналисты, мы все еще порой встречаемся — то есть буквально, а не в этом смысле, — и он всегда бурно радуется по этому поводу, а я вовсе нет. Трисия, та и вовсе полагает, что Питер специально меня выискивает, и боюсь, так оно и есть, хотя я всячески старалась отвадить его. Но теперь-то я надеялась никогда больше его не видеть, поскольку при последней нашей встрече он схлопотал пулю. Нет, стреляла не я. Хотя порой мне кажется — могла бы.

Выглядел Питер отлично — он всегда выглядит отлично, золотой мальчик со светлыми волосами, голубыми глазами, обаятельной улыбкой. Принц на белом коне. Шоколадный заяц — блестящий и сладкий снаружи, а внутри пустой.

— Швейцар сказал, что пришел человек, с которым я встречалась, — уточнила я, не слишком надеясь, что Питер оценит тонкое различие между "бывшим" и "брошенным", между человеком, с которым я перестала встречаться, и тем, кого я не хочу видеть. Иногда я сожалею, что так и не научилась преподносить горькие истины с меньшим тактом и более доходчиво.

Впрочем, разве Питер когда-нибудь признает, что его бросили? Вот досада: если б он не переоценивал самого себя и наши с ним "бывшие" отношения, не торчали бы мы сейчас с ним тут нос к носу.

— Верно, — прищурился он. — Тем не менее я застал тебя врасплох. Напрашивается вывод: существует человек, с которым ты "перестала встречаться" после того, как ты "перестала встречаться" со мной. Ты наконец избавилась от своего копа?

— Питер, мне некогда.

Я с ума от него сойду: стоит и лыбится.

— Точно, ты его бросила. До чего ж я вовремя. Угостишь чашечкой кофе?

— Питер, я ухожу.

Он неторопливо оглядел меня с головы до пят, оценил недопричесанные волосы и задержал взгляд на босых ногах.

— Правда?

— Питер. — Я набрала в легкие побольше воздуху и медленно выдохнула. — Зачем ты явился?

Он протянул мне "Пост", и я впервые увидела себя на газетной странице во всей красе: Адам, Джордан и я, то ли американский футбол, то ли танец, поставленный Мартой Грэм[1]. Заголовок гласил: "Кто встал между братьями?"

1 Марта Грэм, как и Айседора Дункан, блистала в стиле модерн в начале XX в.

— Что тут творится? — с притворной суровостью поинтересовался Питер.

— Что там написано? — спросила я (господи, зачем мне это знать?).

Питер добросовестно зачитал:

— "Джордан и Адам Кроули сражаются за девушку — по крайней мере, один из них за, а другой перед — после успешного выступления Джордана в "Марс-холле". Представители обоих братьев воздержались от комментариев и отказались назвать имя прекрасной незнакомки".

Значит, кто-то обратился к Клэр, а та сказала, что ни с кем и ни о чем разговаривать не станет. Но с Питером этот номер не пройдет. Гони его в дверь, он влезет в окно и не уймется, пока не выяснит весь "сюжет".

— Я готовлю статью об Оливии Эллиот.

Питер поднес газету к самому носу, раскосил глаза, притворяясь, будто ищет мельчайшие детали на роковой фотографии.

— Где же тут Оливия?

Я вырвала у него газету. И что дальше? Разодрать на клочки или беречь в своем альбоме? В конце концов, я же ничего плохого не делаю, стою между братьями, которые сцепились друг с другом, а я тут при чем? Не просто сцепились — один из них угрожал убить другого. Последняя фраза Адама все еще эхом отдавалась у меня ушах. “И тебе помогу”. *И*. Выходит, кому-то он уже помог? А поскольку перед этим прозвучал вопрос “Хочешь отправиться вслед за ним?”, напрашивался вывод: Адам помог кому-то “отправиться”. Что, если Оливия ошиблась — ошиблась наполовину — и в смерти ее отца виновата не Клэр?

Никогда прежде я не попадала в такую ситуацию: чтобы столько людей тыкали друг в друга пальцами и сами навлекали на себя подозрение в убийстве. Тем более в убийстве, которое уже признали смертью от несчастного случая. Может быть, в такой форме прорывается потрясение от внезапной смерти Рассела и годами копившийся стресс? Похоже, однако, что смерти Рассела Эллиота сопутствовали важные обстоятельства, ускользнувшие от внимания полиции. То есть сюжет имеется. То есть надо любой ценой сбить Питера Малкахи со следа.

Итак, чувствуя себя бабушкой Красной Шапочки — открою дверь, а за ней Серый Волк, — я отступила в сторону и позволила Питеру войти. На минуточку.

— Я только туфли надену, и мы вместе выйдем, — предупредила я. Питер вошел и предусмотрительно выдернул газету у меня из рук.

Я провела его в гостиную, на ходу окинула взглядом стол — будем надеяться, я не оставила свои материалы на виду. Самая красноречивая улика — стопка дисков на журнальном столике, все записи всех Кроули, какие мне только удалось достать. Но Питер тупой, он не обратит внимания.

— Садись, — предложила я, жестом указывая на то кресло, которое дальше всех стояло от журнального столика, и устремилась в спальню, оставив дверь между комнатами открытой. Быстренько схватить туфли, сумку, блокнот и вытолкать Питера на лестницу, прежде чем он начнет рыться в моих вещах.

— Ты так и не накрасилась, — заметил он, стоя столбом посреди комнаты и оглядываясь по сторонам. Слегка нахмурился. Думает.

— Все никак не выберу цвет.

— С выбором у тебя всегда были проблемы.

Лучше бы он стукнул меня толстой книгой со стола — с *моего* стола, возле которого он теперь стоял, нагло вороша бумаги, норовившие соскользнуть и перепутаться. Туфли от Кейт Спейд[1] уже были у меня в руках. Треснуть его хорошенько? Или подобрать достойный ответ. "Что ты сказал?", "От такого слышу".

Потому что вовсе не мои "проблемы с выбором" стали причиной того, что нашим отношениям пришел конец. Это Питер все испортил,

1 Супруги Спейд основали собственный бренд в 1993 г. и продали бизнес в 2003 г.

даже прежде, чем я повстречала Кайла. Что толку спорить: он провоцирует и подкарауливает мою реакцию, а я вот не стану реагировать, и пес с ним. Да, я справилась с собой (пусть мне это не всегда удается), нацепила туфлю на ногу, а не ему на нос, прихватила вещички и вернулась в гостиную.

— Решил спозаранку полечить мне голову или у тебя профессиональное дело? — поинтересовалась я, протискиваясь мимо него. Существенное преимущество маленькой квартирки — проще оттеснить незваного гостя к выходу. Распахнув дверь, я жестом охватила лестничную клетку:

— Пошли!

Он вышел, в очередной раз нагло усмехнувшись:

— Стоило мне увидеть фотку в газете, и захотелось узнать, как ты.

— Мог бы позвонить.

— Но тогда бы я не увидел, какую рожу ты скорчишь.

Он вызвал лифт, я тем временем запирала дверь. Что-то в его манере было такое — что-то в Питере всегда было такое, — в общем, мне было ясно: добра от него не жди.

— Обойдемся без прелюдий, Питер.

— Я же мастер прелюдий, — запротестовал он.

— Проводил соцопрос? — парировала я. — Полно, чего тебе от меня нужно?

Питер придвинулся ко мне, словно лестничная площадка (абсолютно пустая) была битком забита людьми, а он хотел поведать мне государственную тайну:

— Я слыхал, Адам Кроули вот-вот разбогатеет.

— Очень за него рада.

Питер слегка выпрямился — но только слегка.

— Я и подумал: раз вы так близки, ты могла бы уточнить...

— Не настолько близки.

Питер в очередной раз взмахнул газетой у меня перед носом:

— Не настолько?

— О'кей, вот тебе внутренняя информация: у Адама Кроули и так денег куры не клюют. — Со вздохом я вошла в раскрывший свои двери лифт.

Питер покачал головой:

— Насколько мне известно, состояние Мики отошло Клэр, а она всех держит на коротком поводке.

— Квин заказал тебе статью об Адаме? — Питер работал в "Праве особого доступа" — в новом ежемесячнике Квина Гарримана. Своеобразная помесь "глянца" и манхэттенского сплетника.

— Нет, статья будет о Рэе Эрнандесе.

— Дизайнере клубных помещений?

Питер кивнул.

— Рэй говорит, очередной его проект будет финансировать Адам. Но сперва Адаму нужно получить деньги, а откуда — это он держит в секрете. Если парень скрывает источник своих доходов, тут что-то нечисто.

Готовность Питера глубоко покопаться в сюжете вызвала бы во мне профессиональное уважение, кабы он не был так уверен, что черную работу за него должны выполнять другие.

— Может, Рэй пошутил?

Питер покачал головой, а я тем временем пыталась припомнить, что говорила Оливия — вроде бы после смерти Рассела все деньги будет контролировать Клэр? Если Клэр получит наследство, не рассчитывает ли и Адам разбогатеть вместе с ней? Кто из них больше нуждается в наличности — Клэр или Адам? Не пересекаются ли наши с Питером сюжеты?

— Так что? — как можно равнодушнее переспросила я.

— То ли Адам — только ширма и вкладывает чужие деньги, то ли затевает новый альбом и хочет вложить в клуб свой аванс.

Ладно, сойдет. Я расследую убийство, Питера интересуют финансовые махинации. Надо постараться, чтобы наши линии расследования оставались параллельными. Сколько помню, параллельные прямые не пересекаются.

— Прошлым вечером у меня не было возможности поговорить с Адамом, так что можешь и не трясти этой фотографией. Но если мне доведется еще разок встретиться с ним, покуда я собираю материалы для статьи об Оливии, я постараюсь выведать.

Лифт остановился. Когда мы проходили через вестибюль, Питер вдруг обхватил меня за плечи и с чувством воскликнул:

— Ты так добра ко мне! Я этого не заслужил.

— Вот именно! — послышался голос Кайла.

Кайл стоял в холле рядом с Тоддом — швейцар так и примерз к стулу с телефонной трубкой в руках и панической гримасой на лице. Могу себе представить (но не хочу) только что состоявшийся между ними диалог. Тодд берет трубку, чтобы предупредить меня о визите "еще одного джентльмена", давая Кайлу понять, что место уже занято.

Кайл заботливо вынул из рук швейцара трубку и водворил ее на рычаг.

— Привет, детектив! — Питер никогда не потеряется. — Я-то думал, у вас, ребята, — всё. —

И он развел руками, словно арбитр, говорящий боксерам “брейк”.

Двое моих “бывших” уставились на меня с одинаковым выражением. Пугающе одинаковым. Дескать, они себя сдерживают, но я должна выбрать.

— Ничего подобного я не говорила! — Как лучше произнести эти слова — с извиняющейся интонацией, адресованной Кайлу, или воинственной — наглому Питеру, — я не решила, а потому пропищала их высоким, срывающимся фальцетом. Если так и дальше дело пойдет, нам с Кайлом ничего не светит.

— Но ты не стала меня поправлять, когда я тебя так понял, — настаивал Питер. Интересно, как глубоко успею я вонзить каблук ему в ногу, прежде чем Кайл меня остановит? А если не остановит?

Нелепая, в сущности, ситуация. На тот момент я могла рассматривать себя как одинокую женщину, и пусть в одного из этих двух мужчин я влюблена, а от второго никак не избавлюсь, это еще не значит, что они имеют право допрашивать меня, где и как я провела вечер, в особенности допрашивать поутру, когда я не выспалась, почти не пила кофе и поспорила с начальницей. Я сама не заметила, как руки воинственно уперлись в боки. Надо бы отделить свое раздражение по поводу навязчивости Питера от радости по поводу возвращения Кайла и от досады по поводу того, что меня допрашивают...

— По-моему, объяснять я ничего никому не обязана, — заявила я. — Это была деловая встреча. Как и сейчас.

— Так что мы тут все собрались по делу, — подхватил Кайл.

— По делу? — с тревогой переспросила я. Когда полицейский приходит по делу...

— И что же у тебя за дело? — полюбопытствовал Питер.

— Не твое дело, — отрезал Кайл.

Питер улыбнулся — очень широко и очень неискренне.

— Я и забыл, что ты у нас шутник. Как это я упустил?

— С каждым случается, — ответил Кайл и вдруг протянул Питеру руку. — Чем ты лучше других?

Питер изумленно уставился на Кайла, но руку его все-таки принял и довольно крепко пожал.

— Неплохо бы остаться и пошутить с вами еще, но меня работа ждет. — На прощание он одарил меня взглядом: — Сообщи, если узнаешь что-нибудь интересное. — И с этими словами он вышел.

Тодд пошел вслед за Питером — лишь бы убраться от нас, полагаю, — и остался торчать на посту у двери. Мы с Кайлом застряли посреди холла. Просто смотрели. Не касались друг друга, не говорили. После счастливого воссоединения в "Баббл Лодж" я уповала на более романтическое свидание. Но нас кто-то проклял: все время вмешиваются дела, какие-то случайности оборачиваются проблемами.

— С чего он взял, что мы разошлись? — ровным тоном задал вопрос Кайл.

Прощай романтическая фантазия.

— Может быть, что-то прослышал? — в тон ему, сжав зубы, ответила я.

— От тебя?

— Нет, но он представился Тодду как мужчина, с которым я "встречалась", в прошедшем времени, и я подумала, что это про тебя и про меня, а не про меня и него. Или про меня и него? Тьфу, черт!

Кайл озадаченно нахмурился:

— Разве мы с тобой "в прошедшем времени"?

— Мы же перестали встречаться.

— Не перестали, а сделали паузу.

— Если видак столько времени простоит на паузе, он выключится, — фыркнула я. Будет он, детектив, меня, журналистку, семантике учить. — С чего ты заявил Питеру, что пришел по делу?

— Я пришел по делу.

— По работе?

— Расслабься, — улыбнулся вдруг Кайл. — Я собираюсь открыть дело о попытке насилия. — Он произнес эту формулу так быстро, что я даже ничего сообразить не успела.

— Что произошло?

— А уж это ты мне расскажи. — Кайл извлек из кармана сложенную газету и щелчком раскрыл ее. Боже мой, сколько ж раз мне сунут под нос этот снимок, прежде чем кончится так рано (и без кофеина!) начавшийся день?

— Это не преступление.

— Тебе известно, какие действия закон штата Нью-Йорк классифицирует как насилие? — Кайл сделал вид, будто внимательно изучает фотографию.

— Ты шутишь со мной?

— Пока, увы, нет.

— Я собиралась тебе рассказать. Я ничего от тебя не скрываю. Я не собираюсь ничего скрывать, — зачастила я, стараясь как можно больше вместить в эту клятву если не верности, то откровенности.

— Да ты ни от кого ничего не скрываешь.

— С каких пор ты читаешь "Пост"?

— Сегодня утром на моем рабочем столе очутилось то ли семнадцать, то ли восемнадцать экземпляров этой газетенки.

— И тебя это забавляет?

— Пожалуй. Но я хотел бы выслушать всю историю целиком. Позавтракаем в "Карнеги дели"?

Взгляд его был полон значения. В "Карнеги дели" мы с ним завтракали в первый раз — то есть в первый раз, когда мы завтракали вместе. В тот раз, едва мы уселись за стол, выяснилось, что детектив подозревает меня в убийстве, так что я выскочила из-за стола, не проглотив ни кусочка, но как мило с его стороны, как мило, аж коленки дрожат, что он приглашает меня вернуться к истокам. Это-то нам и нужно, чтобы, как советует Дороти Филдс[1], все забыть и начать сначала. Он добр и заботлив, мой Кайл, как я могла столько дней страдать в разлуке с ним!

— Мне бы очень хотелось, — вынуждена была я ответить, — но я не могу.

Он тщательно сложил газету и спрятал ее в карман.

— Что-то личное?

— Работа! — Снова это проклятие. — Я должна встретиться за завтраком с Оливией. — Я попыталась забрать у него газету, но "Пост" надежно угнездился в кармане у Кайла. — Оливия-то и втянула меня в эту историю.

1 Из песни "На солнечной стороне улицы" (1930).

— Умеешь ты попадать в истории.

— Нельзя ли сформулировать по-другому: дескать, я умею разгребать проблемы, которые создают другие люди.

Кайл кивнул, потупил глаза:

— Да, и такое тоже.

— Может быть, встретимся за ланчем? — Я не хотела умолять его на коленях, но если понадобится...

— Давай лучше поужинаем вместе. В спокойной обстановке.

— Нам о многом надо поговорить.

— Разумеется. — Его взгляд оторвался от пола и встретился с моим. Гипнотически удерживая меня на месте, Кайл шагнул вперед и поцеловал меня — сдержанно. — Итак, в восемь у "Дикого лосося"?

— Самое оно.

Кайл подхватил меня под руку.

— Тодд переживет, если я сам поймаю тебе такси?

— Переживет, — заверила я Кайла.

Пока мы стояли рядом на тротуаре, я постаралась сконцентрироваться на своих ощущениях: как чудесно стоять рядом с Кайлом, глаза в глаза, наши руки вот так переплетены, тела соприкасаются.

Первым заговорил он:

— Почему ты идешь на завтрак с Оливией?

— Закрепить знакомство. Придется немало времени провести с ней, прежде чем я буду готова написать статью.

— Смерть ее отца — несчастный случай, — Кайл произнес это с неумолимостью учителя математики, напоминающего перед экзаменом о невыученной теореме.

— Статья об Оливии, что б там ни случилось с ее отцом.

— О'кей. — Не глядя на дорогу, глядя на меня, Кайл поднял руку, и за моей спиной послышался гортанный шепот останавливающегося автомобиля. — Будь осторожнее. — Я чуть было не ухмыльнулась, предчувствуя очередной комментарий по поводу Адама и Джордана, однако Кайл негромко закончил свою мысль: — Горе побуждает людей искать какие-то внятные ответы. Не стоит поддерживать несбыточные надежды.

С этим не поспоришь, так что, когда Кайл усаживал меня в такси и коротко целовал напоследок, я и не собиралась возражать. Нет, не собиралась. Просто спросила:

— А что нужно, чтобы смерть от несчастного случая переквалифицировали в убийство?

Спасибо Кайлу — он рассмеялся:

— Улики!

— Много?

— Право, Молли!

— Ну чтобы я могла ей объяснить, если она уж очень будет настаивать.

Доля правды в этом была, и Кайл честно ответил:

— Больше, чем ты сумеешь раздобыть. Труп давно в земле, и никому в голову не пришло, что Рассела отравили, — никому, кроме его дочери, а ее заблуждение вполне естественно. Нет смысла копать глубже. — Он поцеловал меня снова, более крепким поцелуем, но мне показалось — это не знак страсти, а точка в неприятном разговоре. Захлопнув дверь, Кайл еще и махнул водителю, как будто я арестант, которого пора увозить.

Только через два квартала я сообразила, что вибрации в районе груди — не трепет счастья от встречи с Кайлом, но бьющийся в сумочке телефон. Я же так и не позвонила Клэр! Вытащив мобильник, я поспешно проверила голосовую почту. Трисия — по поводу снимка, разумеется, но она так хохотала, что слов не разберешь. Второй звонок от Кэссиди, и если я рассчитывала услышать очередной взрыв смеха, меня ожидало разочарование: сдержанно, даже сурово она просила перезвонить как можно скорее.

Кто смеется, тот может и подождать. Я набрала номер Кэссиди, и, к моему удивлению, она ответила на первый же гудок. Обычно она заставляет потрудиться голосовую почту, чтобы не отвлекаться от Аарона или от работы, когда ей приходится наверстывать упущенное из-за того, что она не хотела отвлекаться от Аарона.

— Ты в порядке?

— За сотню миль от "в порядке".

— Что случилось? — У меня только этот снимок и крутился в голове, но с какой стати Кэссиди так расстраиваться? Я-то думала, она будет хохотать заливистее, чем Трисия.

— Он меня продинамил.

— Кто? Аарон?

— Вот именно.

Потрясающе! У них так гладко развивались отношения, и чтобы Аарон ее продинамил? Совсем на него не похоже. Хуже другое: мисс Линч не привыкла к подобным ситуациям. Нечто совершенно небывалое в ее жизни. Да какой мужик в здравом рассудке забудет о свидании с Кэссиди?

— С тобой когда-нибудь такое случалось? — недоверчиво спросила я.

— Никогда.

— Он хоть утром позвонил?

— Он позвонил еще вчера вечером.

Ну тогда все не так страшно.

— В таком случае ты не можешь утверждать, будто он тебя продинамил.

— Я прождала сорок пять минут, пока он наконец позвонил с отговорками — настолько прозрачными, что сквозь них газету прочесть можно было. Кстати, неплохая фотка.

— Тебя фотка интересует?

— Нет, я пытаюсь вести себя как воспитанный человек — в очень непростой, заметь, ситуации.

— И что же это была за прозрачная отговорка?

— Сказал, кому-то из студентов понадобилась неотложная помощь.

— Почему ты считаешь это отговоркой?

— Потому что он преподаватель физики, а не акушер. Какая неотложная помощь? Где-то произошел ядерный взрыв?

— Вряд ли, об этом в газете написали бы вместо *моей* истории. А что, если он входит в Лигу Супергероев и спешил спасать мир? Ведь он не имеет права разглашать свой секрет.

— Он мне изменяет.

— Глупости!

— Такое бывает.

— Но не с тобой.

— Нечасто, готова признать. Но не за пределами возможного.

— Скорее за пределами вероятного. Сегодня вы разговаривали?

— Он обещал позвонить и забыл.

Непохоже на Аарона, так что все это выглядело довольно скверно, но нельзя же допустить, чтобы Кэссиди сидела одна и рисовала себе картины одна мрачнее другой. По части мрачных картин специалист в нашей троице я, и конкурентов не требуется.

— Уверена, всему есть разумное объяснение — может, и правда с кем-то из студентов стряслась беда. Забыла, сколько раз мы плакались декану Самсону в жилетку — в любое время дня и ночи? — Наш спокойный, благожелательный декан шаг за шагом проходил с каждой из нас все душевные потрясения первых студенческих лет. — Ты можешь упрекнуть его в том, что в данном случае он не посчитался с твоими чувствами, но в измене — вряд ли.

— Да, я бы предпочла, чтобы это было так, — ответила Кэссиди, и печаль в ее голосе выдала: наконец-то наша подружка по-настоящему влюбилась. — Беги давай на свой завтрак. Смотри только, чтобы папарацци тебя с полным ртом не застукали.

— Не будет там никаких папарацци.

— Будут-будут. Позвони мне потом. — Я расслышала негромкий смешок и обрадовалась: пусть уж лучше смеется надо мной, чем вовсе разучится смеяться. Хотя, по правде говоря, что она тут нашла смешного, этого я понять не могла.

Никак не могла понять, пока такси не притормозило у входа в "Ле Паркер Меридиен", и я, к своему ужасу, разглядела с полдюжины человек в дверях — отнюдь не проголодавшихся завсегдатаев, но фотографов! Странное совпадение, подумала я, вылезая из такси. И тут они бросились наперехват и принялись щелкать, не подпуская меня к входу.

Терпеть не могу фотографироваться — вам бы тоже не понравилось, будь у вас злосчастная привычка щуриться и открывать рот как раз в тот момент, когда "птичка вылетает". В моих девичьих мечтах напрочь отсутствовал церемониальный проход по красной ковровой дорожке под вспышки фотокамер, и пройти мимо этих придурков для меня было все равно что пройти сквозь строй. Сделать лицо как у Гвинет Пэлтроу — вежливая улыбка на губах, взгляд устремлен в пространство? Но едва я ступила два шага, как до меня дошло, как же все это глупо, и я резко остановилась, сбив на три секунды с толку моих самозваных приятелей — они даже щелкать перестали.

— Зря вы это, — спокойно сказала я (попробуем для начала взять их любезностью). — На фига вам мои снимки?

— Не стоит грозить нам, крошка, — крикнул мне крепкий бородатый парень в жилетке военного образца. “Год опасной жизни”[1], просмотренный в восприимчивом подростковом возрасте, — и вот результат.

— Не смейте называть меня крошкой. — Я все еще пыталась соблюдать вежливость, честное слово. — И хватит меня снимать: не знаю, за кого вы меня принимаете, но я — не она.

— Ты — новая крошка Джордана Кроули. — Бородатый с садистским удовольствием повторил обижавшую меня “крошку”.

— Нет, Адама, — возразила высокая тощая тетка с прямыми волосами до талии.

— Оба ошиблись, — заявила я твердо. — Спасибо за внимание.

Я развернулась к ним спиной и в течение двух секунд и одного шага к дверям наслаждалась сознанием, что сумела разумно и достойно разгрести неприятную ситуацию. На третьей секунде кто-то подошел ко мне сзади и облапил. Камеры застрекотали как исступленные. Еще бы: на мои плечи опустилась рука Джордана Кроули.

— Достают тебя, крошка? — ласково осведомился Джордан.

— Эй, Джордан! — завопили со всех сторон.

Джордан приподнял руку, попросил всех заткнуться:

1 “Год опасной жизни” — австралийский кинофильм (1963) о работе журналиста в воюющей стране.

— Не могли бы оставить нас в покое? Леди пришла по делу.

Холодная волна паники в животе. Ой нет, Джордан, только не это...

— Она выяснит, кто убил Рассела Эллиота, — возвестил Джордан, и фотоаппараты чуть не взорвались в руках корреспондентов. — И заранее могу сказать: преступник — тот же самый человек, который убил моего отца.

6

Изредка мне изменяет дар речи. Терпеть этого не могу, вроде как остаешься совершенно беспомощной, а если еще и на глазах абсолютно незнакомых людей... Но от наглости Джордана я буквально онемела и не сразу нашлась с ответом.

— Нет, ну такая подлость! — рявкнула я, выныривая из-под его лапищи. И то пришлось подождать, пока мы отойдем от фотографов. Лично мне драматические сцены ни к чему.

— Чего-то я не понял. — Джордан без смущения уставился мне прямо в лицо. Он не отводил взгляд, на голубом глазу (ох ты, плохой каламбур) доказывая свою искренность. Наконец отвернулся: подозвал официантку и сообщил, что мы завтракаем с Оливией. Девушка повела нас в глубь зала.

Джордан двинулся за официанткой, мне ничего не оставалась, как идти за ним вслед. Пока шла, прикидывала, как ему, дураку, объяснить, чем я недовольна. Люди за столиками оглядывались, узнавали Джордана, кое у кого расширялись в изумлении глаза или приподнимались брови, но это не папарацци — с безумными воплями к нам никто не бросался. И на том спасибо.

Нагнав Джордана, я тихо сказала ему:

— Вы так легко во всеуслышанье рассуждаете о смерти двух самых близких вам людей — и не понимаете, почему это противно?

— Я стараюсь быть во всем честным. Обоих убил один и тот же человек. Почему это следует замалчивать — теперь, когда Оливия наняла вас для расследования?

Мы как раз подошли к столику, официантка тут же растворилась в воздухе — побежала звонить кому-то по сотовому? Оливия поднялась нам навстречу, дрожащими пальцами смяла салфетку.

— Джордан? — Она с упреком посмотрела на меня, я выразительно покачала головой — мол, я тут ни при чем. — Ты что тут делаешь?

— Мама сказала, что ты завтракаешь с Молли, и я подумал, что мне стоит к вам присоединиться. Вчера вечером не удалось поговорить с ней. — Джордан прочно уселся и раскрыл меню. Ему наплевать, что мы с Оливией остались стоять, что Оливия готова силой воли перебросить его миль за пять от ресторана.

— Молли пришла поговорить *со мной*. — Салфетка того и гляди порвется в ее не знающих покоя руках.

— А папарацци кто навел? Джордан или его мамочка? — поинтересовалась я.

Джордан и ухом не повел. Зато Оливия как глянула в сторону двери, так залилась краской и тяжело рухнула на стул. Жестом она попросила меня сесть, подалась вперед и прошипела прямо в лицо Джордану:

— Тебе обязательно во все влезть?

— Полно, Оливия, — снисходительно отвечал он. — Просто до сих пор я думал, только мне одному кажется подозрительным то, что стряслось с твоим отцом. Я на вашей стороне, девочки.

— И вы нам сильно помогли, подкинув идею, будто и вашего отца убили, — вставила я.

— Что? — Оливия не сдержала вскрик, за соседними столиками начали оборачиваться. Согнувшись, прижав к лицу измятую салфетку, Оливия попыталась справиться с собой. Справилась, но не совсем. — Порой я готова возненавидеть тебя, Джордан.

— Не-а, не готова, — жизнерадостно ответил он.

Оливия снова закрыла лицо — на этот раз ладонями, — и я снова отметила, что рядом с Кроули она выглядит намного моложе и уязвимее. "Все мы дети, когда приезжаем к мамочке на Рождество", из этой серии. Заметила я и другое: куда-то подевался сумрачный артист, напряженно готовившийся к выступлению, Джордан излучал обаяние, совсем как на сцене. Интересно, что нагнало вчера тучу — он всегда нервничает перед концертом или же перед самым нашим приходом в гримерной что-то произошло? Он поссорился с Бонни? С Грэем Бенедеком?

— Вы в самом деле думаете, что ваш отец был убит, или вам захотелось покрасоваться перед прессой? — Я постаралась, чтобы вопрос прозвучал не слишком задиристо.

— Меня интересует правда, и больше ничего, — отрезал он.

— И это вранье. — Оливия резко взмахнула салфеткой, развернула ее в воздухе и положила себе на колени.

Как там было в старой загадке о двух людях, из которых один всегда говорит правду, а другой всегда лжет? У вас в запасе всего один вопрос, чтобы определить, кто из них кто. Взаимные обвинения жужжат в воздухе, словно летние шмели. Требуется срочно отсеять полезную информацию от домыслов.

— Так, я задам вам обоим один и тот же вопрос: кто и почему мог желать смерти вашему отцу?

— Я не стану говорить при нем, — проскрипела Оливия. Подбиравшийся к столу официант состроил вежливую улыбку и попятился. — Прошу тебя, Джордан, уйди по-хорошему

— Хватит, — в голосе Джордана впервые прозвучало раздражение. — Не держи меня за врага, Оливия. Мы на одной стороне.

— Весьма сомневаюсь, — фыркнула она. — Мы с тобой ни в чем не сходимся, даже в пустяках.

— Мы жертвы одного и того же коварного преступника, — настаивал Джордан, но Оливия все больше хмурилась.

— Нельзя ли обойтись без громких слов? — взмолилась я, предчувствуя пышную фразу насчет славы, поп-культуры и жертв, приносимых художником на алтарь.

Джордан мягко завладел рукой Оливии:

— И твоего, и моего отца убила Клэр.

Не знаю, кто из нас был больше поражен. Лично я чуть не расхлопала стакан, Оливия же испустила негромкий радостный смешок.

— Что вы сказали? — переспросила я.

— Клэр Кроули убила моего отца, а теперь и Рассела, — терпеливо разъяснил мне Джордан. Можно подумать, все на Манхэттене давно догадались об этом, кроме меня, идиотки.

Оливия засияла, точно Джордан преподнес ей шампанское и розы:

— Я и понятия не имела!

— Как — не имели? Вы же говорили, что Клэр убила вашего отца! — возмутилась я.

— Да, но я не знала, что Джордан думает то же самое! — И она обеими руками сжала руки нежданного союзника.

Кто бы подумал, что искреннюю дружбу можно основать на совместных подозрениях в убийстве? Оливия и Джордан нежно смотрели друг другу в глаза, я же пыталась справиться с головокружением. Что-то не сходилось в поведении Джордана: вчера он унижал Оливию, сегодня ее обожает. Его вчерашнее поведение казалось более органичным, сегодняшнее — игрой, но поди пойми, кого он пытается провести — меня или Оливию. Не лучше ли так прямо и спросить:

— Что вы затеяли, Джордан?

— Какая подозрительная девушка. — Джордан обернулся ко мне, но руки Оливии не выпускал.

— Типа, входит в профессию, — отозвалась я. — Но от ваших поступков станешь подозрительной. Прикиньте: спустя много лет после смерти отца человек заявляет, что отец был убит. И как заявляет — прямо в лицо акулам пера и фотокамер. Догадываетесь: информация уже появилась на десятке сайтов. А к ланчу будет хлеще. — Господи, только бы и моя физиономия не замелькала на этих сайтах!

— Надо заглянуть в "Гаукер"[1], — спохватилась Оливия. Она-то хоть смутилась, когда сообразила, что только что сказала: — Ой, я не это хотела...

Бывают моменты, когда вся ваша жизнь в мгновение ока проходит перед глазами. Вся ваша профессиональная жизнь, имею я в виду. Оттолкнувшись от стола, я решительно поднялась.

— Думаю, на пару вы сумеете найти журнал, который согласится играть в ваши игры. "Цайтгайст" в этом не участвует! — заявила я, хватая свою сумочку и лихорадочно соображая, как я объясню "все это" Генри.

Джордан поднялся вместе со мной, наклонился поближе, чтобы другие не слышали:

— Мой отец собирался развестись с Клэр, вот она его и убила. И Рассел, упокой Господи его душу, сделал ту же самую ошибку.

Я не плюхнулась обратно на стул — хотя бы потому, что понимала: именно такой реакции ждет от меня Джордан, — но пришлось напрячь коленки, чтобы устоять. Прежде чем я успела ответить, вслед за Джорданом вскочила на ноги

1 Gawker.com — крупнейший сайт-"сплетник".

Оливия, и уж ее-то не беспокоило, весь ресторан услышит ее или только ближние столики:

— Омерзительно!

Джордан по-прежнему смотрел на меня в упор, не оборачиваясь к Оливии, как будто ее ярость могла рассеяться сама собой, если только он не обернется к ней.

— Оливия очень огорчена романом Рассела и Клэр, — мягко пояснил он.

— Не было у них никакого романа! Почему тебе всегда хочется выдумать какую-нибудь пакость?

— Ты у нас психотерапевт, душечка, ты и скажи почему.

Оливия схватила свою сумочку и махнула мне рукой:

— Мы уходим вместе.

Я поглядела на ее раскрасневшееся лицо и вдруг вспомнила ответ на ту загадку: лжец и правдолюбец дадут вам одну и ту же информацию, а поступить надо ровно наоборот.

— Погодите минутку, — как можно вежливее попросила я.

Оливия развернулась так, чтобы встать между мной и Джорданом, спиной к нему.

— Забыла вас предупредить: он всегда врет. Сплошное дерьмо.

— За исключением тех случаев, когда он соглашается с вами, — напомнила я.

На миг Оливия заколебалась, потом решительно кивнула головой:

— Вот видите — я права! Если уж и Джордан так думает...

— Однако по вопросу о мотиве вы решительно расходитесь, — продолжала я, поглядывая на Джордана, чтобы уследить и за его реакцией. Джордан буравил взглядом затылок Оливии. Гипнотизировал ее, чтобы она обернулась? Посылал ей телепатический приказ заткнуться? Лицо его было абсолютно лишено выражения. Красивая полая маска.

Обернувшись к Джордану, Оливия вскинула подбородок — хотя бы достала до его ключицы — и заявила:

— Все из-за пленок, и тебе это прекрасно известно.

Казалось, Джордан ответит очередной обтекаемой глупостью, но нет, он вдруг вспыхнул:

— Заткнись, Оливия!

— О нет, я не промолчу! Не в этот раз. — Годы подчинения прозвучали в этом возгласе.

— Нет никаких пленок, и *тебе* это прекрасно известно, — приглушенным, осевшим голосом настаивал Джордан.

— Я их видела, я их слышала, — гнула свое Оливия. — Пленки существуют, Джордан. Клэр хочет завладеть ими, тогда она выпустит альбом, и все деньги достанутся ей.

С минуту Джордан в молчании созерцал своего оппонента, решая в уме какую-то сложную задачу. Неужели он предпочел бы в качестве мотива убийства любовь или секс, а не деньги? Наконец в голосе его прорвалось подлинное чувство:

— Я должен их услышать, Оливия!

Ага, так вот в чем дело. Возможность услышать пленки, живой голос отца — вот что его заводит, а не сыщицкие гипотезы Оливии. От Мики остались альбомы, записи концертов, теле- и радиоинтервью, но на тех пленках сохранились слова, еще неизвестные миру. Голос Джордана срывался, как будто парень сдерживал слезы, но лицо его по-прежнему смахивало на маску.

Еще больше меня удивила вторая пауза — Оливия тоже ответила не сразу. Она-то о чем думает? Разумеется, сын вправе услышать записи с голосом отца. Странно, что он до сих пор не слышал их, даже не верил в их существование. Я вопросительно поглядела на Оливию, ожидая от нее объяснений.

— Наверное, это будет правильно, — хмурясь, сказала она.

Прежде чем я успела вмешаться, Джордан выпалил:

— Адам уже слушал?

Оливия слегка отодвинулась, как бы признавая, что ее ответ не понравится Джордану:

— Думаю, да.

С ледяной усмешкой Джордан подытожил:

— Ну, так и я должен их услышать. Не откладывая.

— Сегодня вечером? — предложила Оливия. — Мне нужно еще принять пациентов, потом я возьму пленки и...

— Где они? — перебил Джордан.

Оливия покачала головой, к ней вернулось самообладание:

— Так я тебе и сказала.

Ледяная улыбка достигла абсолютного нуля.

— Когда и где?

— Встретимся в папиной квартире в шесть. И вы приходите, — обернулась она ко мне.

Я поспешно согласилась и повела Оливию к выходу, пока Джордан не успел возразить против присутствия посторонних на прослушивании. Папарацци рассеялись, понесли сенсационное заявление Джордана во все концы города, так что мы с Оливией без помех могли переговорить на тротуаре, пока ловили такси.

— Кто еще знает о пленках?

— Клэр. Бонни. Когда Грэй вчера начал скандалить в гримерной, я сперва решила, что он тоже знает, но он добивался только, чтобы Клэр разрешила использовать одну старую песню в рекламе. Знай он, что у меня хранятся песни, которых еще никто не слышал, он бы с меня не слез. — Оливия широко улыбнулась, явно наслаждаясь внезапно обретенной властью над людьми. — И вы тоже никому не говорите, пока я не решу, как поступить с пленками.

— Отец оставил вам какие-нибудь инструкции?

— Я знаю, чего он хотел, — ответила Оливия. Подъехало такси. — Огромное вам спасибо за поддержку, и прошу прощения за Джордана.

— Все в порядке, — сказала я.

— Ничего не в порядке, — возразила она, усаживаясь в машину. — Но он только на такое и способен. Вечером увидимся.

Это означало, прикинула я, стоя в кабинете Эйлин, что у меня остается шесть с половиной часов на расследование, чтобы подготовиться к встрече. И чтобы убедить начальство: я по-прежнему владею и сюжетом, и своими чувствами. Для начала я доказала, что умею соблюдать сроки: тест для желающих занять мое прежнее место был подготовлен.

Дорогая Молли!

Неужели попытки контролировать ситуацию — лишь иллюзия? Или только женщины испытывают в этом потребность, а мужчинам наплевать, и как только отношения обретают какой-то смысл, им нужно поскорее все испортить? Каждый раз, когда мне кажется, что моя жизнь катится по ровной дороге, какой-нибудь козел выскакивает прямо под колеса, и мне приходится тормозить и сворачивать в сторону. Может быть, я еду не по той дороге или следует на все наплевать и жать на газ?

Каскадерша

Эйлин оторвалась от распечатанного листка, подозрительно сощурилась:

— Да, это меня устраивает.

Она откинулась в кресле, едва касаясь стола убийственными каблуками туфель "Боттега Венета"[1], в которые были заключены ее изящные ножки. Я не сводила глаз с каблуков — не дай бог, попадет тетеньке вожжа под хвост, и она как махнет каблучищем на манер Эммы Пил[2], как воткнет в меня кинжальную шпильку.

Но чтоб не выглядеть подкаблучницей (вот, этот каламбур уже лучше), я ответила кратко и сдержанно:

— Что ж, спасибо, — и воздержалась от комментария насчет неуместного удивления в ее голосе. Откинувшись всем телом назад (только

1 "Боттега Венета" — "любимый бренд самых богатых женщин современности", по данным нью-йоркского Института роскоши.

2 Эмма Пил — героиня английского сериала "Мстители" (стартовый эпизод снят в 1964 г.), первая женщина, использовавшая на экране приемы кун-фу.

ноги еще удерживала на месте неведомая сила), я ждала момента, когда можно будет одним прыжком выскочить из кабинета. Моя жизнь рушилась над моей головой, мне представилось, как переворачивается дом при пожаре, крышей вниз, полом вверх, сосульки растут снизу вверх из водосточных желобов (или сосульки успели бы растаять?), но я вынуждена была стоять смирно, пока драконша не отпустит меня.

— Мне виделось нечто более девчачье, насчет безответной любви или стоит ли спать с неподходящим парнем и тому подобное, — продолжала Эйлин, — но этот вопрос охватывает разные стороны жизни, так что он вполне сойдет в качестве лакмусовой бумажки для твоего преемника.

Вздох вырвался у меня сам собой. Опыт — лучший учитель, и годы работы с Эйлин научили меня заранее распознавать подставу. Что-то готовится — в лучшем случае разнос или дополнительное задание, в худшем — быть моей голове на блюде, как голове Иоанна Крестителя.

И на то есть причины. С того момента, как Джордан порадовал папарацци известием, будто его отец был убит, я молилась о чуде — нельзя ли повернуть стрелки часов вспять и начать этот день сначала. А лучше всю неделю.

Пока мы завтракали с Оливией и Джорданом — ага, завтракали, — слова Джордана насчет порученного мне “расследования” обрели собственную жизнь. Брось камушек в воду и смотри, как расходятся круги, а Джордан кинул не камушек в пруд — целый валун, и как раз в то место, где дожидалась стая акул, так что тут уж не круги пошли — хищники собрались на обед (а я так и не позавтракала!). Блоги, веб-сайты, светские новости — к той минуте, когда я маялась в кабинете Эйлин, убийство Мики и Рассела стало уже общепризнанным фактом, и всем было известно, что я иду по следам преступника. Мобильный мой разрывался от звонков, двум дюжинам журналистов и двум моим “бывшим” приспичило узнать, что я знаю.

Итак, Эйлин готовилась к кавалерийской атаке, а мне оставалось построиться в каре и выдержать ее натиск. Ледяная улыбка:

— Исходя из предположения, что ты все еще пишешь статью об Оливии Эллиот...

— Разумеется.

— Насколько помню, такое у тебя задание? Или стоит позвонить Генри и уточнить, вдруг ты что-то перепутала? Отвлеклась. Позволила разгуляться фантазии. — Опустив листок с конкурсным вопросом на стол, Эйлин потянулась к телефонной трубке.

— Я сама позвоню Генри и отчитаюсь ему, но спасибо за предложение помощи.

— Я не собираюсь помогать тебе.

— Знаю, но стараюсь соблюдать вежливость.

Фальшивая улыбка перешла в не столь фальшивую гримасу.

— Молли Форрестер, во что это ты вляпалась?

— Просто позволила Джордану Кроули воспользоваться первой поправкой к конституции. Свобода речи. Вот и все. Если парень готов на все ради сенсации, я тут ни при чем.

Эйлин выпрямилась. Ее так легко не прошибешь, а мне удалось удивить ее дважды за одно утро. Быть может, не так уж и плохо складывается денек?

— Что ты сказала?

— Я ему не верю, — ответила я. — Не думаю, чтобы один и тот же человек убил Рассела Эллиота и Мику Кроули.

— Но ты считаешь, что обоих убили? — настаивала она. Раздражение зазвенело в ее голосе — еще не сталью, но, скажем, медью.

— Пока что ничего исключать нельзя. Журналист должен рассмотреть все версии.

— Журналист должен писать ту статью, какую ему поручили! — Эйлин передвинула мой злосчастный листок с места на место, и нарастающее негодование подняло ее с кресла. — Ты полагаешься на удачу и заходишь слишком далеко. — Тощие паучьи лапки уперлись в бока. С большим удовольствием они бы впились мне в горло. — Если Генри будет недоволен, я тебя защитить не смогу.

— И не захочешь.

— Пошла вон — быстро, быстро! — скомандовала Эйлин, и я попятилась к выходу, не забыв уточнить:

— Значит, письмо для конкурса тебя устраивает?

— Письмо устраивает, а ты — нет! — выплюнула она.

Пусть последнее слово останется за начальницей, мне же спокойнее. Закрывая дверь, я прикусила нижнюю губу, чтобы воздержаться от колкой реплики, и не сразу заметила Скайлер, которая подкарауливала меня с широкой и более искренней, чем у Эйлин, улыбкой.

— Вопрос ей понравился? — спросила она.

— Когда ей что нравилось?

— Все относительно.

— Особенно ее отношение.

— Подскажи нам, что это за вопрос, каких ответов ты ждешь, какие качества наиболее важны для ведущего колонки писем. — Карлос, один из секретарей редакции, возник невесть откуда, и блокнот наготове, чтобы записать каждое мое слово. За ним маячило еще четверо — младшие сотрудники редакции подбирались к нам со всех сторон, якобы проходили мимо, якобы случайно остановились и навострили уши в надежде заполучить хоть крошечку полезной информации.

Человеку полезно взглянуть на ситуацию с непривычной точки зрения. Та работа, от которой я спешила отделаться, была пределом вожделений для полудюжины сотрудников, они драться за нее были готовы. Амбиции следует поощрять, так что я взвешивала каждое слово, чтобы не навредить коллегам собственной сумятицей.

— Прислушивайтесь к своему сердцу, — сказала я. — Говорите то, во что сами верите. Тогда ваш совет прозвучит убедительно и поможет людям.

Все замерли, впитывая бесценное наставление, но Скайлер вдруг расхохоталась. Хорошо хоть никто ее не поддержал, но все хищно следили за моей реакцией.

— Ладно, Скайлер, поделись с нами: что тут такого смешного? — тоном воспитательницы детского сада спросила я.

— В нашем журнале на искренности далеко не уедешь, — заявила она. — Вывеска — вот что главное.

— Каждый в жизни сам выбирает свою вывеску, — парировала Ирина, тощая и нервная молодая женщина. Одевалась она вечно так, словно на улице царил русский мороз.

Оттолкнув Карлоса, Дорри приблизилась к Скайлер вплотную.

— Отвратительно! — заверещала она. — Отвратительно! Ты возомнила, будто ты лучше всех, только потому, что сидишь за этим столом!

— О тебе я и словом не упомянула! — фыркнула Скайлер.

— Довольно! — вмешалась я, сама не зная, что меня больше смущает: их внезапно прорвавшаяся вражда или мой неведомо откуда взявшийся авторитет.

— Молли вела колонку идеально. Нужно сохранить этот уровень и эту интонацию, — выслужился Карлос и тут же огреб.

— Подлизываться будешь в свободное время, а сейчас за работу! — Судя по тону Скайлер, она метит уже не на мое место, а на место Эйлин. Отогнала всех от своего стола, развернулась спиной к редакции и принялась за дело.

Народ поплелся прочь, Дорри и Карлос с удивлением оглядывались: чего это я застряла у стола Скайлер. Подавив желание врезать кулаком по идеальному задранному вверх носику, я сказала:

— Круто ты!

Скайлер неторопливо сморгнула:

— У меня есть право на собственное мнение.

— А у твоих коллег есть право на собственное достоинство.

— То-то ты так вежлива с Эйлин.

Я выпрямилась, прикидывая варианты: довериться ей или попытаться от нее избавиться. Мне нравятся уверенные люди, но одно плохо: эта девица всегда попадает в точку.

— Не слишком ли ты быстро делаешь выводы? Ты работаешь-то здесь всего ничего.

— Я сообразительная.

— Ну так используй сообразительность в мирных целях. И не торопись обижать людей.

Вот и еще одно полезное качество: она понимает, где установлены границы. Слегка отпрянула, кивнула — совсем чуть-чуть, так, волосами махнула.

— Благодарю за совет.

— И поскольку ты умеешь с ходу проникать в суть, не забудь принять участие в конкурсе.

Скайлер вытаращилась на меня, прикидывая, не испортила ли она дело. Я и сама еще не решила, как поступлю. Ну что ж, у нас обеих есть время подумать, а пока что я быстренько позвонила Кэссиди и отправилась на свидание с первой в моей жизни рок-звездой.

Когда я вела лайфстайл в подростковом журнале "Фреш", музыкальным редактором там работала Райза Ван Дорен. Райза только что закончила первую свою карьеру — барабанщика в девчачьем панк-бэнде “Эстроген”. Группа собиралась на заднем дворе у Райзы в Сан-Диего, школьницы-старшеклассницы, это было что-то новенькое, и девочки оказались талантливые. А потом солистка в зрелом возрасте двадцати одного года слетела в новеньком “порше” прямиком в Тихий океан, и мудрая Райза повесила барабанные палочки на гвоздик и поехала на восток.

— Решила, лучше прожить долгую скучную жизнь, чем быстро сгореть, — пояснила она мне при первой же встрече, хотя Райза и скучная жизнь — что-то тут не сходится. Она обрела новую энергию, можно сказать, заново, с нуля создала себя и добилась успеха уже в другой области. Мы поддерживали отношения и после того, как обе ушли из того журнала, так что утром этого увлекательного дня я позвонила Райзе и задала ей пару вопросов.

Отыскать Райзу у бара в “Бокерии”, шумном, но очень славном тапас-баре неподалеку от “Утюга”, не составляло труда. Десять лет прошло со времен барабанных палочек, а она все еще носила на голове платиновый ежик — дескать, столько раз отбеливала волосы, что повредила их до самых корней, и теперь они не отрастают. Теперь, когда она сделалась главой административного отдела "Волта", небольшого, но преуспевающего бренда в стиле "инди"[1], Райза одевалась уже не под Кортни Лав[2], а под Анни Леннокс[3].

— Замечательно выглядишь, — искренне похвалила я, скользнув на стул возле Райзы.

— Сделаешься публичной персоной — и тебя в любой момент могут сфотографировать, приходится быть наготове. Скоро научишься. — Райза мило сморщила носик.

— Самое удивительное открытие: оказывается, все мои друзья читают таблоиды, — со вздохом отозвалась я.

Райза покачала головой:

— Сегодня утром Рэнди Данн прислала мне ссылку на "Гаукер". — Рэнди тоже работала с нами в журнале "Фрэш", и, когда я представила себе, как в моем почтовом ящике копятся нахальные и насмешливые послания, я вздохнула во второй раз — тяжелее прежнего. Райза, улыбаясь, похлопала меня по колену.

1 "Инди" (от Independent, "независимый") — некоммерческие или позиционируемые как некоммерческие, независимые от политики и корпораций направления музыки, моды, стиля.

2 Лав Кортни — актриса, рок-певица, вдова лидера группы "Нирвана" Курта Кобейна.

3 Леннокс Анни — шотландская певица, звезда рок-музыки, исполнитель саундтреков к известным фильмам ("Дракула", "Властелин колец"). Когда ей было под пятьдесят, отказалась от косметики, чтобы вернуться к естественности.

— Не терзайся, выглядела ты замечательно. А мальчики — вот уж действительно, попала между молотом и наковальней. Только будь начеку: говорят, Адам слегка сумасшедший.

— Адам сумасшедший?

— Не для протокола, о'кей? — Дождавшись моего кивка, Райза продолжала говорить, как ей свойственно — откровенно и без осуждения: — Знакомая журналистка, музыкальный критик, встречалась с ним в прошлом году. Познакомились на концерте, но очень быстро отношения пошли под откос. Страдающий художник, перепады настроения и все такое прочее. По правде сказать, девице и самой не помешал бы курс золофта[1], но судя по ее рассказам... — Глаза Райзы сощурились в улыбке. — Об этом ты хотела спросить: с которым из двоих стоит продолжить?

— Нет-нет.

— Не отнекивайся так поспешно.

— Просто встреча с ними навела меня на... на, так сказать, гипотетический вопрос.

— Давай.

— Как бы котировались на рынке неизвестные записи певца такого уровня, как Мика Кроули?

1 Золофт — антидепрессант.

Райза втянула в себя воздух и очень медленно выпустила его сквозь зубы.

— Не шути со мной.

— Ты о чем?

Ого, как она вцепилась мне в руку:

— Ты их слышала?

— Ты о чем? — повторила я. — Я только пытаюсь прикинуть...

— Чушь! Ты слышала "пленки из отеля"?

В начале наших отношений Кайл объяснил мне: люди часто попадают впросак, отвечая на вопрос больше, чем требовалось. Вопрос был не такой уж трудный, и не следовало мне осложнять себе жизнь, пускаясь в объяснения: дескать, мне известно про эти пленки и вечером я надеюсь их услышать. Следовало попросту ответить "нет" и покончить с этим, хотя краткий ответ мне дался нелегко.

Пальцы на моей руке разжались, но Райза все еще впивалась взглядом в мое лицо, проверяя, а вдруг я слукавила. Никаких признаков двурушничества она не обнаружила (надо же!) и решила ответить на *мой* вопрос:

— Если "пленки из отеля" в хорошем состоянии, то есть качество записи и сохранность удовлетворительные, речь идет о миллионах. О десятках миллионов долларов.

Десятки миллионов долларов перейдут в чьи-то руки — поскольку Рассел Эллиот умер.

Я кивнула, принимая сказанное Райзой и стараясь не возбуждать у нее подозрений. Оливия и мальчики сделают заявление, когда сочтут нужным, а мне только требовалось знать, сколько стоят пленки. Итак, десятки миллионов и жизнь человека. Человеческая жизнь бесценна, само собой, но я видела уже достаточно убийств и знала, что люди нередко назначают цену чужой жизни.

— О'кей, будем рассуждать гипотетически, — продолжала Райза, глаза ее горели незнакомым мне доселе блеском. — "Волт" — компания маленькая, но художник, музыкант — наше все. И он сам, и его семья. Если бы нам доверили такие пленки, мы бы подготовили их к выпуску с величайшей заботой и с уважением к автору, к его семье, к его наследию. — Она кривовато усмехнулась. — Мы бы сняли с себя последнюю рубашку, чтобы уплатить за подобную привилегию.

Никогда прежде я не видела Райзу в ее деловой ипостаси, и надо сказать, это производило впечатление. Особенно то, как дрожала ее рука, все еще лежавшая на моей. Она не слышала пленок, от меня знала, что и я их не слышала, не могла быть даже уверена в их существовании, но прямо-таки раскалилась от желания их заполучить. Могло ли желание завладеть пленками подтолкнуть кого-то к убийству Рассела

Кроули? И что дальше? Убийца проник в квартиру, провел там достаточно времени, чтобы покончить с Расселом, а пленки забрать не успел? Это сделал кто-то из ближайшего к нему круга, ведь посторонний человек не сумел бы объяснить, откуда вообще взялись пленки, и не сумел бы их продать. Какую задачу ставил себе убийца — "гипотетический" убийца? Забрать пленки — или получить их по наследству? Упоминаются ли пленки в завещании Рассела? Сейчас они у Оливии, но это не означает, что она имеет на них право. Возможно, убийца выжидает, пока наследство Рассела будет официально распределено. И кто же в таком случае этот "гипотетический"?

Мне требовалось время на детективные размышления, а пока что следовало позаботиться, чтобы Райза не заносилась чересчур в мечтах о неслыханной сделке.

— Честно, я ничего не знаю о пленках, но если что-то всплывет, пока я работаю над статьей, я тебе тут же сообщу.

— Знаешь, сколько заработала Кортни Лав только в прошлом году, продав несколько песен Курта? Двадцать пять миллионов долларов. Не берусь утверждать, что Клэр выручит столько же за пленки, но — приблизительно. — И снова она сдавила мне руку.

— Ты считаешь, пленки у Клэр? Если они существуют?

Райза отняла свою руку, прикусила костяшки пальцев, насмешливо покосилась на меня:

— Не дразни меня. У кого пленки?

— Я не знаю, потому что...

— Ну да, потому что не уверена, что они существуют, — утомленно выдохнула она и покачала головой. — Люди всегда сомневались и в существовании Святого Грааля, но на что они только не шли, чтобы его заполучить.

Выходит, ради этих пленок и впрямь могли убить. Больше вопросов я задавать не осмеливалась, Райза и так догадывалась: мне кое-что известно. С широкой улыбкой я переменила тему:

— И что нынче поделывает Рэнди Данн?

— Такая же хитрюга, как и ты. Почти, — рассмеялась Райза и вскинула руки: сдаюсь, мол. — Продвигается помаленьку. Слыхала о последних назначениях на Большом радио?

Мы отлично закусили, таская лакомые кусочки друг у друга из тарелок и сплетничая о старых друзьях и врагах, но под этот разговор я продолжала перебирать в уме всех, кто мог претендовать на пленки. В редакцию я вернулась переполненная сплетнями и оливками, но — никакой рабочей версии.

Около четырех часов позвонила Кэссиди, и я получила ответ на еще один свой вопрос.

Деликатно расспрашивая коллег-юристов, она выяснила, что дела по наследству Рассела еще не урегулированы.

— Значит, тот, кто убил Рассела, понимает, что пленки в итоге могут попасть и не к Оливии, — заметила я, едва успев поблагодарить подругу.

— Сама с собой разговариваешь? — фыркнула она.

— Что, звучит так, будто я заболела? — фыркнула я в ответ.

— Ага, тяжелый случай лихорадки Шерлока Холмса.

Верно. Сама не знаю, когда и как это случилось, но от рассуждений о том, было ли это убийством, я незаметно перешла к практическому поиску убийцы.

— Инстинкт мне подсказывает... — отважилась я.

— Инстинкт как-то раз подсказал тебе покрасить волосы в лиловый цвет, — подхватила Кэссиди. — Лапочка, я же не пытаюсь помешать тебе, но ты хоть придерживайся реальности. Позвоню Трисии, может, она с тобой справится. Я со своей стороны могу порекомендовать одно хорошее средство от сыскной лихорадки.

— Боюсь даже спрашивать какое.

— Один красавец полицейский на ночь и отключить телефон до утра.

— Мы с ним встречаемся за ужином.

— Отлично, значит, дело зашло не так далеко, как я опасалась. И ешь не торопясь.

Итак, пристроившись в шесть вечера на кожаном диване в апартаментах Эллиота, я все еще пыталась вычислить, мог ли убийца предусмотреть, к кому попадут пленки после оглашения завещания. Рассчитывал ли он, что пленки унаследует Оливия, а он уговорит ее расстаться с ними или, по крайней мере, пустить их в оборот? Или по завещанию пленки перейдут в другие руки? А может быть, убийца готовит новый удар?

Непростые вопросы терзали меня, а еще пуще терзало соседство Джордана. Мягкий диван глубоко проваливался, против собственной воли я подвигалась все ближе к Джордану — и он ко мне. Одарив меня профессионально пронзительным взглядом, Джордан прошептал:

— Чувствуешь, как на твоих глазах творится история?

— Пробирает, — кивнула я в ответ.

— Вот именно. — Он поднялся навстречу Оливии, которая внесла в комнату красивую деревянную шкатулку совершенно средневекового вида, с медными заклепками и сложной резьбой по бокам. Мне показалось, Джордан встал из уважения к тому, что таилось в этой шкатулке, а не ради Оливии. Я тоже попыталась привстать, но пучины дивана поглотили меня, и я решила оставаться на месте.

Джордан потянулся к коробке, но Оливия спрятала ее за спину — не из принципа, скорее это было инстинктивное движение.

— Погоди, — взмолилась она, ставя шкатулку на тот самый увенчанный медным диском столик. Джордан нависал над ней, с трудом сдерживая нетерпение.

И не сдержался. Едва Оливия выпустила из рук шкатулку, он уже набросился на нее (на шкатулку) и попытался открыть замок. Оливия тихо простонала — так тихо, что яростный вопль Джордана почти заглушил ее стон:

— Что за черт, Оливия?

Достаточно было взглянуть на их лица, чтобы понять: ларец пуст.

7

На каком-то из естественно-научных предметов я усвоила, что музыка хранится в особом участке мозга, с которого информация считывается легче, нежели с любого другого (например, я не помню, что это был за естественно-научный предмет), вот почему алфавит с детками разучивают как песню. По этой же причине услышанный куплет надолго застревает в памяти, и нипочем его оттуда не выковырнешь. А бывает и так, что, гоняя в машине радио, услышишь первые аккорды в заставке рекламы или на улице разминешься с прохожим, напевающим знакомый мотив, и — назад в прошлое, на космических скоростях преодолевая пространство и время. "Претендерс", "2000 миль" — я снова целуюсь с Майком Томлисоном на крылечке дома его бабушки, канун Нового года, легкий снежок. Элла Фицджеральд, "Одна из таких штучек" — папа учит меня танцевать фокстрот. "Токинг Хедс", "Жизнь в пору войны" — мы с Трисией и Кэссиди едем на Кейп-Код, идеальный летний вечер, верх в машине откинут.

И когда мы втроем склонились над опустевшим ларцом, в голове моей зазвучала песенка "Пинк Флойд": "Мани-мани-мани", гитарный перебор и уханье контрабаса, изображающие стук кассового аппарата и звон сыплющихся монет. Монет, которые просыпались сквозь растопыренные пальцы Джордана и Оливии, ушли в песок.

— Вы бы в полицию позвонили, — тихо подсказала я. Неловко проявлять практическую сметку перед лицом катастрофы. Оливия того и гляди упадет в обморок, а Джордан сблюет.

— Нельзя, — выдохнула Оливия, так и не упав в обморок.

— Почему же?

— Потому что тогда все узнают о пленках.

— Все и так знают. Даже меня сегодня спрашивали. К тому же, — ткнула я пальцем в раскрытую шкатулку, — тот, кто взял пленки, *знал* о них.

— Нет, — затрясла головой Оливия. — Нет, все надеялись, что пленки сохранились, но точно никто не знал. Если о них станет известно, люди город вверх ногами перевернут в поисках этих записей.

Я оглянулась на Джордана: авось он поддержит меня или хотя бы уймет Оливию, встряхнет ее хорошенько, но парень так и застыл на месте с разинутым ртом.

— Да ведь нам того и надо, чтобы все бросились на поиски? — надавила я. — Если эти пленки так важны, как о них говорят, ради них и правда могли убить вашего отца, Оливия!

Она обернулась ко мне так, словно это я встряхнула ее:

— Что-о?

— Подруга сказала мне, что ориентировочная цена записей — цифра с шестью нулями. Более чем достаточно для убийства.

Джордан резко вскинул голову:

— С кем вы говорили о пленках?

— Ни с кем, — извернулась я. — Они сами собой всплыли в разговоре.

— Олли! Кому ты рассказала о пленках? — не отставал Джордан.

— Ты же знаешь: никому! — Оливия боролась со слезами, но открыто поглядела в глаза мне и Джордану, стараясь убедить нас обоих в своей искренности.

— Оливия, а вы вообще видели эти пленки после смерти отца? — отважилась я. Надеюсь, сочувствие в моем голосе заглушило азарт ищейки.

— Да, я прослушала их после похорон, а потом снова заперла шкатулку и... — Она с силой захлопнула крышку, словно пытаясь запереть в шкатулке свои эмоции, но слезы все же прорвались и покатились по ее щекам.

Джордан побарабанил пальцами по столу, развернулся и бросился к дверям. Оливия не стронулась с места, но я поспешила за ним:

— Куда вы?

— По пальцам одной руки, — яростно произнес он, для наглядности размахивая передо мной этой самой рукой, — по пальцам одной руки я мог бы перечесть людей, которые знали о пленках. Знали, что пленки действительно существуют. А потому не трудно догадаться, кто их захапал. — Сжав руку в кулак, он устремился к выходу.

Оливия испуганно выкрикнула его имя и словно опомнилась. Вместе мы выбежали в коридор и увидели, как Джордан проносится мимо лифта — прямиком к апартаментам Клэр.

В три секунды в моем мозгу выстроилась цепочка: Мика оставил пленки Расселу, а не Клэр, Клэр хотела заполучить их, Рассел отказал, они поссорились, Клэр обозлилась и убила Рассела, чтобы завладеть пленками. Логично. До ужаса логично. Если бы все это произошло шесть-семь лет тому назад, вскоре после смерти Мики. Но сейчас-то почему?

Джордана такие сомнения не смущали, он знай себе колотил кулаком в дверь Клэр, выкрикивая ее имя. Оливия подбежала к нему, выкрикивая *его* имя. Хорошо, что на этом этаже больше никто не живет, а то бы соседи уже звонили в полицию.

— Джордан, остынь. Подумай хорошенько! — переходя на “ты”, взмолилась я, подбегая к этой безумной парочке.

Больше я ничего сказать не успела: дверь распахнулась и на пороге предстала Клэр. Джордан разинул пасть, намереваясь выпалить какую-нибудь гадость и глупость, но прежде, чем он хоть звук произнес, Клэр с размаху врезала ему по физиономии. Кто бы подумал, что у этой дамочки столь сильные руки. Пощечина отдалась таким эхом, что мы с Оливией невольно вздрогнули. Можно сказать, она стукнула всех троих, стукнув лишь одного.

Рука Джордана приподнялась, и я кинулась вперед, чтобы удержать его от ответного удара, однако плечи Джордана поникли, и он, слегка отшатнувшись от Клэр, уставился на нее скорее с недоумением, чем с гневом.

— Недоносок! — прошипела она. — Готов плясать на могилах людей, которые тебя вырастили, только бы высунуться, только бы попасть в новости?

Дотронувшись до плеча Джордана, я отважилась вмешаться в разговор в надежде успокоить противников.

— Мне кажется, сейчас это обсуждать не стоит, — заговорила я, ловя взгляд Оливии и пытаясь привлечь ее к моим дипломатическим потугам.

— А вы кем себя возомнили? — по заслугам воздала мне Клэр.

— Миссис Кроули, я только хотела помочь, — проныла я.

— Чему? Своей карьере?

— Мама, перестань. — В коридоре замаячил Адам с бокалом в руке. Из всех присутствующих он один не собирался прямо сейчас вцепиться кому-нибудь в горло (из всех, себя я не исключаю из этого числа).

— Не вмешивайся, Адам! — предупредила мать.

— Ах, кто в этой семейке сумеет держаться в стороне? — Меня он приветствовал короткой извиняющейся улыбкой.

— Тебе что, ноги к полу прибили? Ступай себе, братец, — посоветовал Джордан.

— Уйти и пропустить все веселье? — Адам с деланой небрежностью пожал плечами, его голосом можно было резать железо.

— Я все пытаюсь понять, Джордан, — размеренно заговорила Клэр, — то ли бог вложил в тебя столько таланта, что для разума и хороших манер не осталось места, то ли ты сам предпочел обходиться без них?

— Не обо мне сейчас речь, — возразил Джордан.

— Ну надо же! Запомните этот день и час! — Адам демонстративно поглядел на часы. — Не скоро мы снова такого дождемся.

— Я готов в любой момент повторить то, что сказал нынче утром этим крысам — папарацци, — уперся Джордан. — Но сейчас послушайте Оливию.

Клэр глубоко вдохнула, взяла себя в руки и обернулась к Оливии с отработанной улыбкой педагога: училка заранее знает, что на вопрос двоечника отвечать не стоит, тот лишь дурачится.

— Слушаю, Оливия.

— Верни все, что забрала у меня, — тихо, но твердо выговорила Оливия.

Клэр вроде бы удивилась:

— Ты все имеешь только благодаря мне.

Адам взял мать за руку.

— Если уж вы решили выяснить отношения, не стоит делать это в коридоре. — Он втянул Клэр в квартиру и жестом пригласил нас пройти.

Квартира Эллиота была холодной и сдержанной, там господствовали земные оттенки, солидная кожаная мебель. Апартаменты Клэр оказались неожиданно яркими, веселыми, двери она поснимала, заменив их арками, стены были увешаны современными картинами. Адам возглавлял нашу нелепую процессию, мы прошли мощеным коридором (где тут римская площадь с фонтаном?) в гостиную, откуда открывался дух захватывающий вид на реку. Длинные низкие диваны напротив окон подчеркивали размеры комнаты.

Жестом Адам пригласил нас садиться. Оливия послушалась, но Джордан отошел к окну, а я жалась к заменявшей дверь арке. Я твердо решила оставаться здесь и досмотреть все до конца, но все же мне было неловко присутствовать при семейных разборках.

Хозяйка выбрала одно из немногих кресел — обращенное внутрь комнаты, спиной к окну.

Возможно, именно это кресло, а не окна и река за окнами, было стратегическим центром гостиной. Клэр скрестила ноги, сложила руки на коленях и так напряженно выпрямила спину, что у меня от одного ее вида заныла поясница. Клэр к чему-то готовилась, но к чему? Еще раз врезать Джордану по физиономии — или сбежать? Поди пойми.

— Итак, — начал Адам, скользнув на ближайший ко мне диван. Он казался спокойным, не то что его мать. — Кто рискнет первым объяснить, какого черта все это значит?

— Твоя мать меня ограбила, — ровным голосом повторила Оливия, но смотрела она теперь на Адама, а не на Клэр.

Клэр все так же пристально смотрела на Оливию, выпятила нижнюю губу — маска скорби, да и только. На миг ее руки разомкнулись, она поменяла местами скрещенные ноги и вновь сцепила пальцы на колене.

— Чего ты наглоталась?

— Опять! — фыркнул Джордан. — Ты всегда задаешь один и тот же вопрос.

— Потому что ответ всегда один и тот же. — Клэр на миг обнажила в усмешке зубы. — Понять не могу, отчего детки, которым все преподносят на серебряном блюдечке, не в состоянии принять довольно-таки симпатичную реальность и нуждаются в медикаментах.

— Я-то думал, ты раздобыла какое-то зелье и решила поделиться с нами, — пробурчал Джордан. Он стоял у окна, спиной ко всем нам. Он и Клэр, похоже, никогда больше не посмотрят друг другу в глаза, подумала я.

— Легче, Джордан, — предупредил Адам. Сидел он в непринужденной позе, но голос звучал твердо.

— Да ну, Адам, ты готов жрать червей, если мамочка велит, но неужели ты согласен с этой чушью насчет "прекрасной реальности"?

Клэр вдруг согнула свою напряженную спину и через плечо оглянулась на Джордана.

— Мне очень жаль, если твоя жизнь тебе не по душе. Но почему все мы обязаны это слушать?

Усмешка Адама вспыхнула как сигнальная ракета.

— Мы лучше послушаем твой диск, когда он выйдет... когда бишь он выйдет?

Я не успела ни о чем подумать, когда Джордан кинулся на брата. Я просто шагнула и встала между ними, вытянув одну руку вперед, чтобы остановить Джордана, а другую — назад, придерживая поднявшегося с дивана Адама. Ни Оливия, ни Клэр не шелохнулись — то ли не среагировали так быстро, как я, то ли их вполне устраивало мое превращение в границу между противоборствующими группировками.

На этот раз братья совладали с собой и не попыталась достать друг друга *через* или *вокруг* меня, но пыхтели они громко. Успокоившись, я опустила руки.

— Вот это да! Я бы не прочь поужинать вместе с вами в День благодарения. Наверное, это что-то.

— Вам тут делать нечего, миз Форрестер, — возмутилась Клэр и даже попыталась приподняться с трона.

— Вообще-то есть чего, — возразила я. — Во-первых, похоже, что только я могу предотвратить драку, а во-вторых, я пишу статью об Оливии, и мне интересно посмотреть, как вы примете ее заявление.

— Проваливайте. — Клэр поднялась-таки с кресла и двинулась мимо нас к двери. — Я не собираюсь мириться с этими нелепыми выходками.

— Отдай мне пленки, и я уйду, — посулила Оливия.

— Какие пленки? — спросил Адам.

— Пленки из отеля.

Адам выдохнул так резко, словно Оливия лягнула его в живот, а то и пониже. Не успел он промолвить и слова, как Клэр обернулась и ледяным взглядом заткнула ему рот — даже меня, стоявшую рядом с Адамом, пробрал холод. И поделом: в следующую секунду ледяной взгляд переместился на меня.

— Это вы его подговорили?

— Я? Подговорила?.. — Знать бы еще, в чем меня обвиняют, но в любом случае я не собиралась признаваться в какой-либо провинности перед яростной Клэр.

— Из Оливии как таковой сюжета не выжмешь, и вы придумали историю поинтереснее?

— Во-первых, — как могла ровно заговорила я, — Оливия более чем интересна сама по себе. Во-вторых, если б мне понадобился крутой сюжет, я бы добавила коктейли и пистолеты на столах и камеры по углам. Но, как видите, я стараюсь не запечатлеть бурную сцену, а положить ей конец.

— У мамы не сложились отношения с прессой, — вставил Адам.

— Все прочие отношения в ее жизни складывались как нельзя лучше? — невинно осведомилась я.

К моему изумлению, Адам одобрил дерзкую шутку, а Клэр только зашипела, словно холодная вода на раскаленном металле.

— Пленок из отеля не существует, — чуть ли не по слогам произнесла она — конечно же такая дура, как я, может и не понять. — Я сожгла их после смерти Мики.

— Лжешь!– взорвалась Оливия. — Я сама их слышала!

Клэр отмахнулась, сосредоточив все свое внимание на мне.

— У Рассела была навязчивая идея, будто часть пленок могла уцелеть. Очевидно, эту фантазию унаследовала от него Оливия. Кстати, если бы пленки существовали, *их* унаследовала бы я.

— Вранье! Вранье! Мика передал пленки моему отцу, а отец завещал их мне!

Может быть, для разнообразия мне следовало вклиниться между двумя разъяренными *женщинами*? Но я еще не отошла от изумления после реплики Клэр.

— Как сожгли? Они же бесценны...

Лицо Клэр перекосилось.

— Какая разница? Я потеряла все лишь потому, что он не умел быть трезвым или... — Ее взгляд отлепился от моего лица и метнулся к Джордану.

— Или верным? — Он произнес это как старую семейную шутку, но Клэр содрогнулась, словно ей острие вошло между ребрами. Подумать только, она прославилась тем, как великодушно приняла Бонни и Джордана под свое крыло, а выходит, измена Мики мучила ее и сейчас, спустя столько лет после смерти изменщика. Открытие сродни откровению, что миссис Санта-Клаус не любит гномиков.

Молча, покусывая губы, Клэр смотрела на пасынка, а тот с довольным видом дожидался, что же она ему ответит. Адам сделал шаг вперед, и я вцепилась в его рукав, но он успокоительно похлопал меня по ладони, и я убрала руку. Он двинулся не к брату, а к матери, легонько погладил ее по плечу, и Клэр, словно встряхнувшись, обернулась к Оливии:

— Знаешь, Оливия, я очень беспокоюсь за тебя.

— Что-о? — Вновь попав в поле ее зрения, Оливия явно растерялась.

Клэр взяла обе руки Оливии в свои. Может быть, она пыталась изобразить материнскую ласку, но мне это движение больше напомнило жест феодала, который сжимает в своих ладонях руки вассала.

— Я ведь знаю, каково это — потерять человека, который был для тебя всем. Мы стараемся, как можем, поддержать тебя, дорогая, но уже ясно, что мы не в силах сделать все необходимое. У тебя есть коллега, с кем ты могла бы поговорить? Кто-то, кому ты доверяешь?

Слова Клэр не сразу дошли до сознания слушательницы. Поняв их смысл, Оливия резко высвободила руки.

— Со мной все в порядке, — отрезала она.

— Да нет же, — ласково и внушительно, как и полагается говорить с больными людьми, настаивала Клэр. — Горе, стресс — обычные вещи. Тебе надо поскорее обратиться к психотерапевту, тебе помогут, и нам всем станет легче.

— Всем? — не удержалась я.

— Ее болезненные фантазии отнимают у вас время и нас всех выставляют в ложном свете. — Клэр и со мной заговорила снисходительно, как с больной.

— Пленки из отеля — не фантазия. — Оливия уже не могла сдержать слез.

— Фантазия, моя милая, фантазия, — твердила Клэр.

— Пленки существуют, и я требую, чтобы ты их вернула! — Голос Оливии взмыл вверх, но силы в нем не чувствовалось. Она растерянно оглянулась на меня в поисках поддержки, но что я могла сказать? А что, если Оливия все выдумала? Или Клэр прекрасно знала, где эти пленки, и нарочно сбивала нас с толку? Если пленки у Клэр, означает ли это, что она убила Рассела Эллиота?

— Вот же чушь! — помотал головой Джордан.

Клэр приветствовала его быстрой усмешкой:

— Рада, что ты это понял, Джордан.

— Ты рада? Да ты никогда ничему не рада, и теперь я понял почему.

В воздухе запахло порохом, губы Клэр искривились. Но прежде чем вспыхнула первая искра, которая могла бы взорвать этот порох, я схватила Джордана за руку. Никто не просил меня вмешиваться, но я чувствовала: так надо.

— Нам пора! — Я решила, что нам следует отступить и перестать давить на Клэр, а то она и вовсе затаится. Если ей есть что таить. Если пленки действительно у нее. Если они существуют.

Джордан кивнул.

— Пошли, Оливия, — позвал он, подхватил меня под руку и устремился к дверям.

— Я еще не закончила, — запротестовала Клэр, преследуя нас вплоть до холла.

— Закончили! — Я постаралась, чтобы это прозвучало не слишком грубо. — Вы уже сказали: того, что ищет Оливия, не существует. Что к этому остается добавить? Ну да, вы сказали, что Оливии нужна помощь. В этом я с вами совершенно согласна.

Оливия и Джордан застыли на месте, слова насчет помощи им явно пришлись не по душе. Меня же больше удивило выражение лица Адама: стоя позади матери, он почему-то ухмылялся во весь рот. Я попыталась вглядеться в лицо Клэр, но Адам отвлекал меня, и отвлекал сознательно: подметив, что я гляжу на него, он еще подбавил накала в свою улыбку.

Приняв меня за союзницу, Клэр тут же смягчилась:

— Очень рада, что вы согласны со мной. У вас есть знакомые?..

— Конечно. Лучший юрист в городе.

— Юрист? — взвизгнула Клэр.

— Большое спасибо, что уделили нам время, миссис Кроули, — произнесла я в тот момент, когда Джордан распахнул дверь и поспешно вытолкнул Оливию на площадку. Клэр еще пузырилась, но Адам что-то шепнул ей на ухо, и она побрела обратно в гостиную.

С полупоклоном и церемонным взмахом руки Адам выпроводил и меня. Лишь в тот момент, когда дверь за нами закрывалась, я сообразила: во всей нашей компании только Адам не выглядел несчастным и озлобленным. Вспыхнул на миг гневом против Джордана и сразу же успокоился. То ли его ничего не волнует, то ли он знает гораздо больше, чем мы. Придержав дверь, я позвала его:

— Самое время выпить! Присоединяетесь?

— К вам троим или к вам лично? — усмехнулся он.

— К нам.

— Не стоит. Спасибо за приглашение. А с вами мы еще выпьем — в следующий раз. — Он потянул на себя дверь, и я убрала руку, позволив ему закрыть дверь. Улыбка так и не сошла с губ Адама.

Входя с Оливией и Джорданом в "Дикого лосося", я все еще размышляла над загадкой этой улыбки. Я следила за временем и старалась использовать его с толком. Если все пойдет по плану, я закончу наше маленькое дельце и распрощаюсь с Оливией, Джорданом и Кэссиди прежде, чем явится Кайл. До сих пор судьба была ко мне благосклонна: Кэссиди ждала у бара.

Я позвонила Кэссиди из такси, кратко описала ситуацию и спросила, может ли она что-то посоветовать Оливии: как установить законного владельца пленок и как их вернуть, если они всплывут на рынке. Ведь рано или поздно они должны появиться в том или ином виде: внезапно обнаружившееся наследство, клад с не очень понятной историей, может быть, этими пленками будут торговать из-под полы перекупщики. Зачем же их украли, если не с целью продать миллионам поклонников, все еще жаждущим песен Мики?

Выслушав меня, Кэссиди с готовностью согласилась помочь, тем более что ресторан оказался неподалеку от места ее последней за этот день встречи с клиентом (и к тому же я упомянула, что с нами придет Джордан). Именно по этой причине рядом с Кэссиди маячила Трисия.

Хорошо хоть папарацци ни о чем не проведали. Мы потихоньку проскользнули в ресторан, но на подходе к бару я уже ловила на себе любопытствующие взгляды. Люди узнавали Джордана, впивались в него глазами, потом из вежливости притворялись, будто уставились на свисавшую с потолка золотую рыбку. Каково это — оставаться на публике, даже когда сходишь со сцены? Как это меняет представление человека о самом себе? И как чувствуют себя люди вроде Оливии и Клэр, на которых тоже брызжет отсвет рампы? О чем мечтают они — о спасительном сумраке или о главной роли?

Но при встрече с моими подругами об этих проблемах стоило бы на время забыть. Хотя обе нарядились в деловые костюмы, выглядели они как самые настоящие звезды.

— Смотри-ка, ты разбираешься в юристах, — одобрил Джордан.

— Я разбираюсь в симпатичных людях, — подколола я его.

— Рада познакомиться, — подхватила Кэссиди, пожимая руку сначала Оливии, затем Джордану.

— Ты же меня не прогонишь, Молли? Мы потом вместе ужинаем, так что и в бар решили заглянуть вместе. — Трисия только притворялась, будто обращается ко мне: ее вниманием полностью завладел Джордан, как раз в этот момент пожимавший ей руку. Он же и ответил вместо меня:

— И очень правильно сделали.

— Не принимайте его всерьез, — предупредила Оливия. — Он порежет ваше сердце на кусочки...

— Будешь плакать и не будешь спать, — продолжила строчку Трисия.

— Отличные стихи. Кто автор? Ах да, это же я. — Джордан расшалился вовсю.

— Ваш альбом просто чудо, — шепнула ему Трисия.

— Ах, такие слова я готов слушать без конца. С этого места поподробнее, пожалуйста, я весь обратился в слух.

— С какой песни начать — с первой по порядку или с моей любимой?

Я догадывалась, что сейчас чувствует Трисия. Среди ее клиентов значилось немало известных людей, но настоящая рок-звезда! Я бы тоже могла скакать и визжать от восторга вместе с ней, однако бизнес есть бизнес. Хорошо еще, что обаяние Джордана не распространялось на Кэссиди, и та могла делать свое дело.

— Ваши девичьи восторги здорово отвлекают, — пожаловалась она. — Давайте-ка мы с Оливией сядем за столик, а вы тут позируйте у стойки.

Прежде чем я нашлась с саркастическим или другим каким ответом, она увела Оливию. Совершенно счастливая Трисия уселась на барный стул и проворковала:

— О-ча-ро-ва-тельный диск!

— Вот спасибо. И какая же песня самая любимая?

— "Раздень меня догола", — без колебаний ответила она. — Она у меня и на айподе есть.

— Легально загружена и все такое. Трисия у нас хорошая девочка, — вставила я, встревоженная хищной ухмылкой Джордана. Глаза Трисии маниакально блестели, и предупреждать ее было уже поздно. Джордан — явный тип "поматросил и бросил", разве я могу допустить, чтобы он так обошелся с моей подругой? Я поспешно сменила направление разговора, тем более что мне и впрямь требовалось установить факты:

— Значит, ты этих пленок никогда не слышал?

Трисия метнула на меня злобный взгляд. Ничего, потом оценит мое благородство и старание защитить ее.

— Прошу прощения, рабочий день еще не кончился?

— Трисия права, — подхватил Джордан, выразительно поглядывая на часы. — Могу я хотя бы заказать выпивку и расслабиться на минутку?

— Это я прошу прощения, — повинилась я. — Но история с пленками представляется мне очень серьезной. Если они существуют...

— Клэр не могла их сжечь, — ответил Джордан, пытаясь между тем привлечь внимание бармена. — Я помню, как мама после смерти папы спрашивала ее насчет пленок и Клэр заявила, что уж она-то не имеет к ним никакого отношения. Обычное дело, так они всегда ворковали.

— Если пленки у Клэр, как они могли попасть к Расселу и почему Клэр утверждает, что она их сожгла?

Вопрос повис в воздухе. Джордан заказал себе водку "Грей Гуз" со льдом и "Роб Рой" для меня.

— Потому что, если она скажет, что она их сожгла, ей не придется признаваться в том, что Рассел отказался отдать их ей, даже когда у них был роман.

— Клэр Кроули и Рассел Эллиот? — задохнулась Трисия.

Джордан устало кивнул.

— И вот что я вам скажу: не хотел бы я сейчас оказаться на месте Грэя Бенедека.

— Это еще почему? — Он окончательно сбил меня с толку.

— Потому что все избранники Клэр умирают молодыми.

8

Время ускользает от меня. Работа занимает больше часов, чем планировалось, я забываю, сколько недель и месяцев прошло с последнего разговора или письма, и люди на меня обижаются, дома валяются просроченные библиотечные книги. Что касается возраста... Нет, ну вы мне скажите, должен же быть хоть краткий просвет между клерасилом и "Ойл оф Олей"[1], когда ваш возраст и ваша внешность совпадают?

И все же изредка Старик Время дает мне поблажку, мы играем в четыре руки, осколки перегруженной и лопнувшей от перегрузки жизни стягиваются воедино, по крайней мере на какой-то момент, и я могу перевести дух и оценить ситуацию. Или перевести дух и записать быстренько все факты и наблюдения, накопившиеся за последние часы, так что когда красавец детектив подойдет ко мне в баре, я смогу сосредоточить на нем все свое внимание и не беспокоиться, как бы не забыть что-то важное.

— Привет! — Кайл провел ладонью по моей руке, и я обрадовалась знакомому прикосновению. — Нынче ты рано.

1 Клерасил — средство от подростковых прыщей и угрей, "Ойл оф Олей" — от морщин.

— Спасибо, что справился с потрясением, — усмехнулась я. Всем сердцем я хотела поцеловать его, но ведь сперва нужно было разобраться, на каком мы этапе "отношений" или "восстановления отношений". Прежде у меня все "отношения" обходились без второго этапа, и я понятия не имела, как нужно вести себя при воссоединении.

Кайл тоже не стал меня целовать, но прежде чем я сообразила, препятствуют ли ему те же сомнения, что и мне, или же он попросту не хочет меня целовать, прежде вообще-то, чем я начала всерьез заморачиваться по этому поводу, Кайл бросил взгляд на мой бокал и спросил:

— Ты здесь уже давно?

В моих советах читателям так и пестрит фраза: "Честность — лучшая политика". А уж если встречаешься с детективом... У него все инстинкты на стреме: работает он или отдыхает, он подмечает такие мелочи, до каких обычному смертному и дела нет. Я тоже глянула на свой бокал. Он был наполовину пуст, и капельки влаги, сбегавшие по наружному краю, успели скопиться внизу.

Я твердо решила быть честной, но столь же твердо я решила, что сейчас мы оба не на работе и работе нечего лезть в наши отношения, так что я постаралась обойти вопрос стороной.

— Тут собирались Трисия, Кэссиди и еще кое-кто, кого я знаю, вот я и пришла пораньше. — Кайлу вовсе не обязательно знать, что я выставила Трисию, Кэссиди и еще кое-кого из ресторана за минуту до его прихода — дескать, им будет гораздо уютнее поужинать в не столь популярном заведении. — Выпьешь что-нибудь?

Он заказал “Манхэттен” и устроился возле меня.

— Симпатично выглядишь.

— Спасибо, ты тоже.

— Я рад, что мы сделали это.

— В смысле сделали друг другу комплименты? — уточнила я.

— В смысле начали разговор, — ответил он так серьезно, что сердце у меня в груди ухнуло. Словно во сне я следила за тем, как детектив берет мою руку, крепко ее сжимает, всматривается в нее пристально — уж не улики ли ищет?

— Да, — кивнула я. — И я постараюсь сделать все, чтобы мы продолжали разговор, чтобы ничего не оставалось недосказанным. Если мы постараемся, если мы оба так решили, мы научимся быть откровенными во всем, всегда, и для нас это будет вполне естественно.

— Ого! — тихо произнес он.

— О’кей, теперь я наговорила чересчур много. Надо притормозить.

— Нет-нет, просто ты сразу заговорила так, как будто мы снова вместе.

Сползти с барной табуретки, растечься на полу мерзкой лужицей унижения. Грудь сдавило свинцовым грузом, я не осмеливалась поднести бокал к губам — руки тряслись.

— А мы — нет? — еле выговорила я.

Эти дивные синие глаза могут растопить каменное сердце и заставить раскаяться самого закоренелого преступника. Сейчас их взгляд был обращен на меня.

— Я так и планировал, но нынче утром ты меня придержала, так что я думал, мне придется сперва сводить тебя на ужин, а то и на пару ужинов. — Он лукаво улыбнулся, и мое сердце забилось вновь, посылая всю кровь к щекам.

— По-моему, мы и так уже потеряли много времени, — искренне ответила я.

Он наклонился поближе, чтобы меня поцеловать, и тут нарисовался официант — проводить нас за столик. Все же Кайл поцеловал меня, только легонько, и когда я слезала с вращающегося табурета, ноги у меня подгибались. К счастью, Кайл обхватил меня рукой за талию. К счастью...

Читая меню, мы шутили и смеялись, но как только официант принял заказ и отошел, веселость с нас слетела. Настало время для серьезного разговора.

— Как ты, что ты поделывал? — спросила я в надежде услышать подробный отчет о страданиях, которыми были заполнены его дни в разлуке.

Кайл пожал плечами:

— Чересчур много работал. Старался загрузить себя так, чтобы пореже вспоминать о тебе. С тобой нелегко, но без тебя совсем плохо.

Голова плыла.

— Что я должна сказать? "Спасибо"?

— Лучше скажи: "Я тоже скучала".

— Это я, кажется, уже говорила.

— Никогда не мешает повторить.

— Я скучала по тебе.

— Рад это слышать. — Он в пятый раз поменял местами нож и вилку. — Как подвигается статья?

Я не ожидала столь резкой смены темы и не успела решить, в какие подробности стоит посвящать Кайла. Когда же я научусь отвечать на его вопросы, не прикидывая всех последствий и дипломатических ходов?

— Я основательно запуталась, — осторожно начала я. — Интересно, чем все это кончится.

— Сдается мне, вы уже решили, чем все это кончится, — вкрадчиво произнес Адам Кроули над самым моим ухом. Вот что значит не сводить глаз с любимого! Я даже не заметила, как Адам подобрался к нашему столику. Не успела я рта открыть (или закрыть), как мой детектив поднялся на ноги — боюсь, не из вежливости, а в знак протеста.

— Не стоит вмешиваться в наш разговор, — мягко предупредил он.

— Эта девица вмешалась в мою жизнь. Вам не на что жаловаться, — парировал Адам.

Кайл резко опустил правую руку — на один ужасный миг мне представилось, что он выхватит оружие из кобуры, — но он попросту запихал руку в карман, быть может, затем, чтобы я не видела, как он сжимает кулак, — и внимательно оглядел Адама с ног до головы.

— Это один из вчерашних придурков? — спросил он меня, выдержав паузу.

— Кайл, это Адам Кроули, — ответила я, не желая вдаваться в обсуждение, придурок он или нет, тем более что я еще сама не решила. Скорее всего, придурок: испортил нам примирительный обед, и мне вовсе не хотелось вспоминать сейчас, стоя напротив Кайла, как его, то бишь Адама, теплые губы касались моего уха; но мне очень хотелось расспросить Адама, только не за ужином, ясное дело.

Адам протянул Кайлу руку:

— А вы?..

— Кайл Эдвардс, — ответил Кайл, нехотя пожимая протянутую руку. — Я бы пригласил вас поужинать с нами, но вы нам ни к чему.

Адам обернулся к соседнему столику, схватил за спинку свободный стул (ужинавшие за этим столиком гости взирали на него в такой же растерянности, как и мы с Кайлом), развернул стул к нашему столу и уселся.

— Я по-быстрому.

— Уж постарайтесь. — Кайл остался стоять.

К нам поспешали официант и его начальница, у обоих на лицах волнение. Я кивнула им, давая понять, что все в порядке, и они застыли неподалеку, все еще встревоженные.

— Как вы меня отыскали?

— Позвонил брату, тот прямо захлебывается, как хорошо провел время с вами и вашими подругами.

Кайл перевел взгляд на меня — ненадолго, только чтобы дать мне почувствовать свое неудовольствие, — и вернулся к Адаму.

— Давайте я позвоню вам утром, — предложила я Адаму, — тогда и обсудим.

— Зачем откладывать удовольствие? — развеселился Адам.

Кайл наконец уселся, уперся локтями в колени — отчасти чтобы принять непринужденную позу, отчасти чтобы удержаться от соблазна врезать-таки Адаму.

— Оттого что вы записали один хороший альбом, вы еще не стали звездой, Кроули!

— Придется записать другой, получше. — Адам подался вперед, изображая дружескую приветливость. — Но по дороге на студию я все же задам один вопрос. Только один, и она полностью свободна. Разве что сама захочет поговорить.

Кайл откинулся на спинку стула, закусил нижнюю губу. Не столько обдумывал просьбу Адама, сколько прикидывал, как бы ему побольнее вмазать.

— Ладно, — сказала я, пытаясь остановить их обоих. — Один вопрос.

Адам усмехнулся, Кайл сердито нахмурился, но хоть губу жевать перестал. Я продолжала, обращаясь к Адаму:

— Я отвечу на ваш вопрос, но затем вы ответите на мой.

— Нормально.

— Больше, чем вы заслуживаете, — проворчал Кайл, в очередной раз перекладывая столовые приборы.

— Итак, Адам? Ваш вопрос? — Пусть лучше поторопится, пока у Кайла не лопнуло терпение.

— Мой брат нанял вас?

Я чуть было не расхохоталась, что уж вовсе не понравилось бы Адаму и я бы не получила ответа на *мой* вопрос.

— Нанял? С какой целью?

— Чтобы вы распространяли повсюду слухи насчет пленок. И о том, что смерти Рассела и нашего отца как-то связаны. Вы повытаскивали кучу старых сплетен, и это очень неприятно людям, которые мне дороги.

— Я всего лишь собираю материал для статьи об Оливии. "Слухи насчет пленок" исходят от нее. И это Джордан сказал, что обе смерти связаны, при чем тут я?

— Все началось, когда вы появились на горизонте.

— Она появилась уже после смерти Рассела Эллиота, — вмешался Кайл. Теперь он пытался поставить нож стоймя.

— Еще один журналист — любитель сенсаций?

— Я детектив из убойного отдела полиции Нью-Йорка. — Мой детектив медленно поднял взгляд, чтобы проследить за реакцией собеседника.

Адам смотрел не на Кайла, а на меня, рассерженный, сбитый с толку:

— Ты еще и полицию в это вовлекла?

Можно было бы успокоить его и сказать, что ужин с детективом — это часть моей личной жизни, однако детектив предпочел задать следующий вопрос:

— А, вы считаете, полиции тут делать нечего?

Лоб Адама избороздили морщины, черные брови встали углом. До чего же он похож на своего отца!

— Вы сами сказали нам, что смерть Рассела — несчастный случай.

Кайл раздумчиво кивнул, а я, сцепив пальцы на коленях, с трудом заставила себя сидеть тихо. Куда он гнет? Хочет поиздеваться над Кроули, проучить меня?

— И вас это устроило? — надавил Кайл.

— Почему нет?

— Не все так охотно приняли это объяснение.

— Не приняли те, у кого с головой не в порядке. Или кому публичного внимания недостает.

Вот что занятно: Кайл не сказал Адаму ничего нового, однако, зная, что Кайл служит в полиции, Адам по-другому воспринимал уже известную информацию. Более того, Кайл вовсе не говорил, будто он расследует причины смерти Эллиота, Адам сам так решил. Почему? Лишь потому, что Кайл излучает уверенность, или вылезло преступное подсознание Адама, он *знает*: тут есть что расследовать.

Адам Кроули вновь подался поближе к Кайлу:

— Оливия убедила вас снова открыть дело?

— Кто ж еще мог этого хотеть? — вопросом на вопрос ответил Кайл.

Адам набрал в грудь побольше воздуху.

— Все мы, конечно, хотели бы, чтобы вы разобрались в деле, раз есть в чем разбираться. — Слова его, если и не были искренними, прозвучали достаточно твердо.

— Может быть, кто-то все же не хотел повторного расследования?

Судя по затянувшейся паузе, Адаму вспомнилось чье-то конкретное имя, однако делиться своими соображениями с нами он не стал. Что за секрет, не тот ли самый, который вызвал на его губах улыбку тогда, во время сцены в апартаментах Клэр? Сейчас он не улыбался.

— Разумеется, тот, кто это сделал, не хотел бы. Если кто-то что-то сделал.

— А кто мог захотеть сделать что-то?

Адам снова обернулся ко мне, не рассерженный — растерянный:

— Хватит уже. Интересный у вас профессиональный подход.

— Вроде вашего, — подхватила я. Не дай бог, они с Кайлом перейдут к рукоприкладству, и я попаду еще и в завтрашние газеты.

— *Мой* профессиональный подход?

— Вы помешали нам ужинать. Разве так должен вести себя будущий владелец клуба?

Взгляд Кайла метнулся к моему лицу. Адам резко спросил:

— О чем это вы?

— Кажется, вы с Рэем Эрнандесом решили открыть клуб?

Наконец-то я попала в больное место. Парень заерзал.

— Кто вам сказал? — Не успела я ответить, как он продолжал: — Предупреждаю вас: ни одному слову Оливии верить нельзя.

Смотри-ка, хоть в чем-то сводные братцы мыслят одинаково.

— Надо же, я думала, вы друзья.

— В глубине души она меня ненавидит, однако она так давно притворяется, что привыкла. — Он изображал насмешку, а в голосе прорывалась обида.

— С чего вдруг ненавидит?

— Ей завидно, что ее отец вложил в нас столько времени и сил. В нас, а не в свою семью.

— Предлог законный, — одобрил Кайл.

Адам с трудом выдавил улыбку:

— С нами ему было лучше, чем с ней.

— Особенно с вашей матерью, — не удержалась я.

Брови Кайла взметнулись, лицо Адама окаменело.

— Я не стану отвечать на подобные намеки.

— И не скажете, давно ли ваша мать встречается с Грэем Бенедеком?

Лучше б я в него вилку воткнула. С минуту он сидел неподвижно, как статуя, потом встал и отодвинул свой стул от стола. Когда он вцепился в спинку стула, я разглядела, что костяшки пальцев у него совсем белые.

— Мы договаривались — один вопрос. Доброй ночи.

Адам быстро пошел через обеденный зал, наклонив голову, чтобы ни с кем не встречаться взглядом. Я привстала, но Кайл удержал меня за руку и покачал головой. Оглянувшись по сторонам, я убедилась, что все смотрят в нашу сторону: что, мол, мы еще учиним.

— Оставь его, — попросил Кайл. — Больше ты сегодня из него ничего не выжмешь.

— Почему? — запротестовала я, но на свое место все же плюхнулась.

— Ты переступила черту.

— С ним? Каким образом?

— Мужчина не станет разговаривать, даже думать не станет о том, с кем у его матери может быть секс. — Кайл скривился, как будто отгонял прочь от себя крамольную мысль. — Нельзя, и все тут.

Я разгладила салфетку у себя на коленях.

— А насчет того, что его мать может оказаться убийцей?

Кайл перекривился пуще прежнего.

— Такие проблемы встречаются реже. Ты подозреваешь его мать?

— Если бы мне пришлось прямо сегодня выбирать в этом семейном кружке убийцу, я бы поставила на нее. А ты думаешь — это он?

— Откуда мне знать?

— Но ты же его допрашивал.

Кайл состроил ту самую гримасу, которую обычно корчат мужчины, — женщине ради того же эффекта достаточно слегка скосить глаза.

— Не допрашивал, а спрашивал.

— Не вижу особой разницы. Боюсь, и Адам не разглядел.

Кайл вновь принялся играть с ножом. То ли размышлял насчет допроса Адама, то ли собирался переключиться на меня.

— Наверное, я просто привык задавать людям вопросы, — сказал он наконец.

— Вообще-то я тоже. — Черт, ляпнешь такое и замираешь в надежде, что это не ты сказала, так, залетело откуда-то, сейчас отзвучит эхо, и мы все посмеемся над чьей-то — не моей — глупостью.

Никто не смеялся. Кайл так пристально уставился на меня, что я перестала любоваться цветом его глаз и уже мечтала, чтобы он сморгнул, это же противоестественно.

— Так и есть, — медленно, с сожалением выговорил он.

Новые дела — желудок рухнул к моим ногам. Так мне показалось, на самом деле, вероятно, душа ушла в пятки. Наш Главный Разговор начнется прямо сейчас? Разумеется, мы должны поговорить, но я как-то надеялась, что мы успеем немного порадоваться жизни, два-три беззаботных свидания, немного радостей и забав, прежде чем вернемся к мрачному обсуждению: что именно у нас пошло не так и что мы должны делать впредь, чтобы избежать этих подвохов, и удастся ли нам их избежать.

Узкая дорожка через минное поле. С одной стороны — мужчина моей мечты, с другой — работа моей мечты. Я всегда готова извиниться, если в чем неправа, но как я могу извиняться за то, что оказалась в положении, которому позавидует любая нормальная женщина? Кайл вроде бы как дожидался от меня слов на эту тему, дескать, я была неправа, я чересчур упрямая, упертая или еще какая. В общем, женщина, которая посмела настоять на своем. Нет, я тут феминистскими манифестами не размахиваю, и все же...

— Прости меня.

Феминистка в моей голове на миг заткнулась и позволила мне переварить услышанное. Я чуть было не попросила Кайла повторить последнюю реплику, чтобы проверить, так ли я расслышала, но тогда он решил бы, что я чересчур упиваюсь своим торжеством.

— За что? — на всякий случай уточнила я.

И тут явился официант, официанты всегда приходят как нельзя более вовремя. Я давно подозревала, что в лучших ресторанах установлена система наблюдения с мониторами в кухне, и официанты в боевой готовности следят за экранами: "Этот, за столиком номер шесть, вот-вот сделает предложение. Скорее тащи им суп, отвлеки и помешай!"

Наш официант подавал салаты с особым шиком и ухмылкой во весь рот, но, может быть, он просто пытался вычислить уровень нашего ВИП, после того как видел меня с обоими мальчиками Кроули. Сейчас как вытащит из кармана диск со *своими* песнями и попросит нас передать его Адаму или Джордану (а может быть, обоим). А впрочем, черт с ним, с официантом, мне бы поскорее возобновить разговор с Кайлом. Я даже отказалась от свежемолотого перца, хотя салату перец пошел бы впрок.

— За что? — кротко спросила я Кайла, как только официант отошел. Обычно извиняться приходится мне, я не в курсе, как полагается пристойно и благосклонно *принимать* извинения.

— За то, что я велел тебе не лезть в это дело, а затем влез в него сам.

Я бы предпочла что-нибудь более задушевное и касающееся наших отношений, но все же это был шаг в нужном направлении. Главная наша беда заключалась в том, что Кайл не одобрял мою работу, а я не собиралась останавливаться по его приказу. Я извинялась, когда наступала на мозоль ему и его коллегам, но тут впервые Кайл признал за мной право искать ответы и не сдаваться.

— Спасибо, — промолвила я. Приличный человек на том бы и остановился, но кто сказал, что я — приличный человек? — И сильно ты сунул в это нос?

— Пролистал заново дело.

Предвкушение торжества легкими мурашками пробежало по коже. Так он и впрямь заинтересовался делом — тем самым, которое яйца выеденного не стоило? Почему? Поверил мне на слово или раздобыл новую информацию, что-то, чего я еще не знаю? Я покопалась в салате, чтобы не выдать свой бешеный энтузиазм, и спросила наконец:

— И?..

Кайл нахмурился:

— В показаниях родных не все сходится. Ни намека на повод для самоубийства, но, с другой стороны, такая возможность никого не удивила.

Любопытство взяло верх, я всей грудью подалась вперед:

— Быть может, это тот случай, когда люди принимают первое попавшееся объяснение лишь потому, что убийца замел следы?

— Ты имеешь в виду близких или полицию? — Его улыбка была уже не такой открытой.

— Близких. — Я набрала в грудь побольше воздуху, твердя себе: тише, тише. — Какие могут быть претензии к следствию? Все выглядело как самоубийство, и казалось естественным объявить это смертью от несчастного случая, не добивать родных. А вот что касается близких — сначала, в первом порыве горя, они готовы были принять любое объяснение, но потом, когда начали мыслить здраво, подумали о том, о чем мы с тобой говорим: у кого был мотив, возможность и...

Кайл поднял руку: стоп-сигнал. Что я не так сказала? Усилием воли я заставила себя промолчать и дождаться намека.

— Мы? — переспросил Кайл.

Надо же было так неудачно выбрать личное местоимение. Хотя здорово было бы...

— В фильме Джерри Брукхаймера ты бы уже вошел в команду, — рассиялась я. — Но я говорю всего лишь о том, что мы с тобой обсуждаем это дело и приходим к похожим выводам. Ум хорошо, а два лучше и так далее.

— Ты отлично справляешься со своей работой, — сказал Кайл. Неплохое начало.

— Спасибо.

— А я хорошо справляюсь со своей.

— Точно.

— И это — две разные вещи.

— Ясное дело.

— И пусть они остаются двумя разными вещами.

От обсуждения к переговорам, всего за три секунды. Вау! Правда, я не столько впечатлилась, сколько занервничала. К чему он клонит?

— Да, так будет лучше, — в очередной раз (но уже не столь уверенно) подтвердила я.

— Отлично, — заявил Кайл и, склонив голову, принялся за салат.

С минуту я любовалась его безупречной макушкой, потом до меня дошло: мужчина сказал свое слово и считает вопрос исчерпанным. Только я-то женщина, от меня так легко не отделаешься. Если уж Кайл решил напомнить мне о сугубом различии между профессиями детектива и журналиста, то одно из двух: или он пишет для "Улицы Сезам", или считает, что границу нарушила я.

— Отлично? — с металлом в голосе переспросила я.

Его улыбка слегка дрогнула.

— Если без спора не обойтись, лучше не здесь.

— Я не хочу спорить, — возразила я. Чистая правда. Я хотела, чтобы мы обо всем договорились. Но только пусть не диктует мне условия. — Я хочу все обсудить. Разумно. По-взрослому. Спокойно.

Улыбка вновь стала шире, ухмылка, а не улыбка.

— Ох, это что-то новенькое.

Смешно, да.

— Нахал!

— Нахалом я у тебя оказываюсь только тогда, когда подбираюсь к истине.

— А уж кем я тебя назову, когда ты к ней вплотную подберешься!

Его рука метнулась через стол и ухватила мою руку.

— Я скучал по тебе, и я хочу, чтобы на этот раз у нас получилось. Но пойми: из-за этого все произошло, это меня сводит с ума — все из-за работы!

Все вокруг накрыл туман — я не сразу поняла, что случилось. Пошире открыв глаза, чтобы помешать выкатиться слезам, я закивала:

— Хорошо, хорошо. Ты делаешь свое дело, я — свое, и никаких точек соприкосновения.

Он резко выпустил мою руку, манжет чуть не угодил в малиновый салат.

— Будут, полагаю, и точки соприкосновения, только не надо нарочно их выдумывать. И давай постараемся, выгородим в своей жизни территорию, свободную от работы. Начнем прямо сейчас.

Ах, это сказочно, однако я была к этому вовсе не готова — ни чувств соответствующих, ни слов. Кайл хорошенько поразмыслил в разлуке над нашими проблемами, и, кстати говоря, это очень трогательно и многообещающе. И он готов принять (в определенных границах) мои журналистские расследования, то самое, из-за чего мы порвали. Восхитительно — и так неожиданно.

Сидеть за прекрасным ужином и болтать с ним о чем угодно, обо всем на свете, лишь бы не о работе. Ну и как с этим справиться? Пока его не было рядом, я вся ушла в работу, чтобы поменьше страдать. Больше мне и поговорить-то не о чем.

У Кайла обнаружились такие же заморочки. Он пустился рассказывать мне о своем напарнике Бене, я отплатила ему новостями из жизни Трисии и Кэссиди. Затем мы перешли к прочитанным книгам и к фильмам, которые посмотрели поодиночке. Постепенно оба мы отмякли, восстановление отношений происходило с легкостью, удивлявшей и радовавшей меня.

Через два часа я ехала к себе домой, а внутри все пело и плясало, и я с трудом заглушала чересчур большие надежды. Сердце у меня так и билось, когда я обернулась к Кайлу предложить ему выпить. Но он не вошел следом за мной, он остался стоять у двери, и на его лице проступило какое-то непонятное для меня выражение.

— Ты не зайдешь? — испуганно спросила я.

Он поманил меня к себе и спросил:

— Помнишь, как мы впервые поцеловались?

Я кивнула.

— На этом самом месте, — сказал Кайл и поцеловал меня так крепко, что я чуть было не упала в обморок (ну, почти чуть не упала).

Чтобы удержаться на ногах, я всем телом обвилась вокруг Кайла и попыталась втащить его в квартиру, но дело опять застопорилось. Нехотя я выпустила его:

— Что не так?

Кайл осторожно обрисовал большим пальцем мою скулу и щеку, я почувствовала, как к лицу прихлынул румянец.

— Мы начинаем все с начала. С этого самого места. И не будем торопиться. — Он еще раз поцеловал меня, легким, дразнящим поцелуем, и вышел. Оставил меня сидеть в одиночестве и дивиться мужскому самоконтролю. От этой мысли я перешла к своему самоконтролю, вернее, к отсутствию такового. Далее — отчего люди теряют (само)контроль и каким образом пытаются его сохранить. В результате я неизнамо как добралась до вопроса, что сейчас делает Адам Кроули и где он.

9

Отчего американцы сходят с ума по звездам? Мы создали индустрию производства звезд и еще одну — чтобы при малейшей возможности гасить звезды, критиковать их внешность и манеру одеваться, супружеские измены, отсутствие или наличие нижнего белья, сексуальную ориентацию, всех тех, с кем они встречаются, вступают в брак и разводятся (необязательно именно в такой последовательности), их детей, их образ жизни, их собачек и кошечек. Мы требуем от звезд совершенства и празднуем тот момент, когда они обнаруживают человеческие слабости и мы вправе объявить перед лицом всей страны: "Вот еще одна богатая, красивая, талантливая женщина, только посмотрите, как плохо она подбирает себе наряды и бойфрендов".

Актерами звездомания не ограничивается. Рок-певцы. Дизайнеры. Спортсмены. Политики. Золотая молодежь, пока еще ничего не сделавшая для общества. Мы сметаем всяческие границы частной жизни, под микроскопом исследуем каждый их шаг, громко торжествуем, когда публичные люди рушатся с тех самых постаментов, на которые мы сами их и водрузили. Почему?

В два часа ночи, задремывая под "Рождение звезды" (фильм с Джуди Гарленд по каналу

Тернер Классик Мувиз), я пришла к выводу, что таково наше пуританское наследие: всякий возвысившийся повинен в гордыни и тщеславии и должен быть низвергнут.

В четыре утра я проснулась от пронзительного вопля: "Вторжение похитителей тел", Дана Винтер бранилась с Кевином Маккарти. Не пуританское наследие, решила я, а присущее каждому инстинктивное недоверие к людям, заметно отличающимся от нас самих.

В шесть часов в мой хрупкий сон вторгся "Шпион, вернувшийся с холода", и примстилось, будто я должна заставить Джордана поменять бренд. Хватит, решила я, пора вставать.

В полседьмого, пока я намывалась, Трисия оставила сообщение на моей голосовой почте: ха-ха-ха да хи-хи-хи, она только что вернулась домой, всю ночь таскалась с Джорданом по кабакам, позвонит мне, когда проснется. Так вот она, инстинктивная, дарвинистская реакция на славу: чем ярче оперение, тем легче совокупление.

В десять часов я выслушала версию Грэя Бенедека: такова структура драмы.

— Все любят хороший сюжет, и западная культура приучена к трехактной структуре, возвышение-падение, а затем второй шанс и хеппи-энд или отсутствие такового, если это трагедия. От Аристотеля до Шекспира и вечерних новостей. Присоединяйтесь, — пригласил он, закладывая левый локоть под затылок.

Когда я набирала номер Грэя, я отнюдь не рассчитывала встретиться с ним для обсуждения законов драмы. А уж когда он пригласил меня заглянуть к нему в студию, я чуть слюной не истекла от счастья взять интервью у звезды и заодно полюбоваться, как Грэй Бенедек готовит новый альбом. Однако "студия" в роскошном особняке в районе Парк-Уэст оказалась не звукозаписывающей студией, а просто самой большой комнатой в апартаментах Грэя — той самой, где он занимался йогой.

Конечно, в эту "студию" влезла бы вся моя квартира целиком, а уж вид из окон был такой — люди годами и десятилетиями копят, чтобы переехать в квартирку с таким видом. Секс-символ моего отрочества (один из) простерся у моих ног, потный, соблазнительный, в облегающей маечке и еще более облегающих шортах. Коленки подгибались, а он, видите ли, пригласил меня "присоединиться".

Я отказалась — как можно вежливее. Йогу я уже испробовала, и неоднократно. Упражняться и расслабляться в одно и то же время — весьма соблазнительно, однако я из тех людей, кто не может расслабиться. Пыхчу, изгибаюсь, подчиняюсь командам, а в итоге завязываюсь еще более тугим узлом. Ни тело, ни душа не способны расслабиться до такой степени, чтобы перенестись в обитель блаженства и правильных поз.

Грэю Бенедеку подобные трудности незнакомы. Он переходил от одной позы к другой с таким изяществом, словно танцевал под неслышную мне песню — ни с дыхания не сбился, ни тему разговора не забыл. Впечатляюще — и немного страшно. Попробую я как-нибудь еще записаться на йогу. В последний раз.

Меня интересовали отношения Бенедека с Клэр Кроули, а также известно ли ему что-нибудь о пленках. По телефону я предупредила, что пишу статью об Оливии и хотела бы, мол, поговорить с ним, раз уж они всегда были так близки.

Но стоя над принимающим всевозможные позы Бенедеком, я, в отличие от него, никак не могла сосредоточиться. Адам и Джордан — звезды, но Грэй — мегазвезда. Идол моей юности. И вблизи он выглядел еще "горячее", нежели тогда, когда мы разминулись с ним за кулисами клуба. Профессиональной журналисткой я вполне себя чувствовала, покуда ассистент Бенедека — с виду магистр экономических наук, а не помощник рок-звезды — вел меня по коридору, выстланному ценным паркетом и с абстрактной живописью музейного уровня. Однако стоило мне пожать руку самому Грэю Бенедеку, и в глазах у меня вспыхнули искры, имя свое я выговорила заикаясь: МММолли. Чтобы скрыть смущение, я пошутила: мол, понастроила теорий о социальной природе славы, а встреча с ним все теории развеяла. Грэй не засмеялся, а на полном серьезе предложил мне *свою* теорию, насчет драмы. Такого я уж точно не ожидала.

— Комедия или трагедия — это вам решать, — завершил он свою речь.

Этого я тоже не ожидала.

— Решать мне?

— Можете представить Оливию бедной маленькой девочкой, которая росла в тени знаменитого отца, среди людей, мучившихся аналогичными проблемами. А можете изобразить ее молодой женщиной, которая самостоятельно прокладывает себе путь, ошибается и все такое, но в результате преуспеет, — жестко сформулировал он.

— Какой вариант предпочитаете вы?

— А в том-то и беда: лично я не воспринимаю Оливию — и вообще мало что в жизни воспринимаю — столь упрощенно. Однако мое сложное мировосприятие никак не вместится в ту гламурную паутину, что вы ткете, так что не стоит входить в детали.

Что почувствовала Красная Шапочка, когда вместо Бабушки обнаружила в постели Серого

Волка? Разочарование? А покрепче слова не найдется? Только я растопырилась на интеллектуальный разговор с Грэем Бенедеком: уникальное мировосприятие музыканта, начинавшего как классический пианист и сделавшегося принцем рок-н-ролл, бла-бла-бла, — тут-то он меня и оглоушил.

Он вообще прессу недолюбливает или против меня лично что-то затаил? И зачем в начале разговора изображал дружелюбие? От этого еще обиднее.

Удерживая улыбку, я сказала:

— Мистер Бенедек, если вы не хотите разговаривать со мной, могли бы предупредить и по телефону.

Он поднялся, взял полотенце и принялся вытирать затылок и шею.

— Напротив, я очень хочу поговорить с вами. Особенно если вы будете называть меня Грэй. Отличная выйдет беседа.

— Вам не нравится моя работа?

Он фыркнул, прочистил нос кончиком полотенца:

— Считаете, я не прав? Просто вы не видите свою работу с другой стороны.

— Что вам известно о моей работе? — настаивала я.

— Клэр много чего насказала, так что я слазил в интернет. Кстати, на рождественской вечеринке в редакции вы смотритесь очень ничего. Почаще распускайте так волосы.

В студии было нежарко, но меня залила горячая волна, пришлось куртку расстегнуть.

— Что вы хотите выведать? — жестко спросила я. Отлично: теперь он хотя бы смотрит мне в глаза.

— Это вы просили об интервью.

— Но я же вижу, вы на журналистов зря время не тратите. Либо вам что-то нужно от меня, либо Клэр Кроули поручила выведать у меня то, чего не может узнать сама.

Грэй с такой силой потер свой затылок, что я поняла: истина где-то рядом.

— Гляди-ка! А она умнее, чем кажется.

Я прикусила язык, но недостаточно крепко:

— Значит, я не смогу сделать никаких выводов насчет Оливии исходя из собранного материала, а вы по внешности судите о моем уме?

— Я был неправ. — Его сексуальная усмешка вызвала у меня желание испробовать одну специфическую позу с участием моего колена и его интимных органов, но Грэй уселся на стул и скрестил свои длинные мускулистые ноги — неужели что-то почуял?

— Извините, не хотел вас обидеть.

— Хотели! — не уступила я.

Он снова усмехнулся, на сей раз уважительно.

— Скажем так: я вас прощупывал.

— Я журналистка. Что меня прощупывать?

— Джордан думает иначе.

— Я не отвечаю за домыслы Джордана.

— А за слова Оливии?

— Даже за слова Клэр. Вы бы могли к этому уже привыкнуть, все ваши знакомые по очереди твердят мне, что другим вашим знакомым верить нельзя. Они все параноики или как?

— Наверное, это от кокаина. От кокаина в восьмидесятые и от всего прочего в семидесятые, — захихикал он.

Чему он радуется? И чем дальше, тем больше.

— Недоверие отрицательно сказывается на отношениях.

— О да! Жизнь опасна, от нее умирают.

Я села на такой же деревянный стул, чтобы смотреть Грэю глаза в глаза.

— Давно вы спите с Клэр Кроули?

Его хохот взмыл к потолку, словно высокая нота, завершающая мелодию, отразился от зеркальных стен. Сам по себе весьма обаятельный смех, но смеялся он надо мной, так что я аж зубами заскрипела.

— Она трахает меня без малого тридцать лет, но секса у нас с ней не было, если вы об этом.

— Джордан утверждает, что был.

Грэй сморгнул:

— Вы тут новичок, но могли бы уже сообразить: Джордан говорит не то, во что он верит, а то, что считает наиболее эффектным.

— Клэр Кроули спала с Расселом Эллиотом?

Грэй снова сморгнул, помедлил, обдумывая ответ. Подозрительная пауза.

— Мужчина и женщина могут быть друзьями, даже если они не спят вместе, или в вашем мире это не так?

Я приняла это как положительный ответ на вопрос относительно Клэр и Рассела, однако настаивать не стала.

— Вы тоже исполняете ее просьбы только потому, что вы друзья?

— Мы с Клэр знакомы с колледжа. Все равно что родственники. — У Грэя не было детей, он никогда не вступал в брак, хотя заводил продолжительные романы с большеглазыми и нежными исполнительницами авторских песен. Исполнительницам неизменно было двадцать с небольшим лет, Грэю — постепенно ближе к пятидесяти. В отличие от остальных членов группы Грэй остался в семье Кроули после смерти Мики. Так что насчет "родственников" он не солгал, вот только какие родственники — брат с сестрой, муж с женой?

Словно повернули ручку радио, и в голове моей зазвучала "Икона", одна из немногих песен группы, написанных и исполненных Грэем Бенедеком: "Сердце одиночества, боль моя и рана, ты сводишь меня с ума, но быть здоровым странно". Слова растворялись в пронзительном соло на пианино, от этой мелодии мы застывали на месте во время танцев и болтовни в школе и даже в колледже — разве что в этот момент парочка целовалась, тогда поцелуи становились горячее и слаще. В аннотации "Икону" именовали "потрясающим гимном славе, ненависти/любви, которая связывает музыкантов с их делом", но заглянув в лицо Грэю Бенедеку и услышав в своей голове эту песню, я поняла, что писал он не о славе, а о женщине, которая не хотела, не могла, не ответила ему взаимностью. Например, о Клэр. Знал ли об этом Мика?

Но и по этой линии давить не следовало, так что я проглотила очередной напрашивавшийся вопрос и сказала:

— Для родственников люди готовы сделать больше, чем для друзей.

— Смотря какие родственники и какие друзья.

— Верно.

— Я решил поговорить с вами. Клэр кое-что рассказала о вас, я заинтересовался и решил выяснить все сам.

— Вряд ли она сочла меня красивой или умной, так что же вас заинтересовало?

— Она сказала, что вы знаете, где находятся пленки из отеля.

Ого! Я попыталась захохотать не хуже Грэя Бенедека, но вместо его серебряного колокола вышло кряканье чайки. Откашлявшись, я мягко напомнила:

— Но ведь Клэр уверяет, что пленок больше нет. Она их сожгла.

Грэй выпятил нижнюю челюсть:

— Быть может, какие-то уцелели.

— Это ее теория или ваша?

Грэй демонстративно отвернулся к окну, но тут уж я не сдавалась:

— Даже если пленки сохранились, я не знаю, где они сейчас. Пленки были украдены.

— Якобы.

— Значит, вы считаете, что я утаиваю информацию о пленках, и вы пообещали Клэр выудить у меня эту информацию. В обмен на что? Долю в доходах?

— Доля у меня и так есть, — усмехнулся он. — Мы подписали договор: если после смерти Мики будут выпущены какие-то записи, мы все делим отчисления поровну.

— Вы все?

— Я, Роб, Джефф, Дэвид, Клэр, Бонни и Рассел. Обычно львиную долю получает автор. Потому-то и приходится ездить на гастроли — чтобы все остальные тоже заработали денежку.

Почти все наши песни писал Мика, он был в миллион раз богаче нас.

— Это вызывало трения?

— Только в тех случаях, когда мы затевали поездку, а он упирался. Но после того как он чуть не навернулся от передоза в "Мидоулендз" — мы там играли с "Дед", — Мика сказал: если он уйдет рано, пусть вечеринка продолжается.

— Но вечеринка закончилась.

После смерти Элвиса его диски продаются не хуже, чем при жизни. Не странно ли, что после смерти Мики "Перемены" не выпустили ни одного альбома? Более чем странно, судя по выражению лица Грэя Бенедека.

— Клэр сочла, что ничего достойного не осталось.

— Последнее слово остается за ней?

— Решали она и Рассел, но Рассел соглашался с ней. — Спохватившись, Грэй принялся растираться с удвоенной силой, чуть кожу с себя не содрал. — То же самое с рекламой. Любое рекламное агентство в стране счастливо было бы воспользоваться нашей музыкой, но нет, Клэр говорит, это дешевка. "Айронмен"[1] продает грузовики, Долтри и Таунсенд пишут заставки для телевидения, а Клэр озабочена сохранением на-

1 "Айронмен" — песня "Блэк Саббат".

следия и ангельского образа Мики. Еще бы, она себе может позволить идеализм.

— Почему вы не продали “Икону”? Уж она-то ваша.

На миг его лицо вспыхнуло радостью — приятно, когда помнят, что ты написал, — но эта вспышка растворилась в гневе:

— “Икона” никому не требуется.

— Все же вы не голодаете, — заметила я, обводя рукой открыточную панораму Центрального парка за окном.

— Даже если не бедствую, противно, когда обманывают, — рявкнул он. — И она ничего не делает, чтобы закрепиться на рынке. У кого теперь пленки?

Он схватил меня за руку, оторвал от стула, того и гляди вывихнет мне плечо своей на весь свет знаменитой рукой. У меня перехватило дыхание, и не столько от испуга, сколько... Подруги, с которыми я болтала, мальчики, с которыми я целовалась, пока эта самая рука на заднем плане играла нам божественную музыку в наши ленивые полдни и хлопотливые полночи... Как долго я была его верной поклонницей и мечтала о том, как мы понравимся друг другу при личной встрече, но похоже, он вовсе не нравится мне, а уж я ему — тем паче. А главное, мне так нужен был насыщенный разговор о рок-н-ролле, славе, Оливии и о том, кто мог убить Рассела, а мой собеседник принял меня за врага.

— Оливия сказала, что пленки у Клэр, — сказала я, глядя ему прямо в глаза (я уже достаточно обозлилась, чтобы не заморачиваться по поводу красоты его глаз). Он отвел глаза, и я угадала ответ: — Но это вам и так известно.

— Мы уже договорились. — Бенедек понял, что сам подал мне знак, и заставил себя смотреть на меня в упор. — Оливии доверять нельзя.

Я уловила печаль в его взоре и решилась спросить:

— Даже если вы хотите ей верить?

— С чего бы?

— Потому что вы и сами подозреваете, что пленки у Клэр.

Он резко выпустил мою руку и рухнул на стул:

— Ничего подобного.

Я подалась к нему, стараясь воспользоваться преимуществом, пока оно на моей стороне.

— Потому что это означало бы, что Клэр хитрит с вами, а куда ж годятся такие отношения? Если нет искренности, нет и возможности быть вместе. Я знаю, сама только что через такое прошла.

Грэй положил босые ступни на край моего стула, легонько задев мое бедро. Собирается выбить из-под меня стул? Просто запугивает? Лучше уж встать, подумала я, и так и сделала. Через мгновение Грэй сбросил свои ноги с моего стула и тоже поднялся.

— Рассел рассуждал "гипотетически". "Было бы здорово, если бы нам удалось выпустить в свет "пленки из отеля". В таком духе. Мечтал, что мы все соберемся и устроим ретрогастроли с одним из младших Кроули вместо Мики. Клэр всегда его затыкала, дескать, качество записи никуда не годится, но Рассел возражал: с современными продвинутыми технологиями пленки удастся восстановить... — Грэй волнообразно повел рукой, дескать, эти разговоры возобновлялись снова и снова — и никакого результата. Я кивнула: понимаю, мол. — Да и все это было впустую, потому что пленки исчезли.

Глубоко вздохнув, Грэй продолжал:

— Недавно Рассел опять завел речь о пленках. Если б они нашлись и если б удалось привести их в порядок, как бы мы ими распорядились? Главным образом его беспокоило, чтобы восстановление пленок не превратилось в чисто коммерческий или рекламный акт. — Лицо Грэя передернулось. — Он был слишком хорош, Рассел, слишком чистый человек.

— Так все о нем отзываются, — подхватила я. — А когда это было? Когда он заговорил о гастролях и пленках?

— Перед самой своей смертью, — негромко ответил Грэй. Покачал головой, бросил на меня сердитый взгляд. Разумеется, он понимал, какой вывод напрашивался, и этот вывод ему не нравился, Грэй боролся с ним с того самого момента, как Рассел умер.

В какой мере к этой истории причастен сам Грэй? Я собиралась расспросить его о прочих участниках игры, но сейчас, стоя рядом, я прямо-таки чувствовала, как Грэй Бенедек, вопреки всем своим занятиям йогой, излучает тревогу.

Так же негромко, как говорил сам Грэй, я задала вопрос:

— Если пленки качественные, что Клэр может иметь против?

— Она боится отнять аудиторию у мальчиков. Дескать, кто купит диски Кроули-младших, когда есть новинка от самого Мастера? Глупости! Пленки только подогрели бы интерес к мальчикам, а они оба достаточно талантливы, чтобы выдержать любую конкуренцию.

— Оба? — в растерянности переспросила я. Все с нетерпением ждали нового альбома Джордана, однако при чем тут Адам?

Грэй печально усмехнулся:

— Адам возвращается. Это моя инициатива. Пока все под секретом, чтобы не подумали, будто братья состязаются друг с другом. Опять же паранойя Клэр.

— Разве Адам не завязал?

— Он взял тайм-аут. — Грэй вновь сурово сжал мой локоть. — Есть люди, для которых вопрос так не формулируется: хочешь ты играть или нет. Ты вынужден играть. Ты просто не можешь остановиться. Говоришь себе, что в любой момент сумеешь бросить, заняться чем-то другим, но это пустое. Музыка вернет тебя.

— Музыка — или вы и мамочка?

— Вы не понимаете.

— Еще как понимаю. Миллионы долларов на кону, после смерти Рассела идет борьба за власть, но давайте притворимся, будто нас интересует лишь искусство. Понимаю. И еще я понимаю, отчего вы сходите с ума: ведь когда вы услышали, что Расселу удалось сделать с пленками... это было потрясающе.

— Невероятно! — Зажмурившись, словно от яркого света, Грэй кивнул, воспоминания взяли над ним верх, и он даже не сразу сообразил, в чем только что признался: пленки существовали, он слышал их, знал, что Рассел готовит обновленную запись. Потом Грэй распахнул веки, и пальцы на моей руке обмякли — он понял, что проговорился: — Невероятно — вы все же сумели понять!

— Не надо, мистер Бенедек. Мы оба знаем, что вы хотели сказать. — Допустим, Клэр не забрала пленки у Рассела, тогда следует рассмотреть другого подозреваемого в убийстве — Бенедека. Может быть, умысла у него не было, но таков был исход. Годы суровых битв между любовью к искусству и выгодой избавили Грэя Бенедека от излишне строгих принципов. Допустим, он потребовал, чтобы Рассел вместе с ним восстал против Клэр, а когда Рассел отказался, он...

Что-то такое Грэй прочел у меня на лице и встревожился. Выдавил из себя улыбку:

— Мы несколько отклонились от курса. Ведь ваша статья посвящена Оливии?

— Как вы сами говорили, — моя улыбка по накалу не уступала его, — статья может принять любое из двух противоположных направлений: верная дочь, пекущаяся о великолепном наследии отца, — или бедная сиротка в окружении убийц своего отца.

Что (по словам Оливии) сказал ей Рассел? Его работу использовали против него. Быть может, он имел в виду как раз эти пленки — он трудился, восстанавливал их, а Грэй ими же его шантажировал, требуя, чтобы Рассел поступил вопреки воле Клэр: мол, пленки великолепны, ты столько с ними возился, как можно лишить поклонников этой музыки. Я прямо-таки видела, как Грэй подливает Расселу в стакан, быть может, он понятия не имел о таблетках, подпаивал Рассела, чтобы тот сделался более покладистым и отдал пленки. Вот почему магнитофон остался стоять посреди комнаты: Рассел хотел показать Грэю — а может быть, и Клэр, — как идет работа. Вытащил магнитофон, поставил пленки. Грэй услышал их — маховик раскручивается...

Я решила усилить давление:

— Трагическая ирония: если кто-то убил Рассела, чтобы завладеть пленками, теперь этот человек не сможет предъявить пленки, не рискуя навлечь на себя обвинение в убийстве.

Грэй с резким хлопком сложил полотенце:

— Убийца и похититель пленок не обязательно одно и то же лицо.

Моя улыбка превратилась в лед:

— Попробуйте-ка это доказать.

А его улыбка достигла абсолютного нуля:

— После вас.

10

— Я слишком стара для группи?[1]

Девица за прилавком напряглась, решив, что вопрос был обращен к ней. Продавщице явно

1 Группи — девушки, сопровождающие музыкальные группы и выполняющие прихоти музыкантов.

не хотелось открывать дискуссию на подобную тему. Я поспешно покачала головой и ткнула пальцем себе в грудь, но бедная девушка, отвратив от нас взор, бежала к кофеварке, я же подобрала деликатный ответ:

— Думаю, ты слишком взрослая, чтобы этого хотеть.

При свете дня восторги от встречи с Джорданом Кроули не рассеялись, и у меня язык не поворачивался упрекнуть Трисию в легкомыслии: мальчик был красив, обаятелен, знаменит, причем Трисия еще не столкнулась с гадюками из ближайшего окружения парня — я-то столкнулась, и для меня его блеск померк. Трисия уже сколько-то времени пребывала в одиночестве, что, понятное дело, обостряет восприимчивость женщины к любым новым и приятным возможностям — вроде как явиться на ужин с коктейлями, предварительно не закусив: первый бокал здорово вмажет по мозгам. Смотреть на слегка опьяневшую Трисию было одно удовольствие. Главное, чтобы похмелья от Джордана не случилось.

— Твой возраст не проблема, но возраст этого мальчишки... — хищно оскалилась Кэссиди.

У Трисии тревожно сузились глаза:

— Он не мальчишка!

— Если парень моложе тебя, значит — мальчишка! — настаивала Кэссиди. — Элементарная математика.

— Ты завидуешь, потому что раз в жизни *мужчина* обратил внимание на меня, а не на тебя! — возмутилась Трисия.

Один из фактов, с которыми приходится смириться: по части мужского внимания подруги Кэссиди Линч всегда будут на втором месте. Мы с Трисией давно смирились — хотя, как обнаружилось в этом разговоре, порой все-таки пытались протестовать.

Кэссиди попыталась сосредоточить внимание на витрине со сластями, и я понадеялась, что у нашей красивой подруги хватит такта на том и прекратить разговор, но нет, женщина обязана отвечать на любой выпад:

— Я вне игры, моя корзиночка полна.

— Неужто? — Брови Трисии взмыли вместе с ее голосом. — И давно ты заглядывала в свою корзиночку?

— Легче, легче, подружки, — засуетилась я. Мы стояли в очереди в "Дин и ДеЛюк" у Рокфеллеровского центра, местечко роскошное и совсем неподходящее для подобных перепалок. Девушку за стойкой мы уже напугали, теперь к нашему разговору прислушивались соседи по очереди, что отнюдь меня не радовало — хватит с меня фотографии в желтой газете.

После занятий йогой с Грэем Бенедеком требовалось либо выпить, либо угоститься мороженым с горячим шоколадом, но предаваться подобным радостям до полудня — ребячливо и безответственно, так что я позвонила Кэссиди и Трисии в надежде, что подружки уговорят меня скушать овощи или еще что-нибудь столь же безупречное, а вместо этого обе посоветовали мне кофе с десертом, дескать, кофеин и сахар восстановят мои силы. И опять же я бы предпочла заведение попроще, но мы могли встретиться только в центре, после того как Кэссиди проводит Оливию к юристу и выяснит детали, касающиеся интеллектуальной собственности, принадлежавшей Расселу, а Трисия пообщается с Джорданом на тему вечеринки, которую он готовит для избранной компании родных и друзей. Эти двое сблизились с Кроули куда успешнее, чем я, журналистка-неудачница.

Надо срочно обдумать следующий шаг. Распрощавшись с Грэем, я позвонила Кайлу и наткнулась на голосовую почту — что ж, сойдет. Даже лучше: не стану предаваться излияниям, как я по нему скучаю или как разочаровал меня при личной встрече Грэй Бенедек, все это подождет до личной встречи с Кайлом, к тому времени, глядишь, я сумею привести в порядок вновь обнаружившиеся факты насчет Рассела и пленок.

К реальности меня вернула следующая реплика Кэссиди:

— Завтра я обедаю с Аароном, тогда и выясним.

Продавщица замерла с предназначавшейся Кэссиди чашкой кофе в руках, на лице — легкая паника. Через пять секунд она сообразила, что Кэссиди обращается не к ней. Страшное дело: целый день стоять за прилавком и слушать обрывки разговоров, кто с друзьями беседует, кто по мобильнику, а ты пытаешься вычленить из этого потока сознания заказ. Эта мысль заставила меня бросить сдачу в баночку для чаевых.

— Очень рада, — сказала Трисия, отходя от прилавка. Мы вышли из магазина. Стоял роскошный ноябрьский денек, достаточно холодно — пощипывает разрумянившиеся щеки, — но дыхание зимы еще не ощущается в воздухе. Даже в бетонном ущелье между домами под ногами шуршат осенние листья, их запах придает воздуху пряность, а из-за угла тянет жареными каштанами.

Мы перебежали через улицу и расположились у стены катка. По ту сторону скользили и кружили — кто ловко, кто неуклюже — конькобежцы. Трисия продолжала с подкупающей искренностью:

— Я уж боялась, что вы поссоритесь.

— Я тоже боялась, — вздохнула Кэссиди, — но вчера я отловила Аарона и заставила его объясниться. — Я представила себе тихого, мягкого Аарона на допросе у Кэссиди. — Выяснилось, что наша Молли была права — Аарону пришлось спасать аспирантку.

— А именно? — поинтересовалась я. Мне удалось выдвинуть правильную теорию, это обнадеживает.

— Аарон готовится к выступлению на бостонской конференции, и обнаружились проблемы в экспериментальных данных одной из его аспиранток. Он попросил ее перепроверить результаты, а у нее ничего не вышло. Выяснилось, что она их подделала, подогнала под теорию Аарона.

— Чего только не сделаешь ради любви, — вздохнула Трисия.

— Что-о? — Брови Кэссиди взлетели вверх, изломились углом.

— Я не хотела сказать, что между Аароном и аспиранткой что-то есть, — заспешила Трисия. — Просто эта девица, должно быть, по уши влюблена в профессора, если решилась на такое, чтобы помочь ему, способствовать его успеху. Было у нас в колледже несколько преподавателей, ради которых я на многое могла бы пойти...

Чего только не сделаешь ради любви... Быть может, это и есть недостающий элемент в истории Рассела Эллиота? Любовь к деньгам и любовь к славе налицо, но я чувствовала, что еще не добралась до сути. А если Грэй Бенедек всегда любил Клэр, еще в ту пору, когда Мика был жив, и надеялся заполучить ее после его смерти, но она спуталась с Расселом? И вновь мне припомнились строки из "Иконы": "Все, ради чего я жил, губит меня, я лишился свободы, лишился огня".

Прислушиваясь к этим звукам, словно к встроенному в мою голову айподу, я смотрела, как маленькая девочка на катке — годков шести на вид, прелестная в розовом спортивном костюмчике с белой меховой опушкой — кружится, кружится, какой молодец... ах! Со всего размаху шлепнулась на попу. Я содрогнулась сочувствуя. Ох, не так ли я сама запуталась в своем расследовании. Эмоциональная круговерть вокруг Оливии и клана Кроули подхватила меня, и я уже не могу толком взвесить улики, перепроверить данные, как сделал это Аарон.

Я вынудила у Грэя признание: пленки существовали, он их слышал. Больше ничего от него не добиться, пока не предложишь в обмен что-то существенное. Оливия выложила все свои карты на стол. Что Джордан? Не поймешь, наслаждается всеобщим хаосом и смятением. Клэр недоступна, и если Бенедек кинется к ней и признается в допущенной оплошности, с ней будет еще труднее иметь дело. Нужно поговорить с Адамом.

Чем больше я думала об Адаме Кроули — а я чересчур много думала о нем днем и ночью, — тем больше проникалась уверенностью в том, что он тоже что-то скрывает. А вот в какой мере он готов поделиться информацией — тут ясности не было. Чего он хочет, как убедить его? Главная же проблема заключалась в том, что его мать, несомненно, была частью этой его тайны, и Адам так ревниво защищал мать, что стоит задать неловкий вопрос — и он тоже замкнется.

— Мне пора, — заявила я подругам, тряхнув опустевшим стаканчиком из-под кофе — не осталось ли глоточка прихватить с собой в такси.

— Сначала поделись с нами своей новой идеей, — потребовала Трисия и крепко ухватила меня за воротник. — По глазам вижу: что-то надумала. А еще тебе в глаз тушь попала, — добавила она и аккуратно убрала крошку кончиком своего платочка.

— Надо поговорить с Адамом, — пояснила я. — Я знаю от Оливии адрес студии, где он репетирует. Извинюсь за вчерашнее и попробую чего-нибудь от него добиться.

Трисия нахмурилась:

— Разве ты чувствуешь себя виноватой за вчерашнее?

— Нет, — призналась я. — Хотя жаль, что я упустила вечеринку с Джорданом. Но мне кажется, лучше начать с переговоров, чем с "Где тут я бросила свою перчатку — подбери ее и продолжим с этого места".

Кэссиди притворно вздохнула:

— Это у тебя лучше получается.

— Я еще молодая собачка, могу новым трюкам обучиться, — возразила я, послала девочкам воздушный поцелуй и собралась убегать.

Трисия вздохнула не столь притворно:

— Думаешь, ему есть что скрывать? Ведь он — положительный герой.

— А ты связалась с отрицательным? — подначила ее Клэр.

— Для разнообразия, — с торжеством в голосе возразила Трисия. — К тому же хороший у нас оказался плохим, плохой может обернуться хорошим, кто разберет.

— Надежда — худший враг одинокой женщины, — сентенциозно заметила Кэссиди. — Держи нас в курсе, как пройдут переговоры с Адамом.

Обе махали мне вслед, точно провожая на чемпионат, а я всего лишь поспешала на Пятую авеню ловить такси.

Вез меня Джейми, ясноглазый ирландский паренек, он обещал живенько доставить меня куда надо, но потом у него прослушивание ("Закон и порядок", лакомый кусочек), так что за рулем он продолжит репетировать — с моего разрешения. Я разрешила, рассчитывая послушать сложный монолог с мощным дублинским акцентом, а то и на диалекте. Вместо этого все тридцать кварталов он тешил меня повторением вопля: "Берегись, у него пушка", на все лады меняя акценты, ударения и в особенности "эмоциональное состояние своего персонажа".

В те редкие моменты, когда мне удавалось отключиться от возгласов Джейми, я соображала, как выжать из Адама информацию — после того как я извинюсь, разумеется. Придерживаться ли рамок "статьи об Оливии" или огорошить Адама известием, что мне в руки попала интересная/неожиданная/тревожная/взрывоопасная информация, и посмотреть, как он отреагирует на известие, что пленки существуют и Грэй их слышал? И как он поместит свою мамочку в новую картинку — сексуальную жизнь Клэр затрагивать не обязательно.

Джейми в итоге определился в пользу "напряженной, но спокойной" интонации с акцентом, более всего напоминающим "британский от Мадонны". Я, как водится, пожелала артисту ни пуха ни пера, обещала смотреть серию с его участием, выудила из кармана бумажник, а из косметички — таблетку от головной боли. Куда ж это Джейми-Голливуд меня завез? На видавшем лучшие времена кирпичном здании поблекшие золоченые буквы: "Школа Монтгомери". Остались от прежних обитателей? И эта веточка плюща тоже? Недолго я тешилась такими отговорками: двери распахнулись, и хлынула толпа юных, самонадеянных девиц в элегантных школьных формах, оборка юбочки чуть ниже крепко сбитой задницы, пиджачки словно натянуты на корсеты из китового уса. Половина девочек на ходу доставала мобильники, вторая половина — сигареты и зажигалки. У старшеклассниц обеденный перерыв.

С самого начала адрес на Аппер-Ист-стрит показался мне странным, но уж школа — это и вовсе ни в какие ворота не лезет. Или Адам арендует здесь студию? Может быть, кто-то из учеников или учителей участвует в его концерте? Или просто Оливия дала неверные указания.

— Чем вам помочь? — Стайка длинноногих, изнеженных блондинок окружила меня. В шестнадцать лет эти финтифлюшки держатся лучше, чем я научусь к полтиннику. Впереди заводила:

— Вы заблудились, мэм?

На "мэм" я отвечать не буду, усмешка явно говорила, что девица намеренно обращается ко мне как к престарелой развалине.

— Вероятно, — кивнула я. — Должно быть, адрес неправильный.

— Вы пришли за ребенком? Может быть, мы знаем вашу дочку? — Фальшивая приветливость и нескрываемая издевка в глазах.

Я хотела столь же сиропным голосом возразить, что *математически* немыслимо в моем возрасте иметь дочку в старшей школе, но тут же и сообразила, что прояви я неосторожность на первом году учебы в старшей школе, сейчас в первом классе старшей школы училась бы моя дочь. Пока я торопливо проводила подсчеты, лицо мое покрывалось старческими морщинами.

— Я ищу не ребенка, а взрослого человека. Музыканта. Мне сказали, что он здесь репетирует...

Заводила весело потрясла конским хвостом, и все блондиночки затрясли хвостами ей в такт.

— Вы ищете мистера Кроули, — пропела она. Девчонки захихикали.

— Верно.

— Вы — группи? Мы должны защищать мистера Кроули.

Жены Дракулы, честное слово.

— Мы с ним знакомы.

— Все так говорят.

— Я журналистка.

— Откуда?

— Ух ты! Продвинутая программа по английскому языку и литературе?

— Для отличников. И редактор школьной газеты.

— И единственный человек в этой компании, имеющий право голоса? — Нет, я не стану вспоминать собственные школьные денечки и проблемы с распределением влияния в каждой группе.

Девчонка задрала нос:

— Тут что-то не так, иначе вы бы сказали, из какого вы журнала.

Чуть было не дернула ее за конский хвост — интересно, что бы мне за это было.

— "Цайтгайст".

Вся команда дружно заохала и заахала.

— Молли Форрестер! — признала меня девчонка в задних рядах.

— Вы читаете мою колонку? — Надеюсь, это прозвучало не слишком нахально.

Девица обиделась, словно я спросила ее, читает ли она "Мери Поппинс".

— Нет, вчера ваша фотография с мистером Кроули была в "Посте", и он все нам про вас рассказал.

Бывает и лучше, но сойдет. По крайней мере, девицы подхватили меня и погнали перед собой, точно спеша доставить султану очередную наложницу.

Внутри пахло сыростью, как обычно пахнет в старых домах, каждый вздох щекотал ноздри. Юные мои приятельницы-надсмотрщицы не обращали внимания на запах, они веселились и засыпали меня вопросами насчет Адама и Джордана, не требуя ответов, и так мы пронеслись по лабиринту коридоров под любопытными взглядами школьниц — к счастью, никто больше не присоединился к нам.

Мы застали Адама в темном, полном странных отголосков помещении. Он сидел за большим роялем и наигрывал мощную, но печальную мелодию. Сцена больше напоминала эпизод с Робертом Уокером в “Песни любви”[1], нежели с Лоном Чейни в “Призраке оперы”[2], и я почувствовала, что рада видеть Адама. Он сидел за роялем такой красивый и так приветливо улыбнулся, завидев нас, что мне пришлось строго напомнить себе: я пришла расследовать дело об убийстве.

— Пришли с дарами! — весело приветствовал нас Адам и пошел нам навстречу. Девочки столпились вокруг своего кумира; несколько ласковых слов — и он отослал их. — Приятный сюрприз, — продолжал он, обращаясь ко мне. Двойные двери со вздохом затворились за девчонками.

— И мне приятно. Оливия говорила, что вы репетируете мюзикл...

1 “Песнь любви” (1947) — фильм Кларенса Брауна о Роберте Шумане.

2 “Призрак оперы” с Лоном Чейни — фильм 1925 г. по полному тайн и ужасов роману Гастона Леру.

— И вы решили, что речь идет об истеричной и нецензурной рок-опере. — Адам вернулся к инструменту, я, все еще сбитая с толку, следовала за ним.

— Что-то в этом духе.

— Ну, дамы из "Монтгомери" тоже вполне себе истеричны и неподцензурны.

— Вы здесь преподаете?

Адам уселся за рояль и вновь погрузился в печальные блюзовые аккорды.

— Типа того. "Творческий курс". У меня есть друг среди учителей, и он пригласил меня вопреки "отсутствию академических свидетельств" — попросту говоря, я школу не закончил. Только не вздумайте об этом написать.

— Почему бы и нет? Вы столько времени уделяете детям — трогательно.

Голос Адам понизился до заговорщического шепота:

— Дети — подопытные кролики. На самом деле я готовлю мюзикл, но сперва прогоню его в школе. Музыкальная версия "Расцвета мисс Джин Броди"[1] в ритме джаза. Девчачья школа подходит как нельзя лучше.

1 "Расцвет мисс Джин Броди" (или "Мисс Джин Броди в расцвете лет", 1969) — фильм об отношениях любимой учительницы и учениц: мисс Броди отбирает группу любимчиков и пытается сформировать их будущее.

Аккорды перешли в мелодию, пальцы Адама работали словно сами собой, легко, без усилий наигрывая песню, не мешая ему вести разговор со мной. Завораживающее зрелище... если б я вдруг не вспомнила фильм, в котором попавшему в аварию пианисту пришивают руки убийцы и его руки начинают душить людей, пианист бессилен удержать свои разбушевавшиеся конечности[1]. Я невольно сделала шаг назад.

Адам не заметил моей реакции.

— Я люблю детишек, и они меня любят, и вот оно...

— Оно — что? — переспросила я.

— Адам Кроули: попытка искупления. — Это прозвучало как название фильма, к которому его мелодия служила заставкой. Скорбная мелодия; мурашки побежали у меня по спине.

Как-то не так повернулся этот разговор, но умнее было отдаться течению.

— Вы нуждаетесь в искуплении? — с деланой наивностью переспросила я.

— Мне выдался великолепный шанс, а я слил. Отказался от возможности, ради которой и человека убить не грех.

Замечательный выбор слов. С трудом разлепив замерзшие губы, я уточнила:

1 Фильм "Сумасшедшая любовь" (1935).

— От чего же вы отказались?

— От первородства. Рассел все сделал, ковровую дорожку мне под ноги постелил. Оставалось пройти по ней и сесть на престол. Рок-звезда, династия продолжается... — Он с размаху ударил растопыренными пальцами по клавишам, взревел нестройный аккорд.

— Вы были так молоды.

— Прекрасное извинение. Могу предложить еще сотню. Послушаете?

— Вы вовсе не провалились.

— Я не преуспел. Чересчур тонкие дефиниции.

— Будет и второй альбом.

— Запросто. Потолкуйте об этом с моим братцем.

— Я бы предпочла поговорить о вашей матери. И о Грэе.

Пальцы Адама сорвались с клавиш, словно попав в горячее варево.

— Ах, Молли, Молли. Нам было так хорошо вместе. — Он поднялся из-за инструмента и начал подниматься по ступенькам на пустую сцену.

— Вы ладите с матерью? — Я не тронулась с места, перекрыв Адаму путь к отступлению.

— Я ее люблю. — Он стоял спиной ко мне, и голос его звучал невыразительно. — Все сыновья любят матерей, ведь так?

— Спросим Нормана Бейтса[1].

Он рассмеялся и повернулся ко мне, сжимая и разжимая пальцы, чтобы их согреть.

— Какое вам дело до наших отношений с матерью?

Хотелось бы разобраться, на что она пойдет ради сына, ответила я, но не вслух.

— Оливия с ней ссорится, Джордан тоже. Если у вас с Клэр все в порядке — уже хорошо, иначе выходит, что у этой женщины нет общего языка ни с кем из выросших на ее глазах детей.

Адам протянул руку, будто приглашая меня на танец. Я послушно поднялась по скрипучим ступенькам и встала рядом с ним, взяв его за руку. Адам легонько развернул меня лицом к построенному на сцене дому.

— Для моей матери это — все. Находиться на сцене. Перед битком набитым залом. Мой отец продержался недолго, я пришел и ушел, а обманутой себя чувствует Клэр. Она хотела продолжить династию, но Джордан слишком легкомыслен, а Оливия вообще ничего не смыслит в музыке — этого Клэр ей не простит.

— Какая же роль отводится в этом раскладе вам? — поднажала я.

1 Норман Бейтс, герой фильма Альфреда Хичкока "Психо" (1960), полностью сливается со своей умершей матерью и "по ее приказу" убивает людей.

— Мне отводится роль школьного учителя музыки. — Он легонько потянул меня за руку, и я, вспомнив недолгие свои уроки танцев, развернулась, как в котильоне, лицом к нему. Свободной рукой Адам обнял меня за талию и шепнул на ухо: — Пытаюсь спастись.

— От нее?

— От всех. От нее, от Грэя. От каждого, кто пытается запихнуть меня в студию и сделать из меня второго Мику.

— Вы не хотите стать похожим на своего отца?

Адам теснее прижал меня к себе, не пошевельнешься.

— Вы ладите со своим отцом?

— Я люблю папу. Он замечательный.

— Он журналист?

— Нет.

— Значит, любить вы его любите, но дорогу в жизни выбрали сами.

— Не обязательно во всем копировать того, кого любишь, — пробормотала я, слегка задыхаясь в медвежьих объятиях.

— Попробуйте объяснить это моей маме. — Адам резко прервал наш танец, и я чуть было не наступила ему на ногу. Отшагнув, я заглянула ему в лицо и содрогнулась: оно почернело от ярости. — Она требует, чтобы я любил отца, она требует, чтобы я во всем походил на него, а я не желаю!

Эмоции захлестывали его и ударной волной били в меня. Я еще чуть-чуть отодвинулась. Мне выпало редкое счастье — я обожала родителей, но не всем моим друзьям настолько повезло, и мне была знакома эта странная, вечно грызущая боль несложившихся семейных отношений. И тем труднее Адаму: отец, которого он не может любить, стал идолом миллионов людей во всем мире, а после трагической смерти и вовсе превратился в икону. Обожание поклонников давит на Адама, Клэр давит на Адама, все пытаются диктовать парню, каковы должны быть его чувства и к чему он должен стремиться в жизни... Хоть руки на себя наложи.

— Вы пытались ей объяснить? — мягко спросила я.

— Пытался, — с горечью бросил он. — Знаете, что она ответила? Что я позорю своего отца. Это не он опозорил нас, приведя в дом Бонни и Джордана. Она сказала, что я сбился с пути. Я — не он, который принимал наркотики, таскался по бабам, попадал в истории. Она говорит, что я должен быть во всем похож на отца, при этом она его ненавидит, и я тоже. К чему же мы в итоге пришли? К чему я пришел?

Он распахнул руки, охватив этим жестом пустой зал. Парень мужественно старался скрыть слезы, но я видела, что с ним творится.

— Она твердит: одна хорошая песня, одна строчка, один аккорд — и ты наверху. Легко ей говорить: она сама ничего не делала, не знала поражений.

Я подалась навстречу Адаму, не зная, чем его утешить, но он снова сгреб меня и завертел в ритме самбы, что-то хрипло напевая, как будто мелодия передавала его чувства лучше, чем слова.

Не в этом ли и заключается магия музыки? Она сохраняет мгновения высоких чувств и сильных потрясений, словно тонкие лепестки, застывшие в янтаре, с ее помощью мы вновь возвращаемся в те потайные уголки души, где живут счастье и печаль, драгоценные для нас или от самих себя спрятанные переживания. Ради этого мы приходим на концерт: певец или певица переносят нас в тот мир, куда в одиночку мы попадаем лишь ценой невероятных усилий — если вообще попадаем. Таков их дар, а еще вернее — дар того, кто пишет песни.

Однако никто еще не написал великую песню лишь оттого, что был печален или влюблен, или оттого, что мамочка велела. Представьте себе, что мамочка велела вам написать песню и все этого ждут, но — не получается... Ужасное разочарование. Лично я песен не сочиняю, но мне случалось подбирать концовку для статьи или колонки, и бывало, что точная фраза не давалась в руки. Примерно я понимаю, каково это.

Преисполнившись сочувствия, я вслушалась в напев и узнала, какую песню мурлычет Адам. "Если бы у меня был твой слух, если б голос был как у тебя". Я продекламировала эти строки, не решаясь спеть их в присутствии профессионала.

Адам ослабил хватку и слегка отодвинулся, чтобы заглянуть мне в глаза.

— "У меня есть только мой дух и тот голос, что есть у меня", — пропел он, явно довольный, что я узнала тему. Антонио Карлос Джобим, "Desafinado", "Фальшивый звук". Моя мама обожала Джобима, с детства помню, как она ставит то одну, то другую его запись. Когда отец с матерью отправлялись вечером в гости или в кафе, отец, бывало, ждал внизу у лестницы и приветствовал нарядившуюся мать "Девушкой из Ипанемы". Мы, ребятишки, смеялись до колик, нам это казалось забавным, а теперь я понимаю, что это было романтично, даже сексуально.

— "Не по нотам песня звучит, но в ней сердце поет мое". — Ему бы джаз петь, а не рок. Я слушала альбом Адама — но сейчас, когда он исполнял песню Антонио Джобима, голос его звучал гораздо насыщеннее, богаче, соблазнительнее.

— Вам нужно записать джазовый альбом, — шепнула я Адаму. — Как вы поете!

— Скажите это парням, которые платят, — шепнул он в ответ и вернулся к песне, единственной своей утешительнице. — "Эту песню я для тебя написал, неужели отвергнешь ее?"

Он касался губами моего уха, как и в тот день, когда мы встретились на концерте Джордана, и голос его проникал прямо мне в сердце и мозг. Послышался негромкий смех:

— Ничего подобного мой отец в жизни своей не написал, и я не напишу.

Я вырвалась из его объятий, рассмеялась, подлаживаясь под его смех:

— Ох, Адам, у меня голова закружилась!

Он шагнул ко мне, я снова отступила — "Погоди!" — выставила, удерживая его, руку, но Адам сделал еще один шаг вперед, а я — еще один шаг назад.

— А если бы ты объяснил все Грэю?

— Он бы ответил мне, что это продать невозможно. Мы уже обсуждали.

— Сделай альбом сам. У тебя есть связи, есть деньги...

— Ничего не выйдет, если Грэй и Клэр выступят против меня.

Адам снова шагнул ко мне, я удержала его на расстоянии вытянутой руки. Он схватил меня за руку, притянул к себе, чтобы допеть песню:

— “Напрасно я жду, чтобы ты смягчилась, сердце мое, напрасно я жду, чтобы рухнули эти границы...”

Я вырвалась, усилием воли заставила себя сосредоточиться на деловой стороне вопроса.

— А деньги, которые ты собирался вложить в клуб Рэя Эрнандеса?

Лицо Адама вновь помрачнело, песня лишь ненадолго развеяла грусть.

— Я собирался вложить аванс за новый альбом — но Грэй заплатит только за рок.

— К черту клуб, запиши альбом сам. Найди другого спонсора. Должен же кто-то...

— Должен же кто-то поверить в меня? Рассел верил. И чем это кончилось?

— Как это случилось с Расселом, Адам?

Адам вздрогнул как от удара.

— Молли, как только мне удается наладить контакт с тобой, что-то понять, ты все портишь, ты задаешь такие вопросы, о которых я и думать-то не хочу.

— Почему ты не хочешь об этом думать?

И вновь он шагнул ко мне, и я еще раз отступила назад, не подозревая, что уже стою на краю сцены. Левый каблук соскользнул в пустоту, и сама я чуть было не последовала за ним — падение в оркестровую яму обернулось бы катастрофой для славного рояля и для моего позвоночника. Адам успел схватить меня за руку, и я радостно уцепилась за него, не отпустила руки даже тогда, когда он обнял меня за шею, прижал к себе и жадно поцеловал — поцеловал с уверенностью мужчины, которому ни одна женщина никогда не отказывала, и пробормотал вместо извинения: "Вот о чем я думаю".

11

— С ума сошла?

Я могла бы услышать этот вопрос от Эйлин. Она бы танцевала на рабочем столе, ударами шпилек набирая телефон Генри, чтобы срочно нажаловаться на меня. Этот вопрос вправе был бы задать Кайл, призадумавшись, стоит ли нам возобновлять отношения. Даже Кэссиди и Трисия могли бы удивиться моему поведению, хотя за годы безумств их понятия о здравом смысле, хороших манерах и приличиях сделались достаточно эластичными. Но выслушать лекцию об основах журналистской этики и человеческой порядочности от Питера Малкахи, человека, который ни в том ни в другом отнюдь не был силен!

Не оправдывалась я не потому, что не хотела, а потому, что крыть было нечем. Целоваться с одним из объектов журналистского расследования — может ли быть что глупее? Может: целоваться с ним в присутствии десятка девочек-подростков, которые своими сотовыми телефонами ухитряются нащелкать фотки повыразительнее, чем я профессиональной камерой. Эти снимки облетели Манхэттен прежде, чем я успела высвободиться из объятий Адама (не говорю уж — прежде чем я успела вернуться в офис).

Девчачий смех оглушил нас обоих, и мы с Адамом разомкнули объятия. Оказывается, его несносные поклонницы вернулись и притаились в зрительном зале. В какой рекламе я видела это: все дружно вскинули правые руки с мобильниками, рты идеальными кружочками, злобное ликование на лицах?

— Девочки! — без особого усердия взывал к ним Адам, он-то понимал, что случай безнадежный. — Девочки, не надо. Сотрите.

— Конечно-конечно, мистер Кроули, — прочирикала заводила, нажимая на кнопку. — Ой! — с комическим испугом округлила она глаза. — Кажется, по ошибке я нажала “послать”.

Свита в точности воспроизводила каждое движение своей царицы. Вот почему старшая школа считается лучшей порой жизни, припомнила я.

Предложение встретиться в кабинете директора не слишком-то устрашило девах. Они свое дело сделали и с торжеством покинули зал. Адам порывался меня проводить, но я решила: чем меньше мы с ним показываемся на людях вместе, тем лучше.

— Я пишу статью о близком вам человеке, — пустилась я объяснять.

— И о преступлении, в которое я вовлечен, — подхватил он.

— Вас я не подозревала. Может быть, зря?

— А я думал, подозреваете.

— И поэтому вы меня поцеловали?

— Ну уж нет. Это было от души.

— Мне пора. — Да, я оценила искренность его поцелуя и то, как прикосновение его губ отдается у меня в позвоночнике. Нужно срочно восстановить душевное равновесие, нужно сосредоточить свой духовный взор на лице Кайла. Но сколько лоб ни морщи, желанный образ не вызовешь. Я сказала себе, что поцелуй потряс меня только потому... только потому, что я впервые целовалась со знаменитостью. Жалкая отговорка.

— Мне пора, — повторила я, подгоняя не столько его, сколько саму себя.

По пути в офис мне удалось отвлечься от поцелуя и подумать над другими вопросами. Грэй утверждал, будто сумеет снова втянуть Адама в работу над музыкой, но Адам говорит, что Грэй не позволяет ему петь джаз. Рассел готов был поддержать Адама и в джазе, но Рассела больше нет. И пленок нет. Неужели Грэй прикончил Рассела из-за Адама? А потом вернулся и забрал пленки, чтобы и наследство Мики себе присвоить? Или же Грэй сказал правду, и пленки у кого-то другого — у Клэр, например? Например, сам же Грэй и послал ее за пленками?

Были у Клэр пленки или нет, этого я в тот момент не знала. Зато выяснилось, что у нее есть неотложное желание пообщаться со мной. Еще не дойдя до редакции, я получила от нее три эсэмэски, на автоответчике в офисе обнаружилось два ее звонка, на моем столе — записка от помощницы Генри, дескать, Клэр срочно меня разыскивает, а когда обернулась, на пороге уже подкарауливала злобная редакторша примерно с таким же текстом.

Эйлин вырядилась в черный кашемировый свитер, юбка на ней была в мелкую клетку, тоже шерстяная. Морозы еще не грянули, но Эйлин одевается по календарю, а не по термометру. Наверное, с утра она пыталась выглядеть мягкой и пушистой, но, на мой взгляд, смахивала на бостонского терьера. Нетерпеливое постукивание затянутой в "Плинер"[1] задней лапки и глухое рычание довершали картину.

1 Дизайнеру обуви Дональду Плинеру принадлежит афоризм: "Если ноги устали, то и разум неспокоен". Вроде как "Дурные ноги голове покоя не дают".

— Вам требуется дуэнья, мисс Молли Форрестер? — вопросила она, едва я опустила трубку на рычаг. Я еще и сесть не успела.

— Спасибо, пригодится, — ответила я, роняя сумочку в ящик стола, а свой зад на стул. Я надеялась, что все мои проблемы сводятся к нетерпеливой Клэр, но Эйлин перегнулась через мое плечо и розовым коготком застучала по клавишам компьютера. Экран ожил, вместо заставки — фотография Адама, хищно прижавшего губы к моим губам. “Адам и очередная Ева”, гласила подпись известного новостного (то бишь сплетнического) сайта. Много еще таких сайтов? И какие заголовки предпочитают *они*?

— Попробуйте-ка это объяснить, — дымясь, пропыхтела Эйлин.

— Дурацкая шутка. Могли бы придумать получше, прежде чем выходить в Сеть, — легкомысленно ответила я.

— Вас вроде бы посылали собирать материал для статьи об Оливии Эллиот.

— Это никак не связано. — Эйлин испустила очередной терьеристый рык, и я поспешила встать, а то еще вопьется клыками в мою беззащитную шею. — Честное слово, Эйлин, это не имеет никакого отношения к статье.

Эйлин прилипла к экрану и принялась читать заметку вслух — не только мне, но и всей редакции: с той минуты, как Эйлин принялась учинять мне разнос, ни один человек даже не делал вид, будто работает.

— “Что отвлекает Адама Кроули от музыки? Эта соблазнительная... — Эйлин бросила на меня короткий взгляд и фыркнула. — Соблазнительная репортерша из “Цайтгайста”, которая пытается увязать смерть Рассела Эллиота со смертью отца Адама, Мики Кроули”.

— Это все Джордан, — возмутилась я. — Он это подстроил, он подтасовывает факты и манипулирует людьми, доказывая свою теорию. — Кто его знает, может, и старшеклассниц Джордан надоумил шпионить за братом? А я сглупила и позволила Адаму подставить нас обоих.

Ботокс помешал Эйлин нахмуриться, она только глаза выпучила.

— Если ты не поддерживаешь его “теорию”, надо быть последней дурой, чтобы позволять ему использовать тебя.

В кои-то веки я услышала от Эйлин разумные речи. Боюсь, изумление проступило у меня на лице: Эйлин поджала губы (этому ботокс не помешал) и скомандовала: “Разберись с этим”. Повелительно махнула рукой в сторону компьютера и удалилась в свой кабинет.

Мои коллеги падали каждый на свой стул, когда Эйлин проходила мимо них — ни дать ни взять трава, подрезанная газонокосилкой.

Ирина, как всегда, шла против течения: до сих пор она сидела, а теперь встала и зашагала ко мне, набычившись, ссутулив плечи.

— Вряд ли у тебя найдется время поговорить со мной. — Это прозвучало как утверждение.

— Почему бы и нет? В промежутке между глупостями, которые творю себе же во вред. — И я приветливо похлопала рукой по сиденью свободного стула.

Ирина присела на краешек так осторожно, что казалось, зависла в двух сантиметрах *над* сиденьем.

— Можно ли в колонке советов хотя бы *предположить*, что некоторым людям одиночество на пользу?

— Интересная мысль, — протянула я, прикидывая, как одиночество могло бы украсить мою жизнь на данном ее этапе. Но присмотревшись к Ирине, печальной складке рта и вытаращенным от усердия глазам, поспешила уточнить: — Вообще-то большинство читателей обращаются в журнал именно потому, что хотят с кем-то пообщаться, и если ты предпочитаешь одиночество, наверное, тебе нужно присмотреться к другой вакансии, а не к работе ведущего колонки советов.

Ирина тяжело вздохнула, еще сильнее округлила плечи.

— Да и какая разница! Все равно ты статью не напишешь, вернешься в свою колонку, так что этот конкурс не имеет никакого смысла.

Догадывалась ли Ирина, в какой степени ее пророчества совпадали с моими страхами? Если и догадывалась, на ее лишенном выражения лице ничего не отразилось.

— С другой стороны, — симулируя профессиональную бодрость, продолжала я, — такой умный человек, как ты, мог бы оживить колонку. Ты уж, пожалуйста, прими участие в конкурсе.

Не отвечая, Ирина поднялась и отчалила к своему столу. Я схватила мобильник — будем надеяться, этот талисман защитит меня от прочих "визитеров".

Странное дело: Клэр Кроули срочно требовала меня к ответу, но в трубке ее голос звучал не слишком-то приветливо.

— Нам с вами надо поговорить, — заявила она. — Боюсь, что вы получили неправильное представление о нашей семье и положении в ней Оливии.

Слава богу, пока что она еще не взвилась от нашей с Адамом трогательной фотографии. Мы назначили встречу на восемь часов вечера в ее квартире. Разъединившись, я тут же нажала горячую клавишу.

— Есть секундочка? — спросила я Кайла.

— Две-три.

— Этого достаточно, я только хотела предупредить, что сегодня кое-что произошло, но все не так скверно, как выглядит на снимке, и я хотела сама тебе об этом сказать, но фотография уже висит на всех сайтах, понять не могу, как эти сплетники так быстро успевают...

— Молли! — прервал он. — Тебя кто-то обидел?

Его быстрый ум восхищает и немного пугает меня.

— Не обидел. Поцеловал.

На том конце трубке повисло молчание.

— А дуры-школьницы нас сфотографировали.

Молчание сгущалось.

— И я хочу, чтобы ты понял: все не так, как оно выглядит.

— А как выглядит? — Жесткие интонации следователя.

— Как будто я тоже его целую.

— Но ты этого не делала.

— Нет! — убежденно ответила я, хотя мои губы прекрасно помнили теплоту губ Адама, и это меня убивало: как можно разговаривать с Кайлом, а думать об Адаме? Что-то со мной не так.

— Ладно, все в порядке.

— У нас все в порядке?

— У меня да, а у тебя?

— Да.

— В таком случае поговорим позже, сейчас мы с Беном едем в суд.

— Извини.

— Нет-нет, все в порядке, мы в порядке. Молодец, что позвонила, спасибо за предупреждение.

Я уронила трубку и задумалась: почему Кайл распрощался без единого ласкового слова и следует ли мне заморачиваться по этому поводу. Правда, в его лексиконе "все в порядке, мы в порядке" приближалось к излияниям чувств. Я могла бы просидеть часок-другой, анализируя эти шесть слов и все оттенки интонации, громкости голоса, контекста, но у Бонни Карсон имелись другие планы.

— Молли! — Она материализовалась перед моим столом, как эльф из "Сна в летнюю ночь". За ее спиной ехидно усмехалась Скайлер.

— У тебя посетитель, — сообщила Скайлер, как будто я внезапно ослепла, и помахала небольшим пакетиком с лекарствами. — У Эйлин из-за тебя голова разболелась, пришлось сбегать в аптечку, а по дороге я встретила даму, искавшую тебя, и решила ее проводить.

— Большое спасибо за помощь, Скайлер! — внятно поблагодарила я (черт бы тебя побрал, стерва страшная!).

Скайлер отправилась на свое место, а Бонни протянула мне руку:

— Бонни Карсон, мать Джордана Кроули.

Интересный способ представляться, словно я могла забыть ее на следующий же день после знакомства или перепутать, кто она такая.

— Конечно, я помню. Как поживаете? — Из вежливости я поднялась и пожала ей руку.

Бонни рассмеялась, но не слишком убедительно.

— Я в растерянности и не готова изображать из себя мамочку, — последнее слово она растянула так, что оно сделалось многосложным. — Но все-таки должна спросить: что у вас с моим сыном?

К огорчению моих коллег, я предложила Бонни перенести интимный разговор в конференц-зал. Свой долг перед таблоидами я выполнила, покрасовавшись со старшим из отпрысков Кроули, на один день достаточно.

В затемненном конференц-зале пахло пересохшими маркерами. Я прихватила две бутылки минеральной воды из мини-бара — не столько пить хотелось, сколько руки занять.

— Не вполне понимаю, что вас беспокоит, мисс Карсон...

— Бонни.

Я кивнула и продолжала:

— Ничего у нас с ним не происходит. И с Адамом тоже ничего. Но в особенности ничего не происходит у нас с Джорданом.

— Все эти домыслы насчет Мики и Рассела....

— Он первый начал. — Теперь я заговорила, как трехлетка, но право же, с меня достаточно моих собственных ошибок.

Небольшая пауза — и всхлип. Бонни расплакалась. Я кинулась искать бумажные салфетки, но у Бонни в сумочке от Феррагамо прятался льняной платочек. Вот умеет женщина вытирать заплаканные глазки: уголок платка скользил под веками, не стирая искусно наложенную тушь.

— Этого я и боялась. Хотелось мне думать, что это газетная утка, что это *вы* затеяли... — Она помедлила, собираясь с духом, а я тем временем ухитрилась оторвать краешек от наклейки на бутылке с минеральной водой. — Мальчик не справляется со стрессом.

— Со стрессом?

Острый взгляд Бонни сообщил мне, что мой вопрос был глуп и бестактен.

— Его слишком торопят с новым альбомом. Джордан старается, ищет, а на него давит Грэй, давит Клэр...

— Но вы не давите.

— Я ободряю и поощряю. Как всякая нормальная мать. — Бонни одарила меня короткой усмешкой. — Хорошая мать.

— А как поступают плохие матери? — поинтересовалась я в надежде выведать ее мнение о Клэр.

— Они позволяют своим детям сдаться и бросить карьеру.

Инстинктивно мне хотелось заступиться за Адама, но нельзя же было рассказывать Бонни про его следующий альбом, поэтому я промолчала и зашла с другой стороны:

— Вам следовало бы посоветовать Джордану распроститься с таблоидами и вернуться к работе.

— Вы упомянете его в своей статье? — спокойно поинтересовалась она.

— Непременно. Джордан играет важную роль в жизни Оливии. Они с Адамом считают ее сестрой, это так трогательно.

— Рассел обожал Джордана, — с печальной улыбкой промолвила Бонни. — Он видел в моем сыне нового Мику, поощрял его занятия музыкой задолго до того, как я осмелилась надеяться...

Платочек вновь скользнул под накрашенные ресницы, а я терпеливо ожидала, какие еще козыри выложит Бонни, чтобы обеспечить сыночку место под рампами.

— Мне так недостает его.

— Вы о ком? О Мике или о Расселе?

— О них обоих, но главным образом о Расселе.

— Такая жизнь была для вас нелегка.

— Какая — такая? — выпрямилась она, сжав в кулачке платок.

— В тени Клэр.

К моему изумлению, Бонни расхохоталась, искренне и удивительно громко для такой изящной дамы.

— Вам так кажется, Молли? Не слишком-то вы наблюдательны для журналиста. Мой мир не менее ярок, чем ее, моя жизнь так же полна. Пожалуй, даже лучше, чем ее, тем более что мой сын оказался единственным истинным наследником Мики Кроули.

Сейчас королева махнет платком, меня отправят в Тауэр и обезглавят.

— Прошу прощения, — пролепетала я.

Она расхохоталась еще громче.

— Ничего страшного, обычное дело. Только в статье не вздумайте так выразиться, иначе вам придется иметь дело с моим адвокатом. У нас в семье и без того хватает неприятностей.

Потрясающая тетка! От воркования к угрозам, и все это не меняя интонацию, не повышая голоса. Бонни поднялась, давая мне понять, что аудиенция закончена.

— Кстати, и о пленках вам лучше не писать. Не стоит зря будоражить публику, и опять же вам придется иметь дело с юристами.

— Почему вы решили, что в статье речь зайдет о пленках?

— Грэй сказал, что утром вы приходили к нему и расспрашивали.

— Он сказал вам, что именно он мне сообщил? — Как же это Грэй ухитряется балансировать между двумя вдовушками? Нелегко ему приходится, особенно теперь, когда не стало Рассела.

— Да. Что он не знает, где могут быть пленки.

— И это все?

— Что же еще?

— Например, что Клэр землю носом роет в поисках пленок. Но если найдет, запрячет их подальше, чтобы они не помешали успехам Адама и Джордана.

Улыбка застыла на губах Бонни, я испугалась, как бы и сами губы не посинели.

— Пленки только способствовали бы продажам их альбомов.

— Грэй тоже так считает.

— Грэй умница.

— Достаточно умен, чтобы сообразить, у кого эти пленки?

Бонни вроде бы глянула на меня — нет, мимо, взгляд ушел за линию горизонта.

— Хорошо бы найти их, — сказала я, в свой черед поднимаясь для прощания, но Бонни словно не слышала меня, вся во власти Идеи.

— Найдем, — выдохнула она наконец, и я подумала, не следует ли мне срочно предупредить Клэр и Грэя о том, что Бонни вышла на тропу войны.

Пока что я проводила Бонни до лифта и поблагодарила ее за то, что она удосужилась зайти и запугать меня, чтобы я не лезла к ее сыну — разумеется, все это формулировалось в более изящных выражениях. Провожая Бонни, я оказалась в правильном месте в неправильное время — или как там это называется — словом, столкнулась нос к носу с выходившим из лифта Питером, и тот сразу же назвал меня сумасшедшей дурой.

— Привет, Питер, — ответила я, внутренне торжествуя, ибо Питер, всегда державшийся огурцом, на этот раз сам казался несколько сумасшедшим. Я прикинула, не проводить ли и его в конференц-зал, но уж очень грозно он выглядел, так что я предпочла оставаться в холле у лифта, на глазах у свидетелей.

— Понравилась фотка?

— Какая еще фотка?

Черт, в нынешнем сверхскоростном мире за новостями о самой себе не поспеешь.

— Если дело не в фотке, из-за чего ты разозлился?

— Что ты сказала Адаму Кроули? Он разорвал сделку с Рэем Эрнандесом.

— Ничего такого я ему не говорила.

— Подумай как следует.

Я постаралась в деталях припомнить наш разговор, отчего сердце у меня учащенно забилось и зачесались губы.

— Что-то такое я ему говорила, что ему лучше было бы заняться другим делом, но ты же не думаешь, что я могу повлиять на Адама, да еще в таких важных вопросах.

— Вот как? Рэй Эрнандес только что разжевал меня и выплюнул: ему позвонил Адам и заявил, что у него, дескать, есть свои мечты, на них он и будет тратить деньги, бла-бла-бла, а поскольку эта сделка сохранялась в тайне, Рэй меня загрызть готов, он уверен, что все дело в том, что я сказал тебе, а ты отговорила Адама.

— Во-первых, — заговорила я, стараясь привести в чувство и себя, и Питера, — вы с Рэем приписываете мне влияние, каким я вовсе не обладаю. Во-вторых, Рэй скоро остынет, и ты получишь свою статью. Наверное, ты еще увидишь, как Рэй обхаживает Адама или находит другого инвестора, — в любом случае все читатели, которые в мечтах видят себя миллионерами, с удовольствием будут изучать подробности этой истории.

Питер вытаращился на меня. Я подумала было, что произвела на него впечатление своим умом и красноречием, но тут он спросил:

— Ты предлагаешь мне сделку? В порядке извинения ты предлагаешь мне долю в этом сюжете?

— Это ведь лучше, чем пустые извинения? — обворожительно (будем надеяться) улыбнулась я.

И он, как ни дулся, не удержался от улыбки:

— Ага, лучше.

— Учти: проговорилась я неумышленно. Мы с Адамом говорили о музыке, о его планах, а не о клубе и партнерстве с Рэем. Клуб всплыл как побочная тема. В любом случае я извиняюсь.

Улыбка моего собеседника слегка померкла:

— Чего ты вообще крутишься рядом с Адамом?

Я нахмурилась и поспешно потерла лоб, разглаживая морщинку — не хотелось бы заразиться от Трисии дурной привычкой.

— Я готовлю статью и должна изучить окружение Оливии. Окружение довольно плотное, тронешь одного — другой отзовется.

— И поэтому ты бросилась ему на шею?

— Я-то думала, ты не видел эту фотографию.

— Просто не хотел начинать разговор с нее.

— А теперь, когда получил что хотел, решил и про фотку поговорить?

— Зачем ты с ним целовалась?

— Он поцеловал меня, а не я его. Я расспрашивала его насчет Оливии и ее отца, и разговор пошел несколько не в том направлении.

— Несколько?

— Да, мы чуть-чуть отклонились от темы.

— Наверное, ты что-то нащупала и он пытался тебя отвлечь.

Доля истины в этом соображении имелась, но не Питеру бы говорить.

— Может быть, я приглянулась Адаму.

— Будь у него хоть капля здравого смысла... — намекнул Питер.

— Огромное тебе спасибо.

— Если он как-то связан со смертью Рассела Эллиота, он пытался таким образом соскочить — добиться, чтобы ты вычеркнула его из списка подозреваемых. На его месте я бы точно так и поступил.

Разные причины вызывают гнев, но один из подвидов гнева кажется мне особенно интересным и парадоксальным: стоит собеседнику высказать истину, о которой вы и без него догадывались, но знать не хотели, как у меня (то есть у вас) темнеет в глазах. Ведь я могла бы и дальше тешить себя обманом, если б этому идиоту не вздумалось выложить все как есть. Сердце и мозг не в ладах, наступила физиологическая реакция, перегрузка нервной системы, и я могла бы удушить Питера Малкахи прямо там, в вестибюле у лифта, на глазах у свидетелей. Он был прав, черт бы его подрал. Чего-то Адам добивался своим поцелуем, но чего? Сбить меня со следа, потому что он и впрямь был причастен к смерти Рассела или что-то знал о ней? Или же хотел оттеснить Джордана и покрасоваться на первых страницах таблоидов?

Одно я знала точно благодаря опыту интимных отношений с Питером: дай ему понять, что он попал в цель, и он тебя прикончит.

— Значит, мое женское обаяние тут ни при чем?

— Как ты думаешь, что ему известно? — Питер попытался включить свое мужское обаяние.

Если б я что-то и думала, с ним бы делиться не стала.

— Питер, мы в расчете. Прости, что немного подпортила тебе с твоей статьей, но я не обязана в порядке компенсации делиться своими сюжетами.

— Плевать на сюжет, я о тебе беспокоюсь. С тех пор как мы расстались, ты уже не раз попадала в беду.

Смешно!

— С тех пор я писала статьи про убийства. Может быть, дело в этом, а не в наших отношениях или их отсутствии?

— Я готов помочь тебе, защитить! — Великий специалист симулировать искренность.

— Спасибо, Питер, но у меня и так все в порядке.

— Заодно прослежу, чтобы ты не портила мою статью.

— Разумеется.

Питер улыбнулся — на этот раз искренне и чуточку смущенно. С ним это редко бывает. Растрогавшись, я поцеловала его в щеку.

Он перехватил мою руку и удержал ее на своем плече. Всего на секундочку. Достаточно, чтобы Кайл успел спросить:

— Так ты насчет этого меня предупреждала?

Не стоило забывать, что лифт имеет привычку опускаться на первый этаж и возвращаться с очередной партией пассажиров. Большинство этих пассажиров быстренько просочились в коридор и исчезли, но Кайл так и остался стоять в вестибюле, изучая нас с Питером, словно подозреваемых на опознании.

— Нет, это другое фото. Другой парень, — забулькала я. Слегка оправилась и ляпнула: — А я думала, ты сейчас в суде. — Подозреваемый в поисках алиби.

— Суд отложили.

— Рад встрече, Эдвардс, — вмешался Питер.

— Ага, и я, — подхватил Кайл. — Знаешь, Молли, когда я предлагал начать все сначала, я не имел в виду, что хочу снова натыкаться на этого перца всякий раз, когда прихожу повидаться с тобой.

— Почему же? Давай я пока буду с ней встречаться, а ты готовься к старту, — любезно предложил Питер.

— Настоящий друг. — Черт, Кайл тоже наслаждается ситуацией, он-то с какой стати?

— Всегда к вашим услугам.

— Шли бы вы, парни, пиво пить, — вмешалась я, до глубины души задетая их легкомысленным тоном. — А я пока поработаю.

— Не могу. Я пришел для серьезного разговора, — предупредил Кайл.

— Насчет фото?

— Насчет твоей приятельницы Оливии. Она под арестом.

12

— Я твоя должница, — сказала я Кэссиди.

— Ни в малейшей степени. Заплатит Оливия. Так уж водится между адвокатами и клиентами, если клиенты не принадлежат к числу твоих лучших друзей. Иногда и если принадлежат.

— Я имела в виду эмоциональный долг.

— А, это сколько угодно.

Остановившись на ступеньках у входа в полицейский участок, мы оглянулись проверить, скоро ли Кайл с Оливией догонят нас. Похоже, не скоро: Оливия останавливалась на каждой ступеньке, чтобы доходчивее сформулировать свою позицию.

— Я не нарушала закон! — протестовала она, причем уже далеко не в первый раз с того момента, как мы приехали внести за нее залог. В полиции Нью-Йорка распространились слухи о моих приключениях, так что, когда Оливию доставили в двадцать четвертый участок, кто-то из тамошних приятелей Кайла позвонил ему и посоветовал предупредить меня. Сама Оливия не сделала ни единого звонка, до такой степени она была убеждена в своей правоте.

Кайл устало потер глаза.

— Вообще-то нарушили. — Он глянул на меня, и я чуть было не послала ему воздушный поцелуй в благодарность за все, что он для меня делал.

Кайл преодолел еще две ступеньки, а Оливия — одну и снова остановилась:

— Он ворвался в мою квартиру!

Еще две ступеньки.

— Когда человек пользуется ключом, это не считается незаконным проникновением.

Одна ступенька.

— Надо было мне отобрать у него ключ после смерти папы!

Две ступеньки.

— Это отдельный вопрос, к делу он отношения не имеет.

Одна ступенька.

— Еще как имеет. Я не хотела, чтобы он входил в мою квартиру, и ему это было прекрасно известно.

Кайл вернулся на две ступеньки назад, взял Оливию за руку и подвел к нам.

— Это не дает вам права бить человека по голове тупым предметом.

— "Оглушила его "Грэмми" — подобные заголовки неплохо смотрятся, — намекнула Кэссиди.

— Вы бы здорово помогли своему клиенту, если б предотвратили появление таких заголовков, — заметил Кайл.

— Вы бы здорово помогли нам, сняв обвинение, — не осталась в долгу Кэссиди.

— Вы можете все уладить? — спохватилась Оливия.

— Учитывая ваше давнее знакомство с пострадавшим, я бы рекомендовала поговорить с ним напрямую. И попросить прощения, — подытожила Кэссиди.

— Никогда в жизни я не стану разговаривать с Грэем Бенедеком, — отрезала Оливия.

— И все-таки постарайтесь извиниться, — посоветовал Кайл, передавая Оливию мне с рук на руки и наскоро целуя меня в щеку. — Мне пора возвращаться в участок. Вечером созвонимся.

— Мне тоже пора на работу. Возьмем такси на двоих? — Кэссиди вслед за Кайлом устремилась ловить машину, а я осталась наедине с освирепелой Оливией.

— Я не виновата, — повторила она, однако голос ее дрогнул, и я испугалась, что сейчас она изойдет слезами.

— Держитесь! — попросила я. — Пойдем куда-нибудь, подальше от чужих глаз, и там вы мне все расскажете.

— Я хочу в "Серендипити", хочу мороженое с шоколадом! — захныкала она. Ей бы еще ногами затопать, трехлетка-капризуля.

— У меня мало времени, не могу торчать в очереди, — предупредила я.

Оливия бросила на меня взгляд из разряда "бедняжка не умеет устроиться в жизни" и взялась за телефон.

Полчаса переговоров, я уже не в силах была уследить за цепочкой друзей, друзей друзей и друзей друзей друзей, но в результате нас усадили за свободный столик в углу старинного кафе-мороженого, под люстрой от Тиффани и среди прочей роскоши, так что Оливия сумела наконец расслабиться в знакомой обстановке и выдавила из себя нечто напоминающее улыбку. Как ни странно, сейчас она казалась более умиротворенной, чем во все прежние дни. Что этому способствовало? Детская радость от сладостей или отсутствие кое-кого из числа ее близких знакомых?

— Вы могли бы работать психотерапевтом, — сделала она мне комплимент. — С вами так и тянет говорить откровенно.

Я возилась с эверестом взбитых сливок, приправляя их густой струйкой горячего шоколада.

— Значит, если я спрошу вас, что Грэю Бенедеку понадобилось нынче в квартире вашего отца, вы постараетесь ответить мне правду?

— Он сказал, что ищет заметки отца о новом альбоме Джордана.

— Он сказал это до того, как вы ударили его по голове, или после?

— После. Я сразу ударила, не разглядев, кто это. Я сказала полицейским все как есть: я думала, в квартиру влез грабитель. Я открыла дверь, услышала, как кто-то возится в папином кабинете, и... — Она взмахнула ложкой, изображая нанесенный Грэю удар, и снова вонзила ее в мороженое. — Он забыл о том, что я теперь живу в этой квартире, я забыла о том, что у Грэя был свой ключ.

— У кого-нибудь еще есть ключ от квартиры Рассела? Кроме Грэя и Клэр?

— У Адама, Бонни и Джордана. Мы все жили в особняке, одной семьей.

— Где именно живет Джордан?

— На верхнем этаже, вместе с Бонни.

Уютно устроились. Помнится, в университете нам рассказывали об эксперименте над крысами: когда им становится чересчур тесно, грызуны пожирают друг друга, чтобы расчистить себе место.

— Теперь я понимаю, почему вы предпочли отделиться.

Оливия поморщилась:

— И мне было плохо без них. Я так привыкла ко всем, я скучала даже по Джордану — по Джордану, который в десять лет говорил мне, будто он просверлил дырку в полу и подглядывает за мной, когда я сплю.

— У вас с ним что-то было?

— Никогда! — Оливия чуть не взвизгнула. — Никогда! Это все равно что... все равно что с братом спать. Он просто дразнил меня. До сих пор дразнит.

— А с Адамом?

— Адам такой хороший. Он всегда помогает мне, во всем.

— Он и с отцом вашим ладил?

— Как нельзя лучше. — Вдруг зрачки ее расширились. — К чему вы клоните?

— Ни к чему не клоню. Расспрашиваю вас о том, как прошло ваше детство. Теперь, когда я познакомилась с вашими близкими...

Оливия принялась выравнивать гору взбитых сливок у себя на тарелке, движения ее становились все более резкими, угрожающими.

— Нет, вы прикидываете, не Адам ли убил моего отца!

— Мне такое и в голову не приходило, — соврала я. — А вы думаете?..

— Не думаю и думать не стану. Вот уж не предполагала, что вы способны заподозрить его, после того как... — Тут она сникла и сунула себе в рот новую порцию сливок для утешения.

— После чего?

Помедлив, она все-таки произнесла:

— После сегодняшнего.

Итак, она знала.

— Он сам вам сказал или вы видели снимок?

— Джордан позвонил мне, когда заглянул на сайт, и тогда я позвонила Адаму, чтобы выяснить, что произошло на самом деле.

— Кто же кого подставил?

— Никто никого не подставлял. Вы нравитесь Адаму, а Джордану позвонил его друг, который случайно наткнулся на фотографию, вот и все.

Нееет, далеко не все. Джордан что-то уж слишком тесно дружит с людьми, которые интересуются новостными сайтами (а то и сами их делают?), да и картинка "Адам рассказывает Оливии, как я ему нравлюсь" тоже не слишком радовала. Я чувствовала: мной манипулируют, и не могла вычислить, куда тянутся эти ниточки.

— А слова Грэя вы принимаете за чистую монету?

— Нет. Я уверена, он искал пленки.

— Почему вы так уверены?

— Потому что он звонил мне на работу и спрашивал, что я успела рассказать вам о пленках.

— До или после разговора со мной?

— После.

Итак, Грэй не поверил кому-то из нас — мне или Оливии — и решил наведаться в квартиру Эллиота и разыскать пленки. Следовательно, у него пленок нет. С другой стороны, сам же Грэй и сказал мне, что человек, убивший Рассела, не обязательно тот же самый, кто завладел пленками. Значит ли это, что он мог убить Рассела?

Этот вопрос я не собиралась обсуждать с Оливией, но хотела уточнить кое-что другое:

— Если после разговора с вами он полез в квартиру вашего отца, значит, он решил, что вы ему солгали и пленки все еще там?

Оливия сердито сморщила носик:

— Ага, я такая дура, что оставила их лежать в квартире.

— А на самом деле?

— Молли, пленок у меня нет. Они пропали! Вы же сами видели! — возмутилась она.

— Лишняя проверка не повредит.

Она вдруг широко усмехнулась:

— Ага, как в "Большом побеге", когда этот парень из лагеря военнопленных уже вроде бы выбрался и садится в автобус, и тут немец желает ему счастливого пути, и он на автомате отвечает "Спасибо".

Я усмехнулась в ответ:

— Все лучшие свои идеи я черпаю из старых фильмов.

Ни с того ни с сего Оливия снова наградила шлепком свои взбитые сливки.

— Как жаль, что вы с ним не были знакомы. Вы бы просто влюбились в него.

— В Рассела?

Она кивнула, скрывая слезы.

— Он тоже умел слушать. Мика говорил: Рассел слушает не слова, Рассел слушает твою душу. Выслушав, он всегда находил правильные слова, а голос у него был какой мягкий! — Она громко всхлипнула, и я протянула ей свой носовой платок, но — второй раз за день — мой платок не понадобился. У Оливии был свой.

— Хотите послушать?

— Его голос?

— Да.

— Разве он делал записи?

Оливия глянула на меня, как на безнадежную идиотку, выудила из сумки мобильный телефон, понажимала какие-то кнопочки и протянула мне:

— Послушайте! — Глаза ее блестели от слез.

На экране светилась надпись: “Сохраненные сообщения”. Я поднесла трубку к уху и услышала приятный, рокочущий, но слегка запинающийся, как у пьяного, голос: “Оливия, родная... Мне нужна твоя помощь... Это все обман, как я сразу не разглядел? Все, что я делал, уничтожено. Самое дорогое обратили против меня. Как же это... Не могу... Пожалуйста, приходи...”

Я застыла на месте. Оливия вынула трубку у меня из рук, снова нажала на кнопку “сохранить сообщение” и собиралась кинуть телефон обратно в сумку, но тут я жадно протянула руку:

— Дайте еще раз послушать!

Все с той же печальной улыбкой Оливия принялась нажимать кнопки.

— Это тот звонок, о котором вы мне рассказывали? В ночь его смерти?

Оливия кивнула, крылья ее носа дрожали, слезы одолевали ее.

— Тогда я слышала его голос в последний раз, вот почему я сохраняю это сообщение. Я еще не готова расстаться.

Я поднесла телефон к уху и прикрыла глаза, пытаясь сосредоточиться. Отличная связь очевидно, звонок был с городского телефона, с того самого аппарата, который исчез, оставив царапины на столике с медным верхом. На заднем плане слышалась негромкая музыка, опознать ее я не могла. Рассел поставил какие-то записи на стереоустановке? Неужели он слушал "пленки из отеля" или дал их прослушать гостю?

И еще один звук: ритмическое постукивание. Рассел отбивал такт на медном диске стола, пока говорил по телефону? Вряд ли — судя по голосу, он уже не мог так четко держать ритм. Может быть, кроме музыки он включил еще и метроном?

Однако самый важный для моего расследования звук раздался под конец: омерзительный скрежет, точно провели ногтями по школьной доске. Кто-то вырвал у Рассела телефон, протащил его по столу, оставив царапины, которые я заметила во время визита в квартиру. Разговор Рассела с дочерью насильственно прервали.

Убийца вышел из кабинета, оставив Рассела умирать, а когда вернулся и застал его в сознании, увидел, что Рассел пытается позвать на помощь, то вырвал у него телефон и разъединил. На всякий случай — потому ли, что на аппарате остались его отпечатки пальцев, или чтобы лишить Рассела возможности позвонить в "Скорую" — убийца прихватил телефон с собой. Он также забрал пленку из стереоустановки, забрал ту штуку, которая отбивала такт, — что это, я так и не поняла — и ушел. А Рассел умер.

Оливия протянула руку, и я нехотя отдала ей телефон. Пока я держала его в руках, разгадка казалась так близка.

— Ваш отец мог кого-то позвать послушать "пленки из отеля"?

Первым делом Оливия сохранила сообщение, затем ответила на мой вопрос:

— Не знаю. Мне он их, во всяком случае, не ставил. — В голосе ее прозвучала обида. — Но ведь я ничего не смыслю в музыке, не умею восхищаться тем, что так важно для них для всех. С раннего детства я росла в окружении великих музыкантов и певцов, но это не считается. Когда доходит до дела, моего мнения никто не спрашивает. — И она захлопнула телефон-раскладушку с такой яростью, что я испугалась: как бы не сломала. Кинула телефон в сумочку и отвернулась от меня. Все равно я слышала, как она влажно хлюпает носом.

— Вы психотерапевт, не я, — мягко напомнила я. — Но я в состоянии понять ваш гнев. Отец играл главную роль в вашей жизни, и все же он не подпускал вас к тому, что было всего важнее для него... это обидно.

Она содрала с волос резинку, руками пригладила волосы и затянула их так туго, что у меня от одного ее вида мигрень разыгралась.

— Я любила отца.

— Конечно, любили. Но как раз на тех, кого мы любим, мы чаще всего и сердимся, не так ли? Уж в этом деле я эксперт.

— Отлично, я сердилась на него. Дальше что? Хотите меня обвинить в его смерти?

— Нет, но ваши переживания мешают вам думать, мешают дать мне ту информацию, которая навела бы нас на след. Вы переживаете из-за пленок, а надо было бы подумать и сообразить, кому отец мог их показать или дать послушать.

Она снова содрала резинку с волос и уложила их по-новому. Ну да, волосы сейчас — ее главная проблема. На этот раз резинка врезалась в затылок и чуть ли не вошла в кость.

— Адам, — односложно ответила на мой вопрос Оливия.

— Он проигрывал пленки Адаму?

— Собирался. Так он сказал мне. Грэй Бенедек все время ныл, что Адам не занимается своей карьерой, мальчику надо помочь настроиться. Отец думал, если Адам послушает "новые" записи Мики, это вдохновит его.

— Значит, он собирался дать Адаму послушать пленки. Но сделал ли он это?

Сливки уже почти растаяли, однако Оливия яростно разбила ложкой немногие уцелевшие ледышки.

— Не знаю, я его не спрашивала.

— И все же? — Что-то она утаивала от меня, чего-то не договаривала из лояльности... перед кем?

— Они договорились о встрече в тот день.

— В день смерти Рассела?

— Да.

— И вы умолчали об этом.

— А какое это имеет значение? Говорю вам, Адам никогда бы и пальцем не тронул моего отца.

Будь я шизофреником, услышала бы внутри своей головы хохот Питера Малкахи.

— Подозреваете Клэр, но Адам ни к чему не причастен?

— Клэр — сука. Адам хороший. Вы ничего не понимаете.

— А может быть, это вы чего-то не понимаете? Может быть, Адам что-то скрывает от вас?

Оливия оттолкнула свой стул от стола, вот-вот вскочит и убежит.

— Как вы можете? Он был с вами так близок, так откровенен, как ни с кем, а вы готовы заподозрить его в любой подлости?

Загремели ржавые цепи. Подъемный мост поднят, я только успела в прыжке одолеть ров и вцепиться в доски моста, пока замок не забаррикадировался от меня.

— Простите. Нам важно проверить, не упускаем ли мы какую-то возможность. Ради вашего отца.

На миг она смягчилась, и мы посидели в молчании, оценивая ситуацию. Если не Адам, то Клэр, на чем Оливия и настаивала все время, а я с этой версией спорила, потому что выходит чушь: если Клэр хотела заполучить пленки, она могла стребовать их с Рассела через суд. С другой стороны, Скотт Петерсон[1] тоже предпочел более сложный путь вместо бракоразводного процесса. Люди нередко делают ужасные глупости по самым нелепым причинам.

Оливию ждали пациенты. Я отпустила ее, а сама задержалась, чтобы уплатить по счету. Оливия помедлила, убирая кошелек в сумку.

— Спасибо, что помогаете мне. И за то, что вытащили меня из участка, спасибо.

— Всегда рада, но тогда уж ответьте на один вопрос: почему вы никого не вызвали?

— Кого бы я вызвала? — Она печально улыбнулась на прощание и выскользнула из ресторана.

Жить и работать в престижном районе значит постоянно контактировать с людьми, которые вызывают у тебя зависть. При первой же встрече я позавидовала Оливии, выросшей среди талантливых музыкантов. Она общалась со знаменитостями, тусовалась, путешествовала, была во всех смыслах крутой. Кто бы мог

1 Скотт Петерсон в 2002 г. убил свою беременную жену.

подумать, что сама она считает себя парией, что ей не находилось места в ближнем кругу ее родного отца, а случись беда — не к кому обратиться.

Было около четырех часов дня. С утра много чего произошло; я сочла, что вправе укрыться дома и поработать до вечера. Более того, я решила пройтись, сколько-то свежего воздуха найдется и в Нью-Йорке. Надо сказать, городской шум весьма бодрит. Мощная какофоническая симфония превращается в фон для нехилых мыслей, эдакая "Рапсодия в блюзовых тонах"[1], нарастающая со всех сторон, покуда ты, прохожий, пытаешься осмыслить свою жизнь и отыскать гармонию в нелепых аккордах.

Однако взвесить доводы за и против причастности Адама к смерти Рассела мне мешали постоянные сожаления об Оливии и ее одиночестве. В конце концов я испугалась, не говорит ли во мне злорадство, и обратилась к более нежному чувству. На ходу я раскрыла телефон и позвонила Трисии (между прочим, я терпеть не могу эту манхэттенскую привычку вести частную беседу, проталкиваясь сквозь толпу на Лексингтон-авеню).

1 "Рапсодия в блюзовых тонах", написанная Джорджем Гершвином в 1924 г., использована в саундтреках многих фильмов и считается музыкальным портретом Нью-Йорка.

— Ты мой друг, — проникновенно поведала я Трисии.

— Вроде для выпить и пустить слезу еще рановато? — жизнерадостно прочирикала она. — Где ты? Выпьем вместе?

— Я прожила нынешний день на шоколаде и кофеине.

— Ага, перепады настроения. Из-за статьи или это ПМС?

— Я хотела поблагодарить тебя за все, что было в нашей дружбе хорошего. Ты растоптала мое сердце.

— Вот как? — удивилась Трисия. — Статья *и* ПМС?

— Все, пока. Лучше я позвоню Кэссиди.

— Стой-стой, сначала я должна сказать тебе: это просто невероятно!

— Еще одна моя фотка появилась в интернете и тебе не терпится это обсудить?

— Перефразирую: это просто невероятно, и это не имеет отношения к тебе. Разве что косвенное, ведь это ты нас познакомила.

— Ты о чем?

— Джордан Кроули написал песню в мою честь.

— Да ты что?! Из тебя выйдет классная муза рок-н-ролла, — отозвалась я, потрясенная и тем, что произошло с Трисией, и тем, что я упустила. — Вы что, весь день провели вместе?

— Да, он наметил вечеринку на завтра, так что сегодня мы вроде сиамских близнецов. Классная будет вечеринка; между прочим, ты приглашена. В девять часов в “Пиллоу”.

— Это где?

— Ночной клуб в Трибеке. Джордан там часто бывает и очень хвалит. Я сейчас бегу туда посмотреть, что да как.

— Значит, Джордан воспел твои таланты организатора вечеринки?

— Нет, меня лично. Он-де только обо мне и думает.

Улыбка горячей волной распространялась с ее мобильника на мой. Гасить восторги подруги, расписывая дурдом, который царит в этой тесной семейной группе? Нет, это не по мне.

— Умный парень. Ты ему нужна. Адам говорил, что Джордан завяз со вторым альбомом, ему пригодится твое благое влияние.

— Похоже, братцы друг друга недолюбливают?

— С чего бы?

— Джордан говорит, Адам опасен, он агрессивен. Один раз даже на Грэя набросился.

Я запнулась, пытаясь соотнести эту картину с моими впечатлениями от Адама. Соседи-пешеходы не слишком ласково подтолкнули меня локтями: переходя через дорогу — не щелкай клювом, проносящиеся мимо такси того и гляди пополам разрежут зазевавшуюся блондинку.

— Грэй кого хочешь спровоцирует, — вступилась я, подумав: вот и я, не хуже Оливии, бросаюсь на защиту Адама.

— Джордан говорит, Бонни боится оставаться наедине с Адамом, но его мать не видит проблемы и не обращается к врачу.

Насчет дурного характера Адама Райза тоже имела что сказать. Насколько же дурен этот характер? В моей голове вновь раскатился хохот Питера.

— Джордан обвинял Адама в смерти Рассела?

— Нет-нет, — заторопилась Трисия. — Он главным образом самого себя выгораживал, но я подумала, тебе следует об этом знать.

— Ага, спасибо. — Я не испортила Трисии праздник. Грозовая туча прошла мимо нее и пролилась надо мной. Мы с ней обе провели день с рок-звездами, и каков итог? Трисия заполучила песню, я — подозреваемого в убийстве.

13

Дорогая Молли!

Отчего плохие парни так привлекательны? Зачем хорошие и умные девочки делают глупости, поддаваясь дурным парням? Может быть, нам кажется, будто мы можем их спасти, или же мы готовы пасть вместе с ними? Или по-любому всякие отношения заканчиваются ничем, так уж легче расстаться с подонком, чем со святым?

Дрожащая добыча

— Эй, Молли, у вас с Адамом серьезные дела?

На миг мне показалось, что это Питер, и я чуть было не ткнула в него средним пальцем — до чего ж надоел! К счастью, я успела разглядеть, что болтавшийся возле моего подъезда мужчина куда пожирнее Питера. Одет в куртку с множеством карманов и держит фотоаппарат наготове.

Мне удалось на лету переделать оскорбительный жест в приветливый. Слава богам, не хватало еще третьей картинки в интернете, триптих "Молли униженная".

— Привет, — откликнулась я, и незнакомец выступил из-под навеса, давая мне возможность его рассмотреть. — Я вас знаю. Это вы вчера испоганили мне завтрак.

Он поднес навороченную фотокамеру к глазу.

— Где Адам? — спросил он и нажал на спуск.

Как же не сфотографировать! Я прошла двадцать кварталов пешком, и мои вообще-то не слишком послушные волосы разбежались во все стороны, как стая диких зверей.

— Надо бы скорчить гримасу, чтобы испортить вам снимок, но вы же только рады будете. — С этими словами я повернулась к нахалу спиной, однако он принялся кружить вокруг меня, выбирая ракурс.

— Вы не ответили на мой вопрос.

Кто бы на *мои* вопросы ответил! Именно потому, что вопросов накопилось чересчур много, я не принимала звонки Адама — шесть раз мой сотовый протрезвонил с тех пор, как я вышла из приюта невинных дев. Мужчины всегда хотят поговорить не вовремя.

Я прикрыла лицо руками:

— Вы задаете не те вопросы. Нет бы спросить, можно ли фотографировать. Между прочим, у меня тоже есть вопрос: как вы узнали мой адрес?

— Похоже, ассистентам в "Цайтгайсте" маловато платят.

От неожиданности у меня и руки опустились (и лицо открылось):

— Кто это был?

На миг папарацци унялся и наморщил в задумчивости лоб. Не такая уж скверная физиономия: щечки — яблочки, всклокоченная бороденка, приветливые карие глаза. Санта-Клаус после запоя, типа того.

— Вы свои источники раскрываете?

— Нет.

— Вот и я нет.

— Это не одно и то же.

— С моей точки зрения — одно.

— Перемените точку зрения.

— Да полно вам, я-то думал, мы подружимся.

— Полагаю, снимки у вас такие же примитивные, как и мысли? — Я нахмурилась, и он тут же меня щелкнул. — Я даже имени вашего не знаю.

— Кенни. Кенни Крэндел. — Он обтер ладонь о джинсы, прежде чем протянуть мне руку, надо же какой заботливый. И хотя лапища у него здоровенная, рукопожатие оказалось легким и, пожалуй, приятным.

— Давайте начистоту, Кенни Крэндел. Родная мать не стала бы так интересоваться, куда я ходила и с кем. Что вам надо?

— Заснять Адама Кроули, когда он будет выходить из этого подъезда ранним утром с улыбкой во все лицо.

— Как бы вы мохом не поросли ожидаючи.

— Редактор велел мне с вас не слезать, пока я что-нибудь интересное не добуду.

— Кто ваш редактор и чего ради он на меня взъелся?

— Джереми Беркинхольц.

— Ох!

Хлоп — и лопнул шарик праведного негодования. Знала я, знала Джереми Беркинхольца;

хуже того — я прекрасно знала, за что он на меня взъелся. Мы вместе работали в "Запечатанной молнии", нелепом журнальчике с претензиями "исследовать творческий процесс", и мои идеи встречали одобрение начальства гораздо чаще, чем *его*. Джереми видел этому единственную причину: редактор спит со мной. Он имел глупость "обличить" редактора и был уволен.

До меня доходили слухи, что Джереми винит меня в крахе своей карьеры: бедняжка теперь подвизался в "Слайсе". Что он там про меня выдумывает, меня бы ничуть не волновало, если б не выяснилось, что редактор таки да, имел намерения. В результате и я уволилась. Джереми от начала до конца вел себя как подонок, но он почуял запашок, а я и знать ничего не знала. Нельзя сказать, что меня преследовало чувство вины, однако смущена я была изрядно.

— Как дела у Джереми? — вежливо осведомилась я.

— Болван спесивый, но этот болван — мой босс. Так что — когда ждем Адама? — Кенни глянул на часы. — За бургером сбегать успею?

— Успеешь и можешь не возвращаться. Я Адама в гости не жду. Этот снимок — ошибка, у нас с ним ничего нет.

Кенни погладил бородку, пристально вглядываясь в меня.

— Похоже, ты правду говоришь.

— Точно.

— Я пытался объяснить Джереми, что парень занят, но как он увидел вашу фотку, аж затрясся, подай ему вас обоих и статью на разворот.

— Адам занят? — удивилась я и поспешила уточнить: — Не личный вопрос, чисто профессиональный. Он ничего не говорил мне.

— Правда? — Судя по интонации Кенни, меня ожидал шок, когда я услышу, с кем Адам "занят".

Учитывая откровения Райзы, я могла предположить, что на романтическом горизонте Адама появилась очередная модная и недолговременная пассия и к моему расследованию это никакого отношения не имеет. Единственное, что меня интересовало, так это сам факт, что Адам скрыл от меня эту интрижку (а также свою склонность к агрессии). Именно то, что люди скрывают, и требуется раскопать. Придется выпрашивать информацию у Кенни. Кенни будет счастлив.

— Давай уж, выкладывай, — поощрила я. Журналисту не до гордости, когда пахнет интересным поворотом сюжета.

Кенни ухмыльнулся так, что глазки в щеки провалились.

— Что я за это получу?

— Ты ж вроде набивался в друзья?

— А ты сказала, чтоб я не давал волю фантазии.

Поделом мне! Оставалось только рассмеяться. Кенни с удовольствием присоединился к моему смеху, но все-таки повторил:

— Так что же ты мне дашь?

Я протянула руку ладонью вверх:

— Дай мне визитку, и я устрою тебе встречу с Конни Гамильтон, нашим фоторедактором.

Кустистые брови Кенни взметнулись вверх, тень пробежала по жизнерадостной физиономии:

— Надуешь!

— Честное скаутское! Я же знаю, как трудно человеку пробиться. Дальше все зависит от Конни, мое дело вас познакомить. Разве что наш грязный листок кажется тебе не лучше твоего грязного листка.

Кенни извлек из бумажника визитку. Он не сводил с меня глаз, как будто нервный тик или невольное движение глаз могли выдать мою неискренность. Столь же внимательно он проследил за тем, как я прячу визитку в свой бумажник.

— Итак, кто она?

— Оливия Эллиот.

Я чуть было снова не расхохоталась — на этот раз над собственной глупостью. Следовало задать Кенни еще несколько вопросов, прежде чем покупать у него информацию.

— Глупости! — сказала я. За такую чушь пусть не рассчитывает встретиться с Конни!

— Мой друг давно следит за братьями Кроули. Он выяснил, что Адам часто встречается с Оливией Эллиот. Сам проверил.

— Ну встречается, ну и что? Они практически брат и сестра.

— Ты часто встречаешься со своим братом в "Сохо Гранде"?

Инструкторы по вождению учат: если занесет на скользком месте, не бей по тормозам, как бы тебе этого ни хотелось, съезжай потихоньку на обочину и тормоза нажимай плавно.

— Отчего же, я бы встретилась там с братом, если б мы договорились выпить вместе. Хорошие бары.

— В таком случае им, наверное, имело смысл оставаться на первом этаже?

Я готова была упорствовать: мол, лучший в "Сохо Гранде" бар на втором этаже, но ведь бывает и так: сколько ни рули, сколько ни жми (плавно!) на тормоза, все равно слетишь с дороги и врежешься в дерево. Оливия и Адам? Нет-нет-нет! Ведь тогда выходит, что они оба мне лгали, лгали во всем, а в таком случае обрушится и тщательно возведенное мной здание — гипотеза насильственной смерти Рассела.

Я была так глупа, что поддалась обаянию звезд, все приняла за чистую монету? Или все-таки найдется разумное объяснение? Найдется?

Я прикинула, есть ли Кенни выгода лгать. Вроде бы никакой.

— Ты меня за нос не водишь?

— Уж прости, — развел руками Кенни.

— Все в порядке, у нас с ним ничего нет. Но тут есть над чем поразмыслить. — Я еще раз крепко встряхнула руку коллеги: — Спасибо, Кенни! Завтра я поговорю с Конни и отзвонюсь.

Кении поблагодарил меня (судя по кривой улыбочке, не очень-то моим обещаниям поверил) и двинулся прочь. Он думал, что я надую его и не позвоню, а я думала, что он не уйдет, а проторчит еще пару часов за углом, подкарауливая Адама. Но это его дело, я больше не могла тратить время, разубеждая Кенни: работы хватало.

Дома я по-быстрому перевоплотилась в Молли-сыщицу. Переоделась в рабочий костюм — суперски поношенные джинсы "Дизель", водолазку от "Вашингтон Редскинз", ноги босые, — вскрыла упаковку "Раффлз" (со сметаной и сыром), налила двойную порцию "Старбакс Даблшот Лайт" на кубики льда и поставила диск "Кино в половине двенадцатого". Устроившись поудобнее, я увлеклась зубодробительным занятием: пересматривать все факты, что казались мне уже установленными.

Допустим, Кенни прав, и побоку неприятные лично для меня выводы: Адам мной манипулировал, я пошла на поводу и т. д., сосредоточимся на факте, который в свете вновь открывшихся данных кажется еще менее удивительным: когда я намекнула, что к смерти Рассела мог иметь отношение Адам, Оливия расстроилась. Еще бы: я обвинила ее парня в убийстве ее папочки.

Но если эти двое — парочка, с какой стати они это скрывают? Почему никто в семье ничего не замечает (или, во всяком случае, ничего такого не говорит)? Зачем Оливия и Адам превращают свои отношения в тайну?

Клэр!

Если Клэр вмешивается в профессиональную жизнь Адама, значит, столь же бдительно следит она и за частной жизнью сыночка. Учитывая, мягко говоря, нелюбовь Клэр к Оливии... Да уж, не такую подружку выбрала бы заботливая мамочка для своего мальчика. Вот они и скрываются. А поскольку живут они скопом на Риверсайд-драйв, приходится иной раз снять номер в гостинице.

Но зачем скрывать и от меня? Я бы их не выдала, — по крайней мере, пока не наступит дедлайн. И зачем лгать, зачем он флиртует со мной, а она лезет в подруги? Следить за мной, покуда я расследую смерть Рассела? Им это понадобилось бы только в том случае, если б я могла найти что-то, что их самих выставит в дурном свете. Так что же им известно? Более того — что они сделали?

На звонок я ответила автоматически и продолжала говорить, как бы и не замечая зажатый в руке мобильный, так что голос Кэссиди не вполне вернул меня к реальности:

— Он изменяет.

— Нет, не изменяет, этот снимок ничего не значит, и я не на сто процентов уверена, что они — парочка, хотя факты, конечно... — Что-то меня замутило, и явно не от "Раффлз" и "Старбакс".

— Молли! Плохо слышишь? ОН МНЕ ИЗМЕНЯЕТ!

С запозданием осознав, что в мире существуют и другие люди, я перепросила:

— Кто-кто? Аарон?

— Да, Аарон. Больше я ни с кем сейчас не встречаюсь, потому что это он изменяет мне, а не я ему.

— Никогда не поверю.

— Основания?

— Должен же быть на свете хоть один порядочный мужчина?

— Один должен. Но с ним встречаешься ты.

— Вернемся к фактам. Почему ты решила, что Аарон тебе изменяет?

— Я позвонила ему домой. Ответила аспирантка.

— Та самая, которая подделала результаты опыта?

— Та самая.

— Значит, он предоставил ей шанс. Аарон — прекрасный человек, он умеет прощать и помогать людям. А ты сразу: изменяет, изменяет.

— Она была у него дома.

— Мы же знали, что он много времени проводит с учениками. Ты сама говорила: какой он молодец, совсем не отгораживается от молодежи.

— Не до такой же степени! И она смеялась прямо в трубку.

— Ее чуть было не исключили, Аарон ее, можно сказать, из пропасти вытащил.

— С какой стати ты его защищаешь?

— Разве ты не за этим звонишь? Чтобы я тебя немного заземлила? — Повисла длинная пауза. — Ты с Аароном говорила?

— Да.

— Что он сказал?

— Что у него собралась вся исследовательская группа и вместе они придумали, как спасти статью, — произнесла Кэссиди таким тоном, словно ее заставляли поверить в Санта-Клауса.

— Значит, у них были причины смеяться, — подытожила я. Слава богу, хоть чьи-то проблемы удается решить.

— Значит, я ревнивая стерва! — фыркнула Кэссиди.

— Нет, влюбленная женщина, которая хотела бы видеть своего парня чаще, чем удается.

— Почему же я так обозлилась?

— Потому что пока ты не готова признать свою "открытость и уязвимость", не хватает опыта. Привыкла всегда быть за рулем.

— На такое я даже отвечать не стану. Кстати, насчет того, кто за рулем: юрист, с которым свела меня Оливия, в детали углубляться не стал, поскольку еще не все формальности утрясены, однако похоже, что со смертью Рассела положение Клэр только ухудшится.

— Как это?

— Мы с Оливией сказали ему, что готовим мультимедийный проект с музыкой "Внезапных перемен", и теперь, после смерти Рассела, надо же нам знать, чьи подписи нам потребуются.

— Помимо Клэр?

— В первом завещании Мика поручил все Расселу и Клэр на равных правах, но незадолго до смерти мистер Накачанная-Наркотиками-

Звезда задергался насчет того, кто же будет заниматься его музыкой после Рассела и Клэр, и составил приписку к завещанию, согласно которой после смерти Рассела права должны быть распределены поровну между Клэр и “тремя детьми” — именно так юрист именовал их.

— Между Оливией, Адамом и Джорданом?

— Точно. При жизни Рассела Клэр могла ставить палки в колеса. Теперь она одна против троих.

— Стало быть, для Клэр его смерть невыгодна.

— Если она знала о поправке к завещанию. Адвокат думает, что ей не было известно, однако ты же понимаешь...

Меня затрясло: слишком уж страшные напрашивались выводы. И я сделала еще одну попытку:

— Может быть, детей она держит под контролем, а с Расселом справиться не могла.

— Ну уж если тут искать мотив, скорее кто-то из троих детей решил, что тоже имеет право голоса.

Она была права, права, права, но в таком случае приходилось допустить вину Адама, а этому предположению я все еще противилась, сама не зная почему (надо бы с этим разобраться).

— Спасибо, что сходила с Оливией.

— Повеселилась, ага. Выдала себя за продюсера, а что, я бы смогла. Так я должна извиниться перед той университетской сиреной? — без паузы спросила она.

— Ты ее обругала, залезла к ней в Фейсбук, сдала данные ее удостоверения личности нелегалам?

— Ух ты! С тобой я бы побоялась ссориться.

— Поужинаешь завтра с Аароном, объяснитесь, и все будет хорошо.

Кэссиди в очередной раз вздохнула, но это был вздох удовлетворения:

— Так и знала: мне станет лучше, когда я поговорю с тобой. Вечно я спешу с выводами, причем с неприятными.

Мы договорились обменяться новостями еще раз ближе к ночи и на том распрощались. Грызя изнутри губы, я прикидывала, не спешу ли я сама с выводами, и притом неприятными, или же Адам с Оливией действительно... Успокоить Кэссиди было нетрудно, я искренне желала счастья Кэссиди и Аарону. Почему же я не готова признать Оливию и Адама? Потому что Адам поиграл на моих чувствах — или же великий сыщик Молли Форрестер упустила важную деталь и тем раздосадована?

Даже если Адам причастен к смерти Рассела, Оливия ничего не знает... Или?

От этой страшной мысли меня отвлек звонок снизу. К счастью, это был не портье, а Кайл собственной персоной.

— Надеюсь, ты еще не ужинала.

Я виновато глянула на пакет из-под чипсов.

— Маковой росинки во рту не было.

— Я подымаюсь, готовь красное вино.

У меня имелась бутылочка "Барбурсвиль Санджовезе", а Кайл принес лазанью, чесночные хлебцы и готовый салат из кафе за углом. Там работал парень, с которым Кайл вместе учился. Кайл вскрывал коробки с едой, а я открывала вино, уголком глаза следя за моим возлюбленным и гадая, собирается ли он меня поцеловать или ждет, пока я сделаю первый шаг. Начинать сначала очень романтично, однако и запутаться недолго.

— Можно тебя поцеловать? — легкомысленным тоном спросила я.

— Нужно, — ответил он, слизывая с ладони томатный соус.

Я скользнула в его объятия и принялась медленно его целовать, впивая вкус его губ и остатков томатного соуса. Кайл улыбнулся, крепче прижал меня к себе:

— Впервые довелось поцеловать знаменитость.

Я с деланым отчаянием помотала головой. Кайл поцеловал еще и ямочку внизу моей шеи, нет, он совсем не сердился.

— Ты видел фотографию?

— Проверял факты, — пробормотал он, все еще уткнувшись губами в мою шею.

— На самом деле все не так.

— Как всегда.

— Я могу объяснить, — настаивала я.

— Ты уже говорила.

— Просто я идиотка доверчивая.

Кайл погладил меня по голове и прижался губами к моим губам:

— Не надо.

— Но я хочу объяснить! — И кстати говоря, не мешало бы обсудить версию насчет Адама с человеком, который был честен во всем и меня приучал к откровенности.

— После ужина. Лазанья стынет.

Не становись между мужчиной и едой из итальянского кафе. Я подчинилась. Мы разложили еду по тарелкам, то и дело толкаясь — не только потому, что кухня у меня маленькая (она маленькая), но и от избытка чувств. В прошлый раз мы начинали не с этого места, но такое начало мне даже больше нравилось.

Лазанья была настолько хороша, что я перестала считать калории, а самое приятное было потом — сидеть рядышком, закинув стопы на журнальный столик, переплетаясь ногами. Прекрасная минута, такая простая и такая редкая в нашей с ним жизни, и мне совсем не хотелось впускать в наш тесный мирок реальность, но когда Кайл принялся подливать мне в бокал, пришлось остановить его:

— Погоди. В семь тридцать мне придется ненадолго отлучиться, и лучше пока оставаться трезвой. Ты меня подождешь? Это быстро.

— Дела? — уточнил он, оставив в покое мой бокал и подливая себе. Значит, он останется.

— Да.

— Адам Кроули?

— Имеет к нему отношение. Нет, честно! Его мать. Буквально потребовала этой встречи.

— Влетит тебе за поцелуй?

— Авось обойдется.

— Скажи ей, что это для статьи.

— Так и есть. Я решила встретиться с ним, потому что все говорят о нем по-разному, ничего не поймешь, а он вдруг набросился на меня...

— Набросился? — Кайл приподнял брови, но у него это выходит смешно, а не грозно.

— Все говорят разное, и я не могу разобраться... — Я умолкла, потому что мне показалось, будто Кайл хотел что-то вставить, но передумал. — Что?

Он выдержал легкую паузу и сказал:

— Ничего. Я посижу тут, подожду тебя.

— Что ты хотел сказать?

Он покачал головой и взял в руки бокал:

— Может быть, я даже книжку почитаю!

— Ты собирался что-то сказать и замолчал.

Покачав бокал, Кайл поднес его к свету:

— Говорят, будто на стенки ложится осадок, а вот почему, забыл.

— Что ты хотел мне сказать?

— Тебе никто не говорил, какая ты упорная? — резковато поинтересовался он.

— Почему вдруг?

— Потому что так вежливее, чем назвать тебя упертой.

— Это ты и хотел сказать?

Кайл решительно отставил бокал.

— Я хотел сказать кое-что насчет твоей подружки и передумал, поскольку мы решили не переступать черту и не вмешиваться в работу друг друга. Так что отстань, пожалуйста.

Отстать было нелегко, но и настаивать после такого заявления я не могла. Соскоблив с тарелки последний кусочек приставшей моцареллы, я постаралась заглушить в себе пламенное желание выведать, что же такое Кайл хотел мне сказать. Не получилось. Еще минута — и я бы испортила наши отношения, вцепившись в Кайла и потребовав ответа, но тут в дверь постучали.

Я состроила обаятельную (будем надеяться) гримасу и подошла к двери.

— Кто-то из соседей учуял лазанью и жаждет присоединиться?

В глазок я разглядела Адама Кроули.

Раздираемая противоречивыми эмоциями, я открыла дверь. Больше всего меня обозлило, что он явился без приглашения, нет, еще хуже, что портье впустил его, не спросив меня. Тодд торчал у лифта и таращился на Адама, как влюбленная жаба.

— Вы знакомы с Адамом Кроули! Потрясающе! — проворковал он, запихал себя в лифт и нажал на кнопку.

— Симпатяга, — пробормотал Адам, и голос его прозвучал как-то странно. Он подался вперед, словно хотел меня поцеловать, и потерял равновесие. Лишь когда Адам неуклюже выбросил вперед руку, чтобы опереться на стену и не упасть, я сообразила, что он пьян. В дугу.

— Как ты узнал, где я живу?

— Весь мир на кончиках пальцев. — Свободной рукой он помахал у меня перед носом. — Гугл, деточка! — Он выпрямился, подмигнул мне и чуть не упал.

Я оттолкнула его, придала ему более-менее вертикальное положение.

— Что тебе здесь понадобилось?

— Ты, — кратко ответил он. Даже у стенки он стоял с трудом.

— Зачем это вдруг? Уходи.

— Только ты...

— Хватит. Прекрати манипулировать мной, Адам!

— Не злись.

— Ты все время лжешь.

— Нет.

Кайл легонько тронул меня рукой за плечо, выходя на лестничную площадку. Присмотревшись к Адаму, он неодобрительно присвистнул.

— Вызови лифт, пусть едет вниз.

— Нет, — запинаясь, выговорил Адам. — Помоги... мне.

— Так, приятель, обопрись на меня и не беспокой даму. — Кайл протянул руку, но Адам оттолкнул его, пошатнулся и вдруг принялся вслепую махать руками. Морщинка над переносицей Кайла стала еще глубже. Он схватил Адама за обе руки и пристально всмотрелся в его зрачки:

— Что ты принял, Адам?

— Ничего... — Адам пытался сфокусировать взгляд на Кайле, но безуспешно.

— Где ты был? — настаивал Кайл.

— Не помню.

— Ты был один? Кто с тобой был?

— Может быть....

— Тебе что-то налили? Дали принять?

— Ты думаешь, ему что-то подсыпали?

Кайл не ответил, он был слишком занят, но голова Адама подалась вперед, и я подумала было, что он кивнул, но тут он всем телом рухнул на пол.

14

Мыться в душе вместе с мужчиной — чистое (без каламбура) удовольствие, и не так уж часто оно выпадает на мою долю. Мыться в душе с двумя мужчинами... такой сексуальной фантазии у меня не было, а если б была, вряд ли бы я мечтала стоять под ледяной водой полностью одетая и следить за тем, чтобы один из мужчин не сблевал на другого. Да, в реальной жизни все оно как-то...

Кайл поднял Адама с пола и приволок в ванную, прежде чем я толком осознала тот факт, что Адам Кроули грохнулся у входа в мою квартиру. Когда я очухалась и прибежала вслед за ними в ванную, Адам уже блевал над унитазом, а Кайл одной рукой придерживал его за ворот, а другой нащупывал кран душа. Дождавшись, чтобы Адам полностью очистил желудок, Кайл втолкнул его под душ — я только успела содрать с парня кожаную куртку стоимостью в мою квартплату. Куртку я закинула к себе в спальню, поспешно опрыскала ванную лизолом. Адам начал барахтаться в руках Кайла и даже пробовал сопротивляться, так что я поспешила на помощь, хотя для троих моя ванная тесновата. Впрочем, из нас троих я рисковала меньше всех — на мне была старая, легко поддающаяся стирке одежка.

— Как хорошо, что ты успел дотащить его сюда прежде, чем ему поплохело, — похвалила я Кайла.

Тот пожал плечами — холодная вода его не пугала — и сообщил:

— Я вызвал у него рвоту.

Адам простонал. Я хотела было уточнить технические подробности, но вовремя сообразила, что от них и мне поплохеет, и раз в жизни придержала язык. Адам простонал громче, тяжелые веки не поднимались, руки мотались бессильно.

— Лучше не спрашивать, о чем ты хотела спросить на этот раз, — подмигнул мне Кайл.

— В глазах Господних ты важнее, Ганга Дин[1]. И влажнее.

— Остроумие следует вознаграждать аплодисментами, но боюсь уронить твоего приятеля.

— Хорош приятель! Одурачил меня, пытался сбить со следа! — Я сама удивилась тому, с какой злобой это было сказано.

— Думаешь, он замешан?

— Весьма вероятно.

Адам зашевелился, куда-то порываясь, сам не зная куда. Кайл иронически покосился на пациента:

1 Ганга Дин — персонаж стихотворения Р. Киплинга, индус-санитар. К нему обращены слова солдата: "В глазах Господних ты лучше, чем я".

— Может, бросить его?

— Давай! И чтоб ушибся посильнее.

— Все равно не почувствует. Он не просто пьян, он наглотался какой-то дряни.

— Ох, нет! — вскрикнула я, чувствуя, как у *меня* сжимается желудок. — "Виски и таблетки"?

Кайл узнал строчку из песни, помнил он и о вероятных причинах смерти Мики и Рассела, вот только про концерт я не успела рассказать. Я быстренько, пунктиром, наметила основные факты, пока мы тащили Адама из-под душа и я на ходу вытаскивала из шкафа все полотенца подряд.

— Да, — сказал Кайл. — Таблетки.

Адаму стало получше, он смог самостоятельно присесть на толчок. Кайл аккуратно снял с него промокшую рубашку, туфли. Обернулся ко мне:

— Ты уже видела его голым?

— Только не хватало! — возмутилась я.

— Прекрасно. Тогда выйди отсюда и предоставь его моим заботам. Принеси свой старый халат, синий с белым. Запихаю его в халат.

— А тебе?

— Принеси... — Кайл запнулся, улыбнулся смущенно: — Ну да, у меня здесь не осталось одежды.

Перед разрывом мы практически жили вместе, у Кайла завелся целый гардероб в моей квартире, но, уходя, он все унес с собой. Один только предмет забыл.

— Вообще-то осталась пара трениseveralов, я так и не собралась их тебе вернуть.

— Вот и умница.

Сама я быстренько переоделась в любимый льняной костюм от Ральфа Лорена, доспехи, в которых я хожу на интервью и трудные разговоры. Затем с помощью фена кое-как распушила влажные волосы, но тут-то и призадумалась: куда я, собственно говоря, намылилась? Побеседовать с Клэр Кроули, оставив ее одурманенного сынка на попечение моего бойфренда?

— Почему бы и нет? — удивился вышеупомянутый бойфренд, когда я озвучила свои сомнения. — Может, она и не знает, где сейчас Адам. Было бы интересно выяснить, что она думает о его местонахождении и догадывается ли, что он попал в беду.

Адам полулежал в моем кожаном кресле, весь закутанный в махровое полотенце, дите дитем. Он все еще не пришел в себя и меньше всего походил на очаровательного и старающегося очаровать парня, который целовал меня утром. Весь этот имидж измученного артиста, "плохого парня с хорошей песней", растворился под холодными струями душа, передо мной сидел-дрожал какой-то жалкий студень. Только жалеть его я не собиралась, слишком высоко поднялся он в моем списке подозреваемых.

— Как ты думаешь, он сам решил наглотаться? Еще один передоз в семействе Кроули?

А вот Кайл, на мою беду, выглядел еще соблазнительнее, чем в начале вечера: растрепанные мокрые волосы, плотно облепившие бедра треники металлического цвета, на груди распахнута моя старая фланелевая рубашка. Еще одна причина остаться дома... но Кайл буквально выпихнул меня за дверь.

— Чутье мне подсказывает, что тут дело нечисто. Попытаюсь привести его в чувство, может быть, что-то расскажет.

— А если это он убил Рассела?

— Я не раз имел дело с подозреваемыми в убийстве, справлюсь, спасибо. Если он сознается, я все запишу, обещаю.

— Уверен, что он обойдется без врача?

— Станет плохо, позвоню. Я помню телефон.

— Мой или "Скорой"? — спросила я, уже стоя на площадке.

— Расслабься и положись на меня! — Кайл потянул дверь на себя, словно я собиралась вернуться в квартиру и посмотреть, как там Адам.

— Конечно, конечно.

— Делай свое дело. Об этом типе я позабочусь, — сказал Кайл твердо, чуть ли не с раздражением, так что я отодвинулась от двери.

Как поблагодарить его за помощь, чтобы это не прозвучало так, словно Кайл работает со мной, или на меня, или еще как-то? Я открыла рот в надежде, что красивые слова выскочат сами собой, но Кайл повелительно махнул рукой в сторону лифта:

— Ступай!

Внизу навстречу мне поднялся Тодд, бессвязно бормоча, дескать, впервые в жизни он видел рок-звезду лицом к лицу и сколько еще Адам пробудет у меня. Я резко оборвала эти излияния:

— Никому не говорите, что он здесь. Никому, Тодд. Если информация просочится, я буду знать, кто это сделал, и у вас будут неприятности, Тодд!

Тодд выпрямился и разыграл целую пантомиму — "запер" губы и выбросил ключ. Могила. Ага, так я и поверила.

Но по-настоящему, до ощущения ледяных пальцев, сжимающих внутренности, я испугалась, сидя за столом напротив Клэр Кроули — за огромным лакированным столом, размерами и помпезностью смахивавшим на дорожку для боулинга. Возле Клэр сверкал поднос с коктейлями — дворецкий-филиппинец внес его и вышел, ступая на цыпочках. Любуясь сверканием граненых стаканов, я прикидывала, где тут виски, а где виски с таблетками, но решила, что еще успею выяснить.

Шелковая открытая блуза от Роберто Кавалли и высокие красные босоножки от Стива Мэддена производили впечатление, даже пугали. Я утешалась мыслью, что Клэр нарядилась не в мою честь, что она собирается куда-то на вечер. С ее навыками она сумеет выцарапать мне глаза и не запачкать кровью костюм.

— Вы меня избегаете! — Голос звучал ровно, однако обиду Клэр не скрывала.

— Не нарочно, — возразила я, решив начать как можно легкомысленнее, там посмотрим, куда кривая вывезет. — Некоторые ваши родственники теребят меня, так что, уж простите, не хватает времени.

Клэр то ли сморщила губы, то ли изобразила улыбку.

— Оставьте моего сына в покое! — И для пущей выразительности постучала розовым ногтем по столу.

Кайл угадал верно: будет мне выволочка за тот поцелуй.

— Вы считаете, я навязываюсь Адаму? — Я позволила себе интонации оскорбленной невинности.

— Лезете, навязываетесь — называйте это как хотите.

— Нелегко быть матерью очень красивого и талантливого парня. Моя мама грозилась обнести сад колючей проволокой, а брат всего-навсего играл в университетской баскетбольной лиге — ни таких денег, как у Адама, да и обаяния вполовину меньше. Так что я вполне понимаю, с какой подозрительностью вы воспринимаете любую женщину в радиусе мили от вашего сына, однако меня интересует статья, а не он.

— Тогда что же означает фотография, которая с утра висит на всех сайтах?

— Розыгрыш. — Ага, хитрый такой розыгрыш. — Спросите Адама. Или его настоящую подружку.

— У него никого нет.

Деликатность не входит в число существенных моих достоинств, но я напряглась и ни словом не упомянула о свидании с Оливией в отеле "Сохо Гранд". Вдруг Клэр ничего не знает? Центральное светило галактики Кроули, вокруг которой вращаются и яркие звезды, и тусклые планеты — вдруг звездам и планетам удалось что-то от нее скрыть? В таком случае чего еще она может не знать? Если Адам причастен к смерти Рассела, возможно ли, чтобы Клэр ничего не подозревала?

Клэр нетерпеливо покосилась на меня: чересчур многозначительная вышла пауза. Откуда-то появился пухлый конверт, скользнул ко мне по гладкой поверхности стола. Пухлый, но все же не очень толстый и вроде бы в нем ничего не тикало. Почему-то я медлила взять его в руки.

— Откройте! — предложила Клэр. — Это для вас.

— Что вы! — забормотала я, не прикасаясь к подарку. — Зачем?

— Откройте. Это ваша статья.

— Не может быть! — Я таки открыла конверт и обнаружила внутри фотографии и какие-то бумаги, подозрительно смахивавшие на пресс-релиз.

— Разумеется, писать за вас мы не стали...

— И на том спасибо.

— Но мы с Грэем собрали все, что может вам понадобиться для хорошей, взвешенной статьи об Оливии.

— И говорить больше ни с кем нет надобности.

— Вот именно.

— Для "взвешенной статьи" достаточно представить вашу точку зрения — она же единственно верная.

— Думаю, так будет лучше для всех. Вам налить?

Коктейль из ее рук — все равно что румяное яблочко из рук ведьмы. Запихивая обратно в конверт его содержимое, я пыталась понять, что творилось в голове человека, предложившего мне ЭТО. Неужели она ожидала, что я с милой улыбкой приму "готовые материалы", да еще и спасибо скажу? Эта женщина привыкла получать все, чего хочет, и она общалась только со своим избранным кругом, но даже для нее это чересчур.

— Скажите, миссис Кроули: почему вы думаете, что я соглашусь взять этот конверт и на том прекратить работу?

— В противном случае я могу связаться с вашим редактором и запретить статью — или выписать вам чек.

— Либо шантаж, либо подкуп? Вы меня шокируете, миссис Кроули.

— Не стоит обижаться. Я могу выписать чек благотворительной организации по вашему выбору. Если вы пока не занимаетесь благотворительностью, я могу подсказать вам, кому стоит помочь.

Она готова не просто дать взятку — еще и облечь ее в пристойную форму. Под женственной маской таилась маньячка — такой только дай все спланировать и проконтролировать. Интересно было следить за тем, как обнажается истинное существо человека. Я подтолкнула конверт к ее краю стола:

— Нет уж, спасибо.

— Глупо. Ничего интересного вы для своей статьи не нароете.

— Тогда что же вы так тщательно оберегаете от меня?

— Вы даете повод для нелепых слухов, привлекаете ненужное внимание к Адаму и другим членам семьи. Нам и без того проблем хватает. Вы должны понять мать, которая старается защитить своих детей.

— А если дети этого не заслуживают?

Клэр с такой силой ударила обеими руками по столу, что даже у меня ладони заныли.

— Вот об этом-то я и говорю! Домыслы! Сплетни! Ненужное внимание. Мой сын ничего дурного не сделал. Никто из нас ничего не сделал.

— Но Рассел Эллиот мертв.

— Он сделал свой выбор.

— Как Мика?

— Не лезьте в это!

Я хотела было уточнить, во что, собственно, не следует лезть, но угадала ответ по ее лицу:

— Не упоминать о том, что двое близких к вам мужчин покончили с собой?

Я оскорбила ее и нисколько о том не жалела. Эта женщина позволила себе обращаться со мной как с назойливой собачонкой, пусть получает сдачу той же монетой.

— Это вас беспокоит? Люди будут сплетничать о вас? Но вы же хотите оказаться в центре внимания — все равно по какому поводу.

Клэр поднялась, провела кончиками пальцев — ногтями скорее — по своей шелковой блузе, вот-вот в кого-нибудь вцепится, только не в меня, хорошо, что стол такой широкий.

— Вы ведете себя непрофессионально!

— Смешно это слышать от человека, пытавшегося меня подкупить.

— Я предлагала компенсировать вам расходы и потраченное время.

— Разумеется. Будь все так просто, вы бы и не вспомнили про меня и мою статью. Теперь-то я точно знаю: вы что-то скрываете.

Она стремительно обошла стол — я не успела ни отскочить, ни укрыться. Гнев стер все краски с ее лица, и рука, сжавшая мои пальцы, была холодна как лед.

— Я просто пытаюсь защитить семью, — прохрипела Клэр. — Мой муж прижил ребенка с другой женщиной, но я сохранила семью, и мы были счастливы вместе. Он умер, но мы остались все вместе и были счастливы. Теперь умер наш близкий друг, но я не допущу, чтобы на этом семья распалась.

— Бессмысленно бороться со мной, самое главное уже всем известно, — предупредила я. — Все знают о “пленках из отеля”, гадают, куда они делись. Можете испортить мне карьеру, но слухи будут распространяться, и очень скоро их подхватит кто-нибудь другой.

— Проклятые пленки! — вырвалось у нее. Она отбросила мою руку и вернулась на свою сторону стола. — Я бы их сожгла, попадись только они мне в руки.

— Почему? — уточнила я, решив пока не спрашивать, сожгла ли она их на самом деле.

Клэр уронила ледяной кубик в стакан и уставилась на него так, словно кубик сам должен был ей подсказать, какой напиток налить.

— Представьте себе, что вы замужем за Пикассо. Однажды вы натыкаетесь на целый склад картин и набросков, которые он сделал, когда был не с вами. Все эти работы прекрасны, от них прямо-таки дух захватывает. Они лучше, чем все то, что он показывал вам. Но там только один ваш портрет. Один набросок. Только один.

Я отвлеклась, следя за тем, как Клэр (очевидно, по совету ледяного кубика) наливает себе на четыре пальца водки.

— Вы сожгли пленки, потому что нашли только одну песню, посвященную вам? — не сразу сообразила я.

Клэр грустно улыбнулась мне.

— Я полюбила Мику Кроули в первую же минуту, как увидела его. Он сидел на низкой кирпичной стене возле университетской библиотеки, согнулся над своей гитарой. Ни гроша в кармане, а мне было наплевать. Я верила в него, приносила жертвы, прощала ему все.

А он написал для меня только одну песню. Эгоист проклятый!

"Сколько дашь любви, столько и получишь", — запели у меня в голове Леннон и Маккартни. Существуют ли и другие математические законы любви? К примеру, наступает момент, когда любовь обнуляется причиняемой болью или обещания уравновешиваются ложью? Мы все волей-неволей ведем счет, даже если не собираемся выиграть по очкам. Какой бы метод вычислений ни применяла Клэр, она подвела итоги, и за Микой остался изрядный должок.

— Какую песню он вам написал?

Клэр покачала головой:

— Он даже не удосужился записать ее как следует. Только на этих пленках и была. Ее больше нет.

— Зачем же вы оставались с ним?

Этого вопроса Клэр не ожидала, а я не ожидала увидеть такую откровенную боль на ее лице.

— У меня сын.

Династия рок-н-ролла. Король умер, и править будет мой сын. Любой ценой, ценой чужой жизни.

— Сын, которому наплевать на рок-н-ролл, — тихо напомнила я.

Я хотела ее спровоцировать, но опять же не до такой степени.

— Мальчик ищет свой путь, ищет вдохновение, — по слогам отчеканила любящая мать. — Второй альбом будет потрясающий.

— Джазовый альбом?

Клэр чуть не взорвалась — и этот взрыв, несомненно, унес бы и мою жизнь. Она собрала свои элементы воедино с таким усилием, что я физически почувствовала нарастающее давление:

— Я смотрю, он совсем заморочил вам голову.

— То есть? — невинно переспросила я.

— Вся эта чушь насчет экзотического или эзотерического джаза. Это для отвода глаз, чтобы не знали, чего ждать от его альбома. — Как бы четко ни произносила монархиня эти фразы, меня убедить ей не удалось. Многое Адам удачно симулировал, в том числе мужскую заинтересованность во мне (скорее всего, также и непричастность к смерти Рассела), но страсть к джазу была в нем подлинной.

— Рок в его крови! — разогревшись, вещала Клэр.

— Как инфекция?

— Как ДНК! Он сочиняет и поет в точности как отец. Одна удачная песня — и он на коне.

— Да, об этом он говорил.

— Он скоро напишет ее, его опалит это пламя, мощная волна... — Эйлин одобрила бы такое нагромождение метафор.

— Мы говорим о музыке или пытаемся шаманством воскресить Мику?

Клэр улыбнулась загадочной и темной улыбкой пророчицы:

— Будет и то и другое.

Что-то холодом дохнуло мне в затылок, волосы на шее приподнялись. Может быть, я была права, когда отказывалась включить Адама в списки подозреваемых?

— Рассел хотел того же?

— Рассел любил Адама и хотел для него всего самого лучшего. Он бы на все пошел ради него.

— Но пленок из отеля он ему не дал.

Лицо Клэр передернулось, веки опустились, как будто начался внезапный приступ мигрени.

— Пленок нет!

— Рассел хотел, чтобы Адам нащупал свой путь. Вы хотели вернуть мужа, даже если бы пришлось силой заставить сына продолжить *его* путь.

— Доброй ночи!

— Вы дали Расселу таблетки, чтобы спокойно обыскать его квартиру, и промахнулись с дозой, или вы намеренно умертвили его, чтобы лишить Адама поддержки?

Заранее я не планировала обвинить Клэр в лицо, но кусочки мозаики с такой скоростью скользнули и встали на место, что я не могла удержаться.

— Вон! — односложно пролаяла Клэр и сама вышла из комнаты, даже не оглянувшись. Бесшумно явился дворецкий — проводить меня до двери, убедиться, что по дороге я никуда не сверну, не загляну в потаенные уголки. Из профессионального любопытства я прихватила с собой заготовленный Клэр конверт.

Впервые услышав от Оливии гипотезу, будто Клэр отравила ее отца, я предположила, что речь идет о борьбе за деньги и творческое наследство, однако теперь я убедилась: важнее всего для Клэр контролировать семью, и в первую очередь сына. Любой ценой затащить его обратно на сцену, и ему же будет хуже, если Адам сочинит для мамочки меньше песен, чем она заслужила!

Но как доказать виновность Клэр? Улик не прибавилось, тут Кайл прав. Но если Клэр кто-то помог (к примеру, Грэй Бенедек), можно столкнуть их лбами, нащупать слабое звено. Особенно если окажется, что в итоге проблемы появились у Адама.

Будем надеяться, думала я, к тому времени, как я вернусь домой, Адам сумеет объяснить, что произошло. Суметь бы он сумел, только он был настолько поглощен игрой в криббидж, что не смог уделить мне и пяти минут.

Вместо мрачной вахты у одра больного в моей квартирке развернулась превеселая вечеринка. Пока меня не было, явились Трисия с Кэссиди — им, видите ли, вздумалось устроить мне сюрприз, — и конечно же они остались позаботиться о Кайле и Адаме до моего возвращения. Сбросили туфли, вскрыли пакеты с попкорном, смешали коктейли для всех, кроме Адама, так что обстановка в доме оказалась куда приятнее, чем запомнилось мне в момент ухода. Это было мало похоже на собрание друзей или родственников, присматривающих за потенциальным самоубийцей, скорее клевые ребята собрались познакомиться со студентом-новичком.

Адам пил чай с молоком из огромной пиалы — похоже, Кэссиди использовала миску для хлопьев. Лицо все еще нездоровое, но краски понемногу возвращались к нему. Кайл уведомил меня, что сознание к Адаму вернулось полностью, а вот припомнить, где он был и с кем, прежде чем рухнул на моем пороге, он пока не может. Трисия расспрашивала Адама про его детство, как ему жилось-рослось в знаменитой семье, и морщилась от комментариев Кайла: дескать, из рассказов Адама совершенно очевидно, что Джордан — "плохой брат". Кэссиди больше хотела знать, какой самый неприличный предмет или какую часть тела Адаму когда-либо предоставляли для автографа.

Я сообщила Адаму, что побывала у его матери, и его оживление створожилось.

— Зачем это вы?

— Меня вызвали.

— Обо мне говорили, да? — без вопросительной интонации произнес он и дрожащими руками отставил чай.

— Она обвинила меня в том, что я вам навязываюсь, — продолжала я. Немые участники нашей беседы так и уставились на меня.

— Простите. — Адам выдавил из себя улыбку.

— Пусть себе. Я в долгу не осталась и обвинила ее в убийстве Рассела Эллиота.

Кто выдохнул громче других? Думаю, первое место поделили Адам и Трисия, у Кайла и Кэссиди челюсти отвалились, но звук был потише.

— Зачем ты это сделала? — жестко выговорил Кайл.

— Потому что все сложилось.

Он принялся пощипывать нижнюю губу. Задумался: сильно ли я подставилась, как это скажется на Адаме, не пора ли отправить Кэссиди с Трисией по домам. Он обернулся к Адаму, собираясь как-то сманеврировать, быть может, извиниться за меня, но замер при виде странного выражения на его лице: с такой вымученной улыбкой больной пытается уверить себя, что анализы будут в норме, хотя уже чувствует что-то неладное.

— Адам? — осторожно окликнул его Кайл. Похоже, в мое отсутствие эти двое нашли общий язык. Может быть, потому, что оба облачились в мою одежду?

— Это бы все объяснило, — вымолвил наконец Адам.

— Чти отца своего и мать свою, — сурово намекнула Кэссиди.

Адам покачал головой и продолжал качать до тех пор, пока Трисия не присела рядом с ним на диван, подставив под больную головушку свое ласковое плечо.

— Рассел слишком часто говорил ей "нет".

— Думаю, она не хотела его смерти, — подбодрила я Адама и вкратце изложила свою теорию.

— И ты все это выложила ей? — вмешался Кайл. Я кивнула, он тяжело вздохнул. Все ясно: поговорим позднее — то есть со мной поговорят.

— Единственный кусочек, который не укладывается в мозаику, — это ты сам, — обратилась я к Адаму. — Что с тобой нынче приключилось? Не пыталась же родная мать отравить тебя?

— Может быть, ее сообщник перестарался? — подкинула гипотезу Трисия.

— Или кто-то пытается поквитаться с ней через тебя, — добавил Кайл.

— Или еще у кого-то есть другой мотив, — не осталась в стороне Кэссиди.

— Нет. Нет, нет, ничего подобного. — Голос Адама вдруг окреп.

— Почему ты так уверен? — уточнила я.

— Потому что я был с Оливией. Это последнее, что я помню.

15

— Я похожа на шлюшку?

— Совсем не все мои поклонницы шлюшки, — запротестовал Адам.

— Только самые известные? — Трисия расстегнула еще одну стратегическую пуговицу, и блузка едва не соскользнула с ее плеч.

— Не хотелось портить вам забаву, — вмешался Кайл со своего места (на диване возле Адама), — но если б вы не так бросались в глаза...

— И что тут веселого? — возмутилась Кэссиди, завязывая полы блузки узлом и выставляя напоказ свой плоский (на зависть) живот.

Когда Адам признался, что был с Оливией и это последнее, что он помнит, у меня с языка сорвался вопрос: "В "Сохо Гранде"?" — отчего все, включая Адама, пришли в замешательство. На Кенни я в любом случае ссылаться не стала бы, и не пришлось, поскольку Трисия тут же вцепилась в Адама:

— Вы с Оливией? Это же почти инцест!

— Мы с ней не спим, — скривился Адам. — Она мой психотерапевт.

— Сеансы в гостинице? — недоверчиво переспросил Кайл.

— Пусть уж лучше меня фотографируют у входа в отель, — разгорячился Адам.

— Лишь бы не у входа в приемную психотерапевта? — подхватила Трисия.

— Забавно, — протянула Кэссиди. — Пусть, значит, за ублюдка считают, лишь бы не за придурка.

Адам с мольбой поглядел на меня:

— Ты-то понимаешь, каково это, когда любой твой поступок выдернут из контекста и комментируют, и комментируют?

Я понимала, но отвлекаться никому не позволила.

— За ужином с вами кто-нибудь был? — надавила я на Адама.

Он нахмурился, пытаясь сосредоточиться.

— Кто-то подходил к столику, но...

— Оливия оставляла тебя с этим человеком наедине? — вмешался Кайл.

Глубокие морщины избороздили лоб Адама, но урожая эти борозды не дали. Я позвонила Оливии — автоответчик. Я оставила срочное сообщение с просьбой перезвонить и отсоединилась.

Кайл только головой покачал, когда я вызвалась пойти в отель и все разузнать, но Трисия и Кэссиди с энтузиазмом откликнулись. Адам смотрел мрачно — вероятно, его снова мутило.

Кэссиди с Трисией в очередной раз прочесали мой гардероб — на этот раз в поисках шмоток для одурелых фанаток рока, и тщетно я заверяла, что в моем шкафу ничего подобного не водится. Быстро выяснилось, что одежда (как и шутки ниже пояса) зависит от того, как ее подать: опустить пояс пониже, расстегнуть ворот (и еще половину пуговиц), хищный оскал — и самый пристойный костюм обернется откровенной провокацией. Мы явно преуспели, судя по гримасе ужаса на лице Кайла.

— Дурацкая, во всех отношениях дурацкая затея, — бормотал он, а я между тем стягивала юбку еще ниже.

— В смысле спустить юбку дурацкая затея или все вообще? — спохватилась я, почувствовав вдруг ледяной ком в животе, и подтянула юбку на место.

— Да.

— Мы только выясним, кто был вечером с Адамом, это поможет ему вспомнить, — заныла я.

— Вполне может быть, что кто-то пытался его убить, — осипшим голосом выговорил Кайл. — Вы сами напрашиваетесь на неприятности.

— Никто ничего мне не сделает, пленок-то у меня нет. — Я постаралась убедить разом нас обоих.

— Этого убийца не знает. Вам нужно прикрытие.

Зря он высказал сразу две мысли — они столкнулись в лобовую у меня в мозгу (надеюсь, это не каламбур), и запомнилась мне только вторая. Я не была вполне уверена, предлагает ли Кайл свою помощь, а переспрашивать не хотелось. Я стремилась сохранить наши отношения — романтические, отнюдь не профессиональные.

— Я просто задам пару вопросов — и сразу домой.

— Когда у тебя что выходило просто? — Он уже натягивал рубашку, и стало ясно, что Кайл собирается полностью одеться и идти вместе с нами.

— Кто-то должен остаться с Адамом, — замельтешила я. — Если мы втроем поболтаем с людьми в баре отеля, будет гораздо лучше, чем если ты явишься с вопросами. Мы не так бросаемся в глаза.

— Ага, совсем не бросаетесь. Особенно в таком прикиде, — сощурился он.

— Спасибо, — проворковала я, выманив у него улыбку и поцелуй.

Вообще-то мы и правда отлучились ненадолго. Мы точно угадали "гламур" в стиле "Сохо Гранд бара", прямо посередине спектра угодили. Большая, очень теплая комната с глубокими мягкими креслами и пышными драпировками позиционируется как "гостиная" и с архитектурной точки зрения даже похожа на гостиную, вот только у меня в гостиной не собиралась столь пестрая — как внешне, так и по содержанию — толпа. Наши яркие перышки и расстегнутые пуговицы тут вовсе не казались неуместными.

Мы бы не выделялись из толпы, но Кэссиди выделяется всегда и везде. В тот вечер она раскрыла декольте и обнажила бедро, и тут же набежали ухажеры, чуть ли не на руках понесли ее в бар. Мы с Трисией поспешали следом, я умеряла шаг, опасаясь остаться без юбки.

Официантку звать не пришлось, она примчалась с тремя танжериновыми мартини от (временно) неизвестных поклонников, — еще одно преимущество охоты в компании Кэссиди, и нечего ей смотреть на меня жалобным взглядом девочки, мечтающей о десерте, когда на тарелке еще полно гарнира:

— Нам лучше отказаться, да, Молли?

— Если вы откажетесь, я столько неприятностей огребу от парней, которые вас угощают, — с неизменной улыбкой пожаловалась официантка. Симпатичная, средиземноморского облика, ярко-оливковая кожа и сильные руки — поднос даже не дрогнул, пока мы принимали решение.

— Нельзя причинять человеку неприятности! — постановила Трисия, составляя бокалы с подноса на стойку бара.

— Спасибо. — Усталая улыбка сделалась более искренней. — Спасли мне вечер.

— Отплатите нам услугой?

Официантка чуть морщила носик:

— От кого угощение, говорить не...

— Нет, другое. Говорят, Адам Кроули, тот самый, рок-певец, сюда часто заглядывает?

Теперь улыбка сделалась сочувственной, официантка внимательнее оглядела нас. Я затаила дыхание в надежде, что она примет за чистую монету наши костюмы фанаток.

— Ага, заходит, но сегодня вы с ним разминулись.

Она двинулась было прочь, но Трисия уронила на поднос двадцатку, и это заставило девушку остановиться и дополнить информацию:

— Обычно он приходит по понедельникам и четвергам. Возвращайтесь к нам в понедельник.

— Простите, вы не представились, — вмешалась я.

И снова усталая улыбка.

— Точно. — Она спокойно глядела мне в глаза, и я глядела, выжидая. Обе мы досчитали до тридцати, и улыбка согрелась.

— Викки.

Вряд ли это было ее настоящее имя, но для задушевного разговора сойдет.

— Викки, сегодня он был один? — спросила я.

Викки задумчиво надула губы:

— Вообще-то Адам такой клевый...

— Это мы знаем! — с энтузиазмом подхватила Трисия.

— Я что хочу сказать — я с людьми из таблоидов дела не имею. Особенно когда хотят вызнать про клевых парней, — уперлась Викки.

Счет в партии "Викки против наших прикидов": один — ноль. Но я так легко не сдаюсь.

— Мы не из таблоида, Викки, — заговорила я, — мы просто... — Я огляделась по сторонам, как будто опасаясь, что кто-нибудь подслушает, и продолжала, доверительно понизив голос: — Подруга сказала, что сегодня ухитрилась его зацепить, а мы думаем, врет.

Викки, похоже, обиделась за Адама:

— Врет-врет. Он зашел, выпил с парой друзей и ушел. Не было тут больше никого.

— Так, может быть, наша подруга была в этой "паре друзей"? — вступилась Кэссиди.

— Нет, я знаю обоих. Во-первых, с ним была Оливия Эллиот, они очень дружны и часто приходят сюда вместе.

Тут я не сдержалась:

— Говорят, более чем дружны, — и я выразительно задвигала бровями. Подмигнуть не получилось.

Викки вздохнула:

— Она бы, может, и не прочь, но — уж поверьте мне, на моей работе сразу видишь, что к чему.

Теперь задвигала бровями Кэссиди, у нее это получалось лучше, тем более что подмигивала она мне, а не официантке.

— Думаете, Оливия влюблена?

— Не мое дело. — Викки уперлась каблуками в пол, собираясь покинуть нас.

— Ладно, а второй-то человек кто? — поспешно спросила я.

— Никак не ваша подруга — или вы имели в виду друга? — невинно осведомилась Викки.

Я бросила на поднос вторую двадцатку — подкупать так подкупать.

Викки покачалась на каблуках и решилась:

— Мужчина постарше. Скулы такие здоровые. Хорошо знаком с ними обоими. Похоже, был знаменитостью, но все в прошлом.

Грэй Бенедек. Трисия, Кэссиди и я обменялись взглядами, чтобы убедиться: всех троих осенила одна и та же догадка. Но почему же Грэй Бенедек, с утра винивший Оливию во всех грехах, вечером дружески выпивает с ней и Адамом? Мне-то казалось, они ближайшие десять лет будут зализывать раны.

— Ну и как же они беседовали, весело? — уточнила я.

— Да уж повеселее, чем вы. А что?

На этот раз двадцатку бросила Кэссиди — изящно, как все, что она делает, убедительно, как все, что она делает.

— Если Адам поссорился с друзьями и вышел отсюда сердитый, вряд ли он мог подцепить нашу подругу в вестибюле, а вот если он вышел в хорошем настроении...

— Я бы сказала, тот старик вынес его на руках, — ответила Викки. — Я как раз выскочила покурить и видела, как он запихивал Адама в такси.

Кэссиди ловким движением сдернула двадцатку с подноса.

— Вранье!

Викки, Трисия и я уставились на Кэссиди, кто из нас больше удивился, не берусь сказать.

— Правда-правда! — Викки вцепилась в трудовую двадцатку.

Кэссиди ткнула пальцем в жемчужную ленточку на шее официантки:

— Это сувенир на память о человеке, умершем от рака легких. Не настолько вы глупы, чтобы гробить свое здоровье, тем более если видели смерть от рака легких.

Викки задумчиво провела пальцем по жемчужной ленточке, потом взяла из разжавшихся пальцев Кэссиди банкноту и упрятала ее поглубже в стаканчик для чаевых.

— Ваша взяла. Я проследила за ними, потому что слегка напугалась.

— Вы беспокоились за Адама, потому что он был сильно пьян? — подсказала я.

— Не в этом дело. Было так: Оливия оставила их ненадолго вдвоем, и они тут же принялись ссориться. Говорили тихо, руками не махали, но и со стороны было понятно.

— Куда уходила Оливия? Это вы тоже знаете?

— В холл. Ей позвонили, она искала местечко потише.

— Или поукромнее, — вставила Трисия. Конечно, это зависит от того, кто звонил: быть может, Оливия что-то скрывала от Адама, или от Грэя, или от обоих. Эти люди скрывают друг от друга все, кроме своих обид.

— Ох ты, дошло! — выдохнула вдруг Викки.

— Что именно? — уточнила Кэссиди, юрист.

Викки ткнула в меня пальцем:

— Вы — новая подружка Адама. Видела на сайте. Вы следите за ним. Молодец, конечно, что так стараетесь, но могли бы и просто спросить. Вы не первая девица, пытающаяся разузнать, чем или кем интересуется ее молодой человек.

Как на это реагировать, я не знала, постаралась не рассмеяться, хотя Трисия и Кэссиди с трудом прятали ухмылки, прикрываясь бокалами с мартини.

— Я не... — сдуру завела я, но Кэссиди врезала мне острым носом своей туфли ("Майкл Корс", змеиная кожа) точно по чувствительной ямочке над пяткой, аж зубы задрожали.

— Это нелегко. — Викки сочувственно погладила меня по дергающейся коленке, мы сразу стали подругами.

— Вы намекаете, что с моей подругой трудно иметь дело? — возмутилась Кэссиди.

— Да нет, просто Оливия и тот мужик оба насели на Адама и уговаривали его открыться, признаться в своих чувствах.

— В своих чувствах к ней? — дуэтом спросили Кэссиди и Трисия.

— Весьма вероятно, — пожала плечами Викки. — Оливия твердила: "Все в порядке, мне ты можешь сказать", а тот парень больше давил на мужские дела, типа: "Я должен это знать". Он даже сам подошел к стойке и попросил Крисси сделать особый коктейль, чтобы “развязать другу язык”.

— Коктейль относили вы?

Викки помедлила, Кэссиди со сверхзвуковой скоростью кинула очередную двадцатку на поднос, и девушка призналась:

— По правилам следовало мне, однако он сам забрал бокал и ушел.

Стало быть, Грэй расчудесно мог добавить в напиток что-нибудь посильнее, чтобы “развязать другу язык”. Убить, может, и не хотел, но твердо был намерен извлечь истину. Так что же хотел узнать Грэй Бенедек — и что ответил ему Адам?

— Только не волнуйтесь, — подбодрила меня Викки. — По-моему, они как раз хотели, чтобы он был с вами честен, вовсе не требовали, чтобы он вас бросил или что. У вас все сложится.

Настала очередь Трисии пожертвовать двадцаткой.

— Большое спасибо. А тем джентльменам, которые нас угостили, передайте карточку. — Визитка легла рядом с денежкой. — Да уж, здешние напитки нам не по средствам, — подытожила Трисия, глядя вслед наконец-то отпущенной нами Викки.

— Ты же не свою карточку им послала? — подозрительно осведомилась я.

— Нет, пластического хирурга, я готовлю праздник по случаю бар-мицвы его сына. Посмотрим, как нарциссы это переварят, — усмехнулась Трисия, допивая коктейль.

— Я бы не прочь задержаться и растрепать перышки этим красавцам, но пора идти, — заявила я, хватаясь за кошелек и остатки здравого смысла. — Допивайте, если жалко оставить. — Трисия и Кэссиди никогда не дадут хорошему напитку пропасть. Одним глотком они прикончили мартини, и я свой тоже — не из жадности, а чтобы составить девочкам компанию.

Пить мартини залпом не рекомендуется. Вероятно, именно танжериновый напиток ответственен за наше поведение в последующие полчаса: мы позвонили у подъезда Оливии и велели швейцару добиться, чтобы она приняла нас сию же минуту, иначе последствия будут ужасны и публичны. Напуганный швейцар позвонил наверх и распахнул перед нами дверь лифта. Наверху Оливия встретила нас на площадке, приглашать нас в отцовскую квартиру она, похоже, не собиралась.

— Сожалею, что не смогла ответить на ваш звонок, — официально заявила она, едва я вышла из лифта.

— Ничего страшного. Я не к вам приехала, — ответила я, прошла мимо Оливии к двери напротив и принялась колотить в нее.

Трисия и Кэссиди удивились не меньше Оливии, но они хоть стояли спокойно, а она как мяч пролетела через площадку и попыталась оттащить меня от роковой двери.

— Вы же снизу вызывали меня!

— Потому что Клэр не открыла бы мне, а я должна срочно поговорить с ней или Грэем Бенедеком. По телефону их тоже не застанешь. Или вы мне подскажете, куда Грэй направился после того, как вышел из "Сохо Гранда"?

У Оливии челюсть отвисла. Итак, мы угадали. Я занесла кулак, чтобы покрепче стукнуть в дверь, но Оливия перехватила мою руку.

— Что Адам рассказал вам?

— Почему вы решили, что я разговаривала с Адамом? У вас что-то произошло, о чем я не должна знать?

Оливия бросила тревожный взгляд на запертую дверь.

— Тише!

— Тебе не кажется, что это смахивает на признание, а, Кэссиди? — обратилась к подруге Трисия.

— Во всяком случае, на запирательство не похоже, Трисия, — так же задушевно отвечала юристка.

— Девочки, не стоит беспокоить Оливию, — вмешалась я. — Вот мы спросим Клэр и посмотрим, что она скажет.

— Клэр нет дома. — На пороге квартиры Оливии вырос Джордан, прислонился к косяку, неотразимый в свободной белой рубашке и черных джинсах в облипочку. Скрестил руки и ноги — хоть сейчас на обложку альбома.

— Привет, Джордан! — возрадовалась Трисия.

— Привет, ангелочек, вот это сюрприз! — откликнулся Джордан так радостно, что почти убедил меня, не говоря о Трисии. Поспешил к своей поклоннице, обхватил ее, поцеловал в щечку, а потом уже не столь благосклонно взглянул на меня.

— А где она, ты знаешь? — спросила Трисия, глядя на Джордана с доверчивым обожанием подростка.

— Нет, но мы с ней разминулись внизу. Она и Грэй Бенедек куда-то направлялись с полчаса тому назад. — Отвечая Трисии, Джордан рассеянно постукивал пальцами по ее обнаженной руке, исподтишка продолжая следить за мной. — Мы ни словечком не обменялись, они оба куда-то спешили.

Мы трое слишком умны, чтобы значительно переглядываться на глазах у публики, однако дружно уставиться в пол — тоже не лучшая стратегия, Джордан и Оливия что-то заподозрили. Главное я понимала: мы с подругами на одной волне. Грэй одурманил Адама, выманил нужную информацию, запихал парня в такси и велел ехать домой, но Адам поехал не к себе домой, а ко мне, и Клэр напугалась, когда сыночек не явился, потребовала, чтобы Грэй помог ей отыскать мальчика. Грэй не мог ей признаться, что он натворил, а потому отправился вместе с ней на поиски. Возможно, он и сам встревожился, не перестарался ли он, вдруг Адам валяется где-то в дебрях Манхэттена без сознания или того хуже.

— Зачем вам в такой час понадобилась Клэр? — задал встречный вопрос Джордан.

Я решила слегка подправить курс:

— Вообще-то я ищу Адама.

— Что на этот раз он натворил?

— Почему все беспокоятся, как бы Адам чего не сделал и не наболтал? — удивилась Кэссиди.

— Потому что от него только и жди, — пояснил Джордан.

— Я всего лишь хотела поговорить с ним, — сказала я. — И лучше бы сегодня.

— Может, ты на него запала? — ухмыльнулся Джордан. — Жаль, я-то думал, ты умнее.

— Не глупее Трисии, — рявкнула я, покосившись на мужскую руку, все еще обвивавшую плечи моей подруги. Улыбка Джордана сделалась еще ярче, но Трисия слегка увяла.

— Он вдруг исчез, — внезапно прорвало Оливию. — И даже ты не знаешь, куда он пропал?

— Что значит "исчез"?

— Мы договорились выпить вместе в баре "Сохо Гранда". Насколько я понимаю, это вам откуда-то стало известно.

— Сорока на хвосте принесла.

Оливия слегка покачала головой — или то был нервный тик?

— К нам подошел Грэй. Он искал Адама, Клэр сказала ему, где мы будем.

Значит, и правда Адам встречался с Оливией ради сеансов психотерапии: если б они спали вместе, он бы не сказал матери, где назначено свидание.

— Чего хотел Грэй? Спросить, понравилось ли вам в полицейском участке?

— Он пришел извиниться перед нами обоими.

— Не может быть! — вырвалось у Джордана. Повернувшись ко мне, он пояснил: — Грэй в жизни своей не извинялся.

— Он не будет подавать на меня в суд, — небрежно махнула рукой Оливия. — Он был расстроен, растерян.

— Решил помириться на случай, если записи все же у вас, хотя и не нашлись у вас в квартире?

На этот раз головой покачал Джордан; я и сама чувствовала, что Оливия вот-вот взорвется.

— Не в записях дело, — ответил он за нее.

— Неужто? — любезно переспросила я. Он-то чего спешит уничтожить мою рабочую гипотезу?

— Грэй и Клэр буквально рвут друг друга на куски. Отношения рухнули, это плохо сказывается на психике и ведет к эксцессам.

— Таким, как вторжение в квартиру Оливии? — Как Джордан вместит это в *свою* гипотезу?

Джордан равнодушно пожал плечами:

— Тут я тоже в недоумении. Спросите его самого.

— Я бы рада, — постаралась я скрыть разочарование, — но где сыскать Грэя?

— Не очень-то ты помог, — попрекнула Трисия своего нового друга, чувствуя, как распалилась ее старая подруга.

— А чего суетиться? Раньше ли, позже ли, Адам заявится домой, пьяный вусмерть, и за ним потянутся очередные иски о признании отцовства. — Солнечная улыбка Джордана, должно быть, с детства выручала его из любых неприятностей.

Кэссиди вернула нас к основной теме:

— За что Грэй извинялся перед Адамом?

Чуть помедлив, Оливия ответила:

— Грэй напрасно спорил с Адамом из-за нового альбома, он предложил начать все с чистого листа.

— Это как? — уточнила я.

— Не знаю, в это время мне позвонили, и я отлучилась.

— Кто вам позвонил?

— Я, — вмешался Джордан. — Как ни смешно, я тоже искал Адама.

Эти детишки так и рыскали по Нью-Йорку в поисках золотого билета фабрики Вилли Вонки[1], вот только чтобы найти приз, требовалось пожирать не шоколадки, а друг друга. И почему всех волновало местопребывание Адама? Они решили, что пленки у него? Или думали, что пленками завладела его мать, но Адам знает, где они, и стоит надавить — расколется?

По крайней мере, Грэй вписывался в эту картину — с его точки зрения, одержимость Адама джазом становилась уже не изъяном, а благом: раз парень не собирается возвращаться в рок-н-ролл, пленки ему ни к чему, и он поможет Грэю завладеть ими. И если Грэй подмешал Адаму таблетки, посадил его в такси и пошел себе, не слишком беспокоясь, выживет ли Адам после такого эксперимента, не означает ли это, что в погоне за причитающимися ему гонорарами Грэй уже прикончил Рассела и одной жертвой

1 "Вилли Вонка и шоколадная фабрика" — фильм (1970) по книге Роальда Даля. В пяти батончиках спрятаны золотые билеты на пожизненное обеспечение шоколадом.

больше или меньше погоды не делает? Прикончил Рассела и не успел найти пленки до прихода Оливии?

Я полностью погрузилась в свои мысли, и следующий вопрос Джордану вместо меня задала Кэссиди:

— Зачем вы искали Адама?

— Позвать его спеть вместе со мной на завтрашней вечеринке.

— Ага, после успеха вчерашней, — вставила я.

— В качестве извинения за тот раз.

— Что-то все вдруг кинулись извиняться перед Адамом, — удивилась Трисия.

Джордан пожал плечами и еще ближе притянул мою подругу к себе.

— Что на уме у Грэя, не знаю, а мне стало стыдно, ведь мы как-никак братья.

— Вы с ним поговорили? — спросила я.

— Я ему не позволила. — То Джордан отвечает вместо Оливии, теперь Оливия вместо Джордана. Я перехватила брошенный Джордану взгляд: глаза чуточку расширены, отчаянная просьба подыграть. То ли ей и правда хреново, то ли выдумывает на ходу. — Адам был так расстроен, я подумала, момент неподходящий.

— Он был сильно пьян?

Оливия вытянула шею, как обиженный жираф.

— Не был он пьян. Он очень осторожен, и это понятно, ведь его отец погиб от виски.

— Я-то думала, его отец был убит. — Пора было встряхнуть и Оливию, и Джордана. — Как и ваш отец. А значит, Адаму нужно следить не только за тем, сколько виски он выпьет, но и за тем, кто протягивает ему бокал.

Шея Оливии сложилась, втянулась в плечи, густая, какого-то необычного оттенка краска залила ее щеки.

— Вы меня обвиняете?

— Нет, а должна?

Пока она брызгала слюной, Джордан успел сообразить:

— Похоже, она обвиняет Грэя. Остынь, Олли.

Оливия снова начала дышать, но румянец на ее щеках сделался — надо же чего бывает! — еще гуще:

— Боже мой! Грэй что-то сделал с Адамом! Вот почему его нигде нет.

Первое утверждение Оливии пришлось мне по вкусу, второе пробудило чувство вины, и я чуть было не проговорилась, так хотелось утешить бедную Олли, но Кэссиди вовремя выручила меня:

— Адам и Грэй вышли из отеля не вместе, так что с Адамом все в порядке, где бы он ни был.

Девиз "МастерКард": "Друг, который вовремя солжет ради вас: бесценно".

— Как только появится, пусть позвонит мне, хорошо? — попросила я, отступая вместе с Кэссиди и Трисией к лифту. Мартини стимулировало мои мозги, они выработали еще один план, и задерживаться здесь не имело смысла.

Трисия нежно распрощалась с Джорданом, так нежно, что Кэссиди пришлось силой уволакивать Трисию, а Оливия не так нежно дернула к себе Джордана. Двери лифта закрылись за нами. Я услышала счастливый вздох Трисии и почувствовала себя законченной скотиной.

— Он тебе нравится? — спросила я.

— Красивый, веселый, больше ничего на данный момент не требуется, — счастливым голосом ответила Трисия.

— К тому же он посвятил ей песню, — напомнила Кэссиди.

— И ты изо всех сил трудишься над его вечеринкой, — напомнила я самой себе.

Подруга с тревогой взглянула на меня:

— Да, и что тут плохого?

Теперь и я завздыхала:

— Боюсь, я испорчу тебе праздник.

16

Самое опасное в моей профессии не фаны, способные влюбиться в журналистку или прикончить ее. Гораздо хуже общение с людьми, которые врут, воруют, а то и похуже: в итоге я начинаю воспринимать их поведение почти как нормальное. Тем полезнее притормозить и поразмыслить насчет того, как приятно делать людям добро. И насчет того, как приличные люди отплатят мне добром за добро.

На пороге кабинета Конни я столкнулась с папарацци по имени Кенни — тот так и сиял, совершенно преобразившийся, готовый к серьезной работе. Через плечо Конни он послал мне улыбку, а наш фоторедактор тем временем благодарила его за оперативность, с какой он доставил ей свое портфолио, и обещала в скором времени позвонить и заказать работу в следующий номер. Предупредив Конни, что через минутку я вернусь, я проводила Кенни до лифта.

— Много она тебе задолжала? — панибратски обратился ко мне Кенни.

— Порядка двадцати трех грандов, — небрежно ответила я. Кенни дернулся, а я еще и подбавила: — У нас тут шулерство не принято. — Полюбовалась его гримасой и перешла на более серьезный тон: — Ничего она мне не должна, Кенни. Бывают такие ситуации, когда все выигрывают: ты получил свой шанс, журнал — фотографа, Конни — помощника, за чем дело стало?

— В твоем возрасте люди бывают циничнее, — пожал плечами этот нахал.

Даже это я ему простила. Тем более что:

— Есть к тебе дело.

— Так я и знал. — Типа, его мировоззрение не поколебалось.

— Приходи нынче вечером в "Пиллоу".

— Это клуб в Трибеке?

— Джордан собирает друзей. Будет петь.

— Тебя давно не фоткали? — фыркнул он.

— Я подумала, тебе интересно будет запечатлеть момент, когда прозвучит объявление о "пленках из отеля". Пленках Мики Кроули, если ты понимаешь, о чем я говорю.

Кенни аж затрясся, точно в лотерею выиграл.

— Кто сделает объявление?

Я помахала рукой:

— Будет сделано объявление. — Боже, это звучит как первая строчка пресс-релиза.

— Кто еще знает об этом?

— Из прессы?

— Да.

— Пока никто.

Кенни сгреб меня в медвежьи объятия (а неплохо! Сойдет вместо визита к костоправу) и посулил:

— Тебе об этом жалеть не придется.

Он и понятия не имел, как (и почему) я хотела бы верить, что жалеть не придется. Накануне ночью я все крутила в голове слова Кайла: "Он (преступник) об этом не знает". После разговора с Оливией и Джорданом я окончательно осмыслила: никто не знает, что пленки не у меня, потому что никому не известно, где они, а значит... Так и сложился мой план. Вот почему в лифте я честно предупредила Трисию о намерении подпортить организованную ею вечеринку.

Сначала она расстроилась — а чего я ожидала? Девушка работала сверхурочно, к тому же Джордан ей нравился, а тут все летит к чертям.

— Что ты собираешься сделать? — уточнила она.

— Спущу дьявола с цепи, — ответила я.

— Как правило, от этого вечеринка становится только лучше, — развеселилась Кэссиди. Взгляд ее блестящих глаз перебегал с Трисии на меня и обратно, она прикидывала наши возможности и забавлялась. Тут мы доехали до первого этажа, и Кэссиди вытолкнула нас наружу.

Посреди холла я остановилась и спросила консьержа, нельзя ли оставить сообщение для миссис Кроули. Он кивнул, и я поспешно принялась царапать большими буквами на старой визитной карточке.

— Ты еще не заказала новые? — удивилась Трисия.

— Придется хоть одну статью написать, прежде чем Генри оплатит расходы на новые карточки, — засмеялась я. Отдав консьержу карточку с крупно написанным словом ЛГУНЬЯ, я вслед за подругами вышла на улицу.

В такси по дороге домой я бегло обрисовала свой план. Поскольку все в этой славной компании только и делали, что врали и мне, и друг другу, я решила сыграть по их правилам и в свою очередь публично солгать. На вечеринке я объявлю со сцены: кассеты у меня. Разразится хаос, который погубит вечеринку Трисии, но зато человек, завладевший пленками, вынужден будет действовать и обнаружит себя.

— Пристрелит тебя, например! — не на шутку встревожилась Кэссиди.

— Огнестрельное оружие вроде не из их репертуара! — оптимистично возразила я.

— Так подвести Трисию! — продолжала сокрушаться подруга.

— Я заранее извинилась.

— Можешь не извиняться. — Лицо Трисии напряглось, она отвернулась от нас, глядя в окно, и я перепугалась: неужто плачет? Кэссиди, тоже встревоженная, ткнула Трисию локтем в бок, и к нам обернулось сияющее улыбкой лицо: — Девочки, вы хоть представляете, какая реклама!

— Боже ты мой! — вздохнула Кэссиди.

— Вся эта моя клиентура — голубая кровь, старые деньги. Нет, очень милые люди, но ЭТО откроет мне доступ в совсем другой круг, в круг людей, которые постоянно устраивают НАСТОЯЩИЕ вечеринки, — заглавными буквами заговорила Трисия.

— И самоубийственная выходка Молли послужит для тебя рекомендацией? — фыркнула Кэссиди.

— Мне-то казалось: это ты у нас безбашенная, — удивилась я.

— Если тебя не прикончит убийца или кто-то из этих сумасшедших, тебя прикончит Кайл. — Судя по интонациям Кэссиди, я давно уже пребывала в глубокой заднице и только такая дура, как я, могла этого не заметить. — Он-то прикончит не насмерть, и все же Кайл вряд ли обрадуется тому, что ты вздумала предложить себя в качестве наживки.

Чем хороши друзья: в нужный момент они открывают тебе глаза на твои же собственные проблемы. Именно это раздражает нас в друзьях: всегда норовят открыть тебе глаза в тот самый момент, когда ты предпочитаешь зажмуриться и помечтать. Я-то считала, что играю во взрослые игры, вся такая умная и клевая, хоть снимай меня в “Тонком человеке”[1] или в том

1 “Тонкий человек” — фильм (1934) по роману Дэшилла Хэммета. К детективному сюжету присоединяются комические элементы, особенно когда истинное происшествие сравнивается с газетной статьей.

эпизоде "Закона и порядка", что послужит к славе моего трудяги таксиста. Мне и в голову не приходило сравнивать себя с наживкой — фу, какая гадость, червяк на крючке! Неужели я не сумею придать своему замыслу привлекательность в глазах Кэссиди и Кайла?

— Нет.

Кайл посмотрел на меня так, словно я просила разрешения спрыгнуть с моста Джорджа Вашингтона. На Кэссиди и Трисию он метнул огненный взгляд, как будто подозревал их в соучастии, и снова сосредоточился на мне. Он ткнул пальцем в Адама, дрыхнувшего на моем диване. Хотела бы я там оказаться (вместо Адама, не вместе). Было уже за полночь, ступни мои навсегда застыли в той форме, которую им придавали туфли от Стюарта Вайцмана[1], а мысли несколько раз пропустили через мясорубку. И все же я была уверена в преимуществах своего плана, только надо было объяснить так, чтобы до них дошло.

— Разве тебе не случалось блефовать: сказать подозреваемому, будто у тебя есть улики, хотя на самом деле их не было.

— Я запрещу тебе смотреть телевизор.

— Не уклоняйся от ответа.

1 Вайцман Стюарт — дизайнер элитной (и весьма каблукастой) обуви.

Трисия схватила Кэссиди за руку и потащила ее в спальню.

— Мы пока заглянем в ванную комнату, а вы позовите, когда закончите.

— Не надо... — пропищала я.

— Ступайте, леди, — угрюмо напутствовал Кайл моих подруг и уставился в пол, выжидая, пока щелкнет замок в ванной. Боже мой, как же я выстою против него одна, без поддержки подруг!

Щелчок. Я двинулась к стулу, собираясь сесть и выслушать продолжительную лекцию насчет профессионализма и прочих вещей, с которыми не поспоришь. Но прежде, чем я успела согнуть колени, Кайл ухватил меня за локти и подтянул к себе. Господи, неужто поцелует? Нет, он уставился на меня с такой яростной решимостью, что ком застрял у меня в горле.

— Я пойду с тобой.

— Куда? — тихо переспросила я.

— На эту чертову вечеринку. Прикрою тебя.

— Но ты же сказал, что...

— Что это плохая идея. И очень опасная. Но решать тебе, а не мне. Я хочу, чтобы у нас с тобой все получилось. С тобой не просто, но я этого хочу.

Наконец-то он поцеловал меня, и притом держал так крепко, что я смогла устоять на ногах. Полностью растворившись в его объятиях, я уже потянулась расстегнуть на нем рубашку, но Кайл перехватил мои руки.

— Один мужчина, спящий на диване, и две женщины, хихикающие в ванной, — предупредил он.

— Отправь их домой. Он дрыхнет беспробудно, какое ему дело, — зашептала я. Только бы не рассеялся этот дурман...

— Не будем торопиться, — напомнил мне Кайл.

— Хватит выставляться.

— Ага, конечно.

— Ты хочешь доказать, что лучше владеешь собой, чем я.

— Просто я хочу, чтобы нам ничего не мешало, когда наступит тот самый момент, — ответил он, кончиками пальцев гладя мою шею. Попроси он меня в эту минуту ограбить банк, я бы спросила только, какие купюры ему принести.

Но Кайл не попросил меня ограбить банк. Вместо этого мы отправили по домам Трисию и Кэссиди, дав им последние наставления, и свернулись в большом кресле, задремав под хитросплетения "Гильды"[1] с Ритой Хейворт и Гленном Фордом.

1 "Гильда" ("Джильда") — мелодраматический триллер 1946 г.

Проснувшись, я обнаружила, что занимаю все кресло одна, а Кайл и Адам варят на кухне кофе. Я поскакала к ним со всей скоростью, какую допускала онемевшая за ночь поясница.

Адам приветствовал меня смущенной улыбкой:

— Извини.

— За что ты просишь прощения? — Я глянула в сторону Кайла, который, не оборачиваясь ко мне, решительно рубил на куски дыню.

— Не знаю. Но я забыл почти все, что было ночью, а в таких случаях мне обычно приходится извиняться.

— Я сообщил Адаму твою теорию насчет того, что Грэй Бенедек подсыпал ему таблеток в коктейль, — прокомментировал Кайл, продолжая разделывать канталупу.

— Почему этот засранец не поверил мне, когда я ему сказал, что ничего не знаю? — возмутился Адам. — Не знаю, где пленки. Это все мама виновата.

Ритмичные удары ножа о разделочную доску прекратились, и я поняла, что Кайл удивлен не меньше моего.

— Ты думаешь, Грэя подослала твоя мать?

— Нет, но если б она разрешила ему продать пару песен, он бы так не озверел. — Адам сложил губы трубочкой и тихо присвистнул. — И что же мне теперь делать?

— Поможешь мне? — предложила я.

Кайл обернулся и уставился на Адама в упор. Надо же было мне проспать их разговор — их уговор — их сделку! Судя по лицу Адама, он еще что-то хотел выторговать, но едва он раскрыл рот, Кайл глянул на него с холодным изумлением, как хозяин на щенка, пристраивающегося уделать ножку стола.

— Да, — односложно ответил Адам.

Надо будет потом выяснить, каким образом Кайл укротил своего подопечного, но пока что я вкратце описала мальчикам планы: Адам позвонит матери и сообщит, что с ним все в порядке, после чего заляжет на дно. Не стоит чересчур волновать Клэр — ее чувства меня лично мало интересовали, но если она пустится искать Адама повсюду, это может помешать моему Плану.

Перспектива залечь на дно Адама устроила с тем условием, что сидеть с ним будет самая длинноногая бебиситтер Нью-Йорка. Трисия готовила вечеринку, но Кэссиди согласилась работать в моей квартире и присматривать за Адамом, мы же с Кайлом хлопотливо принялись за дело. И первым делом я завербовала Кенни.

Распрощавшись с Кенни и поблагодарив Конни, я решила разобраться со Скайлер.

— Что у тебя есть, — заговорила я, остановившись у ее стола и глядя на секретаршу в упор, — что у тебя есть, кроме зависти и презрения?

Преспокойно усмехаясь, Скайлер вручила мне папку с конкурсными ответами. Ни фига себе, какая толстая — все жаждут завладеть моей колонкой?

— Я перед тобой преклоняюсь, ты даже не знаешь как! — столь же спокойно сказала она.

— Если б я занималась ядерной физикой, всеми этими электронами, кварками, может, сумела бы оценить такую малость, — парировала я.

— Я тебе не нравлюсь, и поэтому ты решила, будто ты сама не нравишься мне.

Впервые в голосе Скайлер прозвучало что-то похожее на искреннее чувство. Либо она говорит почти правду, либо берет уроки театрального мастерства.

— Мне кажется, скорее наоборот, — пробормотала я.

Скайлер опустила веки, затаилась, словно кошка.

— На ответ стоят пароль, ключ к паролям у Адриенны, секретаря Генри.

— Какой ответ ты бы выбрала? — спросила я.

Скайлер потерла нижнюю губу о верхнюю — то ли раздумывая, то ли размазывая помаду.

— Пусть они говорят сами за себя.

— Молодец! — похвалила я. Я-то думала, она захочет подсунуть свой вариант, по крайней мере, обольет грязью соперниц.

— Эйлин хочет знать твое мнение до конца рабочего дня.

— А Клэр Кроули хочет получить твою голову на блюде, — пошутил возникший рядом с нами Генри. На палача не похож: руки в карманах, беззаботная улыбка на губах.

Я глянула на часы:

— Что-то она с утра пораньше освирепела.

Дверь в кабинет Эйлин распахнулась, и вампирша предстала перед нами, впиваясь когтями в дверной косяк. Почему-то мне Эйлин показалась похожей на крота, который поспешно карабкается на свой холмик, почуяв опасность. Или — на хищника, почуявшего свежее мясо.

— Что ты на этот раз натворила, Молли Форрестер? — возопил хищный крот.

— Я отказалась от взятки и от подсунутой мне "готовой статьи", — парировала я. О том, что я держу в тайном убежище сына Клэр, я предпочла умолчать.

Генри кивнул. К счастью, мои слова отчасти подтверждались воспаленными претензиями Клэр.

— Эту часть она опустила, — весело сообщил Генри, — зато жаловалась, что ты пытаешься навесить на нее убийство.

Редакция еще толком не проснулась, все мусолили первый стаканчик кофе, но тут сотрудники дружно выпрямились и насторожили уши. Как всегда не вовремя. Эйлин опять выкрикнула мое имя — тем визгливым голосом, каким хозяйки отчитывают щенка, намочившего на ковер. Что-то у меня в голове с утра одни щенки вертятся, попробуем скаламбурить: вызвали на ковер, а он и намочил на ковер.

— Обвинение само собой всплыло в нашем разговоре, — отвечала я. — В том самом разговоре, когда Клэр пыталась меня подкупить. — Я твердо решила держать оборону.

— Поаккуратнее с такими вещами, — предупредил Генри.

— Сколько я ей об этом твержу! — вмешалась Эйлин (целься! — пли! — передовой убит).

— Нам придется документально подтверждать каждый пункт, — не обращая внимания на Эйлин, продолжал Генри.

— На случай, если она подаст в суд! — подсказала Эйлин.

— На случай, если Молли захочет подать на нее в суд, — кивнул Генри.

— Я сохранила "статью", которую она мне пыталась подсунуть, — сказала я, с облегчением чувствуя, как мой летучий желудок возвращается на место.

— Отлично, — похвалил Генри.

— Генри! Ты поощряешь ее, хотя Молли ухитрилась поссорить нас с одной из Главных Фигур Современной Музыкальной Культуры? — пропыхтела Эйлин.

— Клэр Кроули не папа римский. Ты чересчур угождаешь ей и слишком мало доверяешь Молли, — отпарировал Генри. — По опыту знаю: если человек звонит главному редактору и принимается заранее хаять еще ненаписанную статью, значит, журналисту удалось наткнуться на правду и его пытаются заткнуть.

Эйлин пучила губы, как золотая рыбка на суше.

— Ты же сказал, что Клэр подаст в суд!

— Грозилась подать, но куда ей! Мы им перышки порасчешем.

Генри развернулся и двинулся к своему кабинету, но я громко окликнула его:

— А хотите сделать это сами? Сегодня Клэр придет на частную вечеринку Джордана Кроули в "Пиллоу", могу вас туда провести.

Дружный вздох послышался из редакторского загончика — любой мой коллега счастлив был бы попасть на вечеринку в "Пиллоу". Судя по улыбке на лице Генри, он тоже был не прочь.

— Отличная тактика, Молли, — похвалил он, быстрым шагом возвращаясь ко мне. — Сообщи точное время и место Адриенне, я подъеду.

— Подвезти тебя, Генри? — сладчайшим голосом вступила Эйлин.

— А разве тебя приглашали? — съехидничал Генри. Он подмигнул мне, Эйлин отводила взгляд, делая вид (или вправду так считала?), что я никуда не денусь. Мне, конечно, хотелось ее помучить, но ведь это подловатая идея, правда? Весьма приятная идея, но...

— Приглашали, — вздохнула я.

— Спасибо, доберусь сам, — ответно вздохнул Генри. — Иди читай ответы, не терпится узнать твое мнение, — обратился он ко мне и подвинулся, пропуская, даже подталкивая меня в конференц-зал. Теперь Эйлин лишилась возможности затащить меня в свой кабинет. Чудный Генри, он снова прикрыл меня!

Закрыв за собой дверь конференц-зала, я сбросила туфли и уселась за громадный стол, ноги положила на соседний стул, как будто устроилась в университетской библиотеке на целый предэкзаменационный вечер. Как только я осталась одна, меня начали одолевать размышления о странном семействе Мики Кроули и дурных делах, творившихся в этом семействе. Раз уж выдалась свободная минутка, подумала я, не позвонить ли Кайлу, чтобы выяснить, как у него дела и как поживаем "мы", но нет, я и так отнимаю у него слишком много времени, а он просто душечка—

лапочка, столько делает для меня. Оставлю-ка его ненадолго в покое, пусть делает свою работу, а мне еще читать ответы на вопросы — точнее, на вопрос — "читателей".

Со странным предвкушением взирала я на папку, меня и притягивало, и страшило ее содержимое, ответы могли оказаться намного лучше, чем я надеялась, и намного хуже, чем я боялась. Глубокий вздох, настроимся на приятный сюрприз.

После первого же ответа на сочиненный мной вопрос — возможны ли отношения, когда по крайней мере одна сторона отчаянно борется за контроль над ситуацией, — барометр моего настроения упал до отметки ужас–кошмар:

"Если ты хочешь контролировать ситуацию, значит, отношения тебя не устраивают". Ну допустим. Конфликт независимости — взаимной зависимости, тут есть что обсудить. Но дальше! "Найди себе мужчину, которому ты захочешь отдаться полностью, того, ради которого ты откажешься от контроля". Такое в нашем журнале, в нашем столетии? Ха! Ответ лег в стопку "Категорически плохо".

Затем я нашла несколько вариаций на тему "Ты хочешь контролировать ситуацию, ты имеешь право контролировать ситуацию". Кое-кто копнул глубже и высказал предположение, что какие-то иные стороны жизни вызывают angst (тревожность и страх, кто понимает), и автор письма вымещает этот самый angst на своем дружке. Авторы этих ответов заслужили дополнительные баллы за проницательность, хотя мне от такой проницательности стало не по себе, и я сложила их в стопку "Может быть".

Затем я наткнулась на ответ, начинавшийся словами: "Разумеется, контроль — это иллюзия. Все в жизни иллюзия, и сама жизнь — призрачная возможность. Делай что хочешь, жми на газ!" Я честно старалась не соотносить варианты ответов с вероятными авторами, но, зуб даю, это сочинил Сет из отдела дизайна, тот самый парень, у которого сзади на шее вытатуировано лицо Бастера Китона[1]: глаза Бастера приходятся точно над воротником, идешь за Сетом по коридору и пугаешься нереально: глаза на тебя так и таращатся.

Папка разобрана до половины, время ланча пропущено, задницу я отсидела (и почему в студенческие годы эта поза казалась удобной?), но к пачке "может быть" прибавилась стопочка из двух-трех "очень может быть", а гора "категорически нет" достигла вполне убедительной высоты. И тут –

1 Китон Бастер (1895–1966) — комический актер немого кино.

Дорогая Каскадерша!

Мужчины и женщины стремятся к контролю, и это достойно уважения, однако в первую очередь следует уважать друг друга. Ты хочешь быть за рулем, однако не обязательно совершать это путешествие в одиночку. Если твоя жизнь обрела движение, тебе нужен человек, готовый запрыгнуть в машину и быть твоим штурманом, чтобы ты набрала скорость, а не тот, кто постарается выхватить руль или станет уговаривать тебя остановиться и устроить пикник на обочине. Ты вправе ехать куда хочешь, как хочешь и с тем, с кем хочешь.

Этот ответ растрогал меня, этот ответ меня позабавил. Но потом в моей памяти прозвучал тревожный звонок.

К кому обратиться? К Трисии, которая готовит вечеринку, или к Кэссиди, присматривающей за нашим дитятей? Покрутив в руках мобильник, я выбрала Кэссиди — все-таки она меньше занята.

— Как ведет себя подопечный? — спросила я.

— Спит, — порадовала она меня. — А до того мы долго разговаривали. Фрейдистские такие беседы. Бедному мальчику нужно проработать отношения с матерью, даже если она и не в заговоре с Грэем Бенедеком. А главное! В конце месяца Адам дает джазовый концерт, и мы все приглашены, если только до тех пор ты не притянешь к ответу и его тоже.

Весь разговор шел на фоне песен Джона Пиццарелли[1].

— Я что, по своей прихоти подозреваемых назначаю? — возмутилась я. — Ладно, об этом позже, сначала я тебе кое-что прочту.

Я продекламировала заинтересовавший меня ответ Каскадерше. Повисло многозначительное молчание.

— Над последней фразой следует поработать.

— Согласна.

— Разве ты продолжаешь вести колонку?

— Вроде нет.

— А зачем тогда пишешь?

Вот когда я поняла, что за звоночек звонил в моей утомленной голове.

— Точно! Вот почему текст показался знакомым! Я сама его и написала.

Кэссиди хихикнула, но как-то неуверенно.

— Похоже, вы с Адамом пили из одного стакана.

— Нет-нет, — забормотала я, с усилием отрывая от стула отсиженную корму. — Это конкурсный ответ, человек метит на мою должность. Но это плагиат.

1 Пиццарелли Джон ("Баки") (р. 1926) — американский джазовый гитарист.

— Плагиат и дурость. Симпатичная комбинация, — порадовалась Кэссиди. — Такую обаяшечку грех не взять на работу.

Посулив перезвонить, я поскакала к своему компьютеру, прихрамывая на обе задних ноги. Со всех сторон ко мне поворачивались встревоженные лица, и каждый, притворяясь, будто вовсе не глядит на меня, таращился вовсю, пытаясь угадать, какой ответ произвел столь сильное впечатление, что я босиком понеслась через весь офис.

Раскрыв архив и задав поиск по комбинациям из двух-трех слов, я быстро отыскала те пять ответов, из которых, словно лоскутное одеяло, был сшит представленный на конкурс вариант. Метафоры автор слегка изменил, но использовал все до одной, и они оставались вполне узнаваемыми. Только последнюю фразу этот придурок выжал из себя сам.

Я оторвалась от экрана компьютера, а народ в "загончике" тут же уставился в свои компьютеры. Двоечники-малолетки: не встречайся глазами с училкой — и тебя не вызовут к доске. Нет, не все отвели глаза — Скайлер откровенно следила за мной, так напряженно, словно готовилась вызвать охрану или выхватить баллончик, как только я сделаю резкое движение.

Неужели Скайлер? Нужно взять пароли у Адриенны — будем надеяться, пароли никто не подменил — но Адриенна, секретарша Генри, сидела в другом крыле здания, а Скайлер сидела прямо передо мной, и я видела бисерины пота, проступившие вдруг на ее лице.

С мятым ответом в руках я подступала к Скайлер, ожидая, что она сломается, удерет, а то и позвонит Эйлин. На ходу я прикидывала, кем надо быть, чтобы подсунуть чужую работу вместо своей, какие бы там ни были отговорки, мол, я восхищаюсь этим человеком, хочу во всем ему подражать...

А если не просто восхищаюсь, если он — мой отец, я — его законный наследник?

Скайлер не так напугало мое стремительное приближение, как тот момент, когда я застыла посреди дороги, статуя статуей. Неожиданная идея поразила меня, точно удар молнии, — да, я знаю, что это неточно, хорошо, вот другое сравнение: как в детстве, забежишь с берега в море и стоишь, удерживаешься на ногах, а волны бьют прямо в грудь, пена летит в лицо и глаза, сердце стучит изо всех сил.

Допустим, Грэй Бенедек способен убить, лишь бы заполучить новую, удачную песню, но если он добыл "пленки из отеля", ему все равно придется делить прибыль с Клэр и всей компанией.

Но если пленки у Клэр, она может не продавать их, а использовать для укрепления своей династии. Простейший способ превратить Адама во второго Мику — отдать ему песни отца, и пусть поет их, как будто свои собственные. Остается лишь убить единственного, кто знал, чьи это песни.

17

Ужасно, когда крепкий план вдруг разваливается, еще хуже, если он чересчур хорошо сработает. Предположим, ты решила перейти на органическую пищу. Одно из двух — либо аллергия помешает осуществить благие намерения, либо "биологически чистые" овощи разорят вчистую (боже, это опять каламбур?) Флиртуешь с парнем, а он не обращает на тебя внимания — обидно, что и говорить, но будет хуже, если он прилипнет к тебе как банный лист, и притом окажется законченным идиотом. Или подстраиваешь утечку информации, и либо никому эта информация не нужна, либо все четвертое сословие собирается у твоей двери, а ты еще носик не напудрила.

Впрочем, в тот момент, когда я хлопнула смятый листок перед носом Скайлер, меньше всего я помышляла о четвертом сословии и ненапудренном носике. Отыскав для Клэр свежий мотив убийства, я лично собиралась убить еще двух-трех драконов (морально). Это помогло бы мне подготовиться к вечеринке Джордана. Итак:

— Это шутка?

— Вряд ли, — ответила Скайлер и впервые за все время нашего знакомства ее голос прозвучал не слишком-то победительно.

— О чем ты только думала?

— Хотела попробовать что-то новое.

— Позаимствовав что-то старое?

— Конечно, с копирайтом могут быть проблемы...

— Да уж конечно.

— Но я думала, если ты одобришь концепт, мы сможем договориться с авторами песен и, может быть, все получится.

Нижняя губа Скайлер задрожала, а мой мозг на секунду выключился полностью.

— Ты написала ответ со строчками из песен. Совет от Коула Портера[1] и Норы Джонс[2].

— Да. — Она все еще взирала на меня с испугом.

— Блестяще!

Скайлер слегка оживилась:

— Мне показалось, ты злишься.

1 Портер Коул (1891–1964) — автор музыки и текстов для фильмов и бродвейских мюзиклов.

2 Джонс Нора (р. 1979) — американская поп-джазовая певица.

— Злюсь, но ты тут ни при чем. Пойду пообщаюсь с Адриенной.

До Адриенны я не дошла. Едва успела миновать стол Скайлер, как путь мне преградил Карлос с телефонной трубкой в руках:

— Молли, это тебя.

С десяток имен я успела перебрать в уме, пока тащила радиотрубку обратно к своему столу, но про Питера как-то не подумала.

— Уж с кем, кем, а со мной ты хитрить не вправе, Молли Форрестер! — завопил он мне в ухо.

— Не согласна, не согласна и еще раз не согласна, — на всякий случай открестилась я. — И вообще, что тебе надо?

— Объявление о “пленках из отеля”.

— Понятия не имею, о чем ты.

— Я столько раз спал с тобой, Молли, что вранье сразу отличаю.

Ну, могла я после этого ему не врезать?

— Значит, ты догадался, что я врала, когда расписывала, как ты хорош?

— Ты не остри, я и сам сострю, — уже более мирным тоном заявил он. — Мне сюжет нужен.

— Послушай, Питер, даже если бы у меня и был тот сюжет, за которым ты охотишься, с какой бы стати я отдала его тебе?

— Потому что для тебя дельце чересчур горячее. Предоставь мне эксклюзив.

— И что я скажу своим?

— Ну, уволят тебя, велика беда. Я тебя в свой журнал пристрою.

— Спасибо за звонок, Питер.

— Хоть бы на вечеринку меня пригласила, черт побери!

На миг мне представилась идея: свести Питера с Эйлин. А что, может сработать. Увижу Аарона, спрошу, не опасно ли в космических масштабах нагнетать давление (Питер это умеет) в черную дыру (эмоции Эйлин).

— О'кей, встретимся у входа. — С этими словами я бросила трубку.

Информация уже просочилась. Из таблоидов — в мейнстримовские издания. Во всяком случае, до Питера слух дошел.

Музыкальное сообщество тоже заволновалась. Тут же раздался новый звонок. Райза: готова приобрести "пленки из отеля" за любые деньги.

— Даю десять процентов сверх любой цены, какую тебе предложат!

— С чего ты взяла, что я торгую пленками? Мы с тобой говорили о них. Сегодня грядет Великое Объявление. И ты к этому непричастна?

Я-то рассчитывала, что слух, будто пленки найдены, вынудит к каким-то действиям настоящего обладателя пленок. Скажем, если я заявлю, что пленки у меня, Клэр обязана будет выйти на сцену и доказать, что я соврала. Но слух уже превратился в гонки за пленками, в аукцион, я и глазом не успела моргнуть. Только бы не произошел взрыв, а то меня уже не будет здесь к тому времени, как Клэр испугается и все выложит.

Я сказала Райзе, что к торговле пленками не имею ни малейшего отношения, и посулила первым делом позвонить ей, если пленки всплывут. Она еще немного поднадавила на меня и даже сказала спасибо. Я отсоединилась — и тут на мое плечо тяжело опустилась рука Грэя Бенедека.

— Что ты задумала?

Звезды! Надо мной навис высокий, крепкий мужик, глаза сверкают яростью, голос источает серную кислоту, а мои милые коллеги сидят себе тихонько, взирая на Грэя Бенедека с любовью и обожанием. Когда Грэй защелкал челюстями прямо у меня перед носом, послышалось хихиканье. Спишем это на возбуждение и не будем думать, что кто-то из милых коллег злорадствовал.

— Где Адам? — рявкнул Грэй.

— Подумайте, а я как раз об этом хотела вас спросить. — Честное слово, мне удалось ответить совершенно спокойным тоном. — Вы последний, с кем вчера видели Адама.

Грэй распрямился — медленно, как изготовившаяся к нападению кобра.

— Не пытайся валить на меня, малышка! Провел тебя Адам, как последнюю дуру, купилась на его улыбочки! Думаешь, он — жертва? Кассеты у него, он их выставил на продажу!

— Когда это он успел? — Броня моя треснула, голос задрожал. Грэй ошибается, он что-то перепутал, ведь так?

— Почем я знаю? Пресса наступает мне на пятки, все хотят получить комментарий, получить фотографии, продюсеры примазываются, все звонят! Где Адам? Подайте мне этот кусок дерьма, засранца бесхребетного, я ему объясню, что такое верность и уважение к старшим, раз отец так и не сумел его научить!

Краем глаза я следила за тем, как обожание и любовь на лицах милых коллег постепенно переходят в тревогу и страх. На помощь никто не спешил, но хоть перестали ресницами хлопать, заманивая Грэя.

— Почему вы решили, что виноват Адам? — спросила я.

— Своих песен у него нет, — с отвращением произнес Грэй. — Что ему остается? Только пользоваться чужой славой.

В животе противно забурчало: увы, Грэй был прав насчет мотива, я и сама думала так же, только приписывала всю вину Клэр, Адам в моем раскладе выглядел скорее жертвой. Что делать? Мне представилось два пути, легкий и правильный. Легкий: уехать из страны и поступить в медицинский институт. Правильный: связаться с Адамом и задать все вопросы ему, но для этого нужно было сначала избавиться от Грэя. Зная уже по собственному опыту, насколько Грэй опасен как противник, я сменила тактику:

— Мне очень жаль, мистер Бенедек, что вас побеспокоили. Я обращусь к своим контактам в прессе и постараюсь выяснить что смогу.

Грэй улыбнулся, по аудитории пронесся вздох облегчения:

— Отлично. Отлично.

— Пожалуй, я прямо сейчас пойду с вами, примусь за дело, — продолжала я, поспешно собирая со стола причиндалы и запихивая их в сумку. Спрятала заодно и плагиаторское письмо. Подождет своей очереди, моя жизнь и без плагиаторов прекрасна и удивительна.

— Погоди! А как же конкурс? — преградила нам с Грэем дорогу Скайлер.

— Забери папку из конференц-зала и сиди на ней. Я тебе позвоню, — крикнула я на ходу. Скайлер радостно ухмыльнулась. Ага, я дала ей поручение, значит, мы друзья.

С Грэем мы тоже задружились и с отменной вежливостью простились у входа в редакцию. Меня сильно смущала мысль о том, как Грэй воспримет предстоящие разоблачения, ведь в итоге (я надеялась) виноватой окажется Клэр, но пока что обещание отыскать Адама его успокоило. И я честно побежала домой отыскивать Адама.

— Смена караула, — приветствовала меня Кэссиди, собирая со стола бумаги. — Пойду выберу платье для ужина с Аароном. Думаю... — Она задумчиво посмотрела на Адама, сморщила нос и передумала: — Ладно, забудь.

Адам вскочил на ноги, затрепанный мною том "Ста лет одиночества" полетел на пол.

— Пошли! Переодень меня хоть в платье, чтобы пройти мимо журналюг, только вытащи отсюда!

— Ему и правда нужен костюм на вечер, — кивнула Клэр.

— Осужденный должен идти на эшафот при полном параде, — ерничал Адам.

— Разве ты осужденный? Или ты за моей спиной звонил кому-то? Этого я и впрямь не прощу, — заявила я, и в голове у меня вновь завертелись жесткие высказывания Грэя насчет дурочки и парня, который легко провел ее, пустив в ход мужское обаяние.

Адам жестом указал на Кэссиди:

— Она конфисковала мобильник и подслушивала за дверью, когда я ходил в туалет.

— Я умею вести дело, — подтвердила Кэссиди. — Ты запретила ему любые контакты, и я следила за ним.

— Мы союзники, — напомнил мне Адам.

Будем надеяться, или меня казнят на соседнем эшафоте.

— Журналюг на лестнице пока нет, — сказала я, смягчившись, — но строго рекомендуется соблюдать инкогнито.

Мы велели Адаму надеть солнечные очки (плевать, что на улице и без очков ничего не видно), спрятали чересчур узнаваемые кудряшки под ярко-желтую бейсбольную кепку (за нее я честно прохромала пятикилометровый благотворительный забег в помощь больным диабетом), подбородок Адаму велели уткнуть в высокий ворот выгоревшей оранжевой кофты на молнии (признаю, ей во время похода по Грин-Маунтейнз досталось, но все же я там пострадала больше). В таком виде Адам в сопровождении меня и Кэссиди проскользнул в мужской отдел "Сакса", и, пока я перебирала рубашки, он уже двигался к кассе с костюмом от Марка Джейкобса — черные брюки, белый свитер, прихватив с собой упаковку "боксеров" от Кельвина Кляйна[1] и той же фирмы черные носки. Кассирша то ли не сумела прочесть имя на кредитке, то ли видала и не таких знаменито-

1 Джейкобс Марк и Кляйн Кельвин — американские дизайнеры, оба ориентированы на молодежь и подростков, на минимализм стиля.

стей — во всяком случае, ради Адама она даже не разлепила свои тяжелые от туши ресницы.

Подойдя к нам, Адам широко улыбнулся:

— Есть!

Кэссиди почти с отвращением посмотрела на него.

— Мужчин в магазин водить бессмысленно, — вздохнула она, и мы пошли в отдел вечерних нарядов.

Кэссиди изящно скользила между рядами, одобряя, оценивая, отвергая, а мы с Адамом задержались возле прилавка со свитерами из шерсти мериноса, мягких-мягких — так бы и погладила.

— Мне понравилось, — сказал он, пристально следя за моей ладонью (которая украдкой скользнула между двумя мериносовыми свитерками).

— Шопинг?

— Мне нравится, как ты взялась за это дело. Помогла Олли. Разобралась во всем.

— Рано радуешься, посмотрим, чем все это кончится, — вздохнула я. Здорово, что он так привязан к Оливии, но как Адам примет разоблачение Клэр, тем более что мамочка сделала все это ради него?

— Я надеюсь на большее, когда это будет позади. — Толком не поймешь, что означает его усмешка.

— В смысле записать джазовый альбом? — уточнила я, несколько обеспокоенная его самоуверенным тоном.

— В смысле пригласить тебя на ужин.

Как же надоели его попытки одурачить меня! Я звонко расхохоталась и сказала:

— В этом больше нет надобности.

— Приглашать тебя?

— Заигрывать со мной, чтобы отвести от себя подозрения.

— Ты так это поняла? — Улыбка исчезла. — Чушь собачья! Я был с тобой откровенен, мне казалось, у нас складываются отношения, а ты все это считала притворством? И все, что делала ты — помогла мне, заботилась, — тоже было притворством?

— Нет, я искренне хотела помочь тебе, — возразила я.

— А я искренне хотел понравиться тебе! — рявкнул он (нисколько не заботясь, о том, чтобы мне понравиться). — Потому-то и приглашаю тебя на ужин.

Попробуем с ним по-другому:

— Боюсь, Кайл будет против.

— Моя нянька?

— Вот именно.

Это его несколько отрезвило.

— Мне показалось, вы просто друзья.

Тут и меня встряхнуло.

— Просто друзья?

— Ну, или родственники.

Адам, конечно, в этом вопросе необъективен, однако удивление его не казалось наигранным. Неужто электрический ток, который пробегает между мной и Кайлом, мог остаться не замеченным даже таким сторонним наблюдателем, как Адам? Мы же с Кайлом предназначены друг для друга. Обречены друг на друга. Судьба, природа, провидение и все такое. Или?

Сколько я ни твердила себе, что Адам туп и слеп, отмахнуться от его слов было нелегко — и не стало легче три часа спустя, когда Кайл явился ко мне красавец красавцем в приталенной черной куртке — ни разу ее прежде на нем не видела — и в темно-синей рубашке под цвет глаз. Я сгребла его и принялась целовать так страстно, как только могла себе позволить при чужих.

— Итак, — заговорил Кайл, когда я дала ему глотнуть воздуха, — на вечеринку к Джордану мы не идем?

Я покосилась на Адама, который сидел на диванчике в новом костюме от Марка Джейкобса и с усмешкой от Саймона Коуэлла[1].

— Занятно, — протянул Адам.

— Что именно? — поинтересовался Кайл.

1 Коуэлл Саймон (р. 1959) — телеведущий.

— Ничего, — поспешно вмешалась я, бросив Адаму прицельный взгляд из-под насупленных бровей. Последний идиот понял бы: “Заткнись!”

В такси по дороге в клуб мужчины стиснули меня с двух сторон, но я, в борьбе за личное пространство, сидела так прямо и чинно — могла бы орехи коленями давить. В последнюю минуту меня пробрал страх — мой план конечно же провалится, так что подначки Адама, его объяснения в любви или попытки вызнать что-то у Кайла были ни к чему ни моему сердцу, ни мозгу. И зачем он делает это? От нечего делать? Или он всерьез? Или чтобы отвлечь меня от своей матери?

Вот в чем загвоздка: подействует ли толпа журналистов, папарацци и фанатов, собравшихся у дверей “Пиллоу”, на Клэр так, как уже подействовала на Грэя? Если я выйду на сцену и заявлю, будто нашла “пленки из отеля”, поддастся ли Клэр истерическому желанию оказаться на виду и полезет ли на сцену спорить — мол, на самом деле пленки у нее? Если признается насчет пленок, тем самым обвинит себя в смерти Рассела.

Пробиваясь через ряды фотографов к входу, я упорно смотрела себе под ноги: пусть никто потом не говорит, будто я заигрывала с массами. Адам вовсю улыбался и махал ручкой, Кайл сосредоточенно направлялся к двери. Будь его охота, не так бы он проводил свободный вечерок, и при мысли о том, на какие уступки идет Кайл ради меня, сердце мое признательно забилось.

Перед самым входом я осознала, что магия прессы стократ усиливается, когда фотоаппарат нацелен прямо тебе в лицо. Попросив Адама и Кайла секундочку подождать, я ринулась обратно по ковровой дорожке.

— Ты куда? — удивился Кайл.

Остановившись перед кучкой фотографов, которых с трудом сдерживала бархатная ленточка ограждения, я услышала за спиной вопль Адама:

— Молли, что ты делаешь?!

Кенни вынырнул из толпы, словно пузырь, поднявшийся со дна содовой.

— Эй, Молли, улыбочку!

— Не возись с фотоаппаратом, просто проходи с нами, — пригласила я, кивком указывая ему на дверь.

Не знаю, кого я сильнее обидела — товарищей Кенни или Адама, — но самого Кенни уговаривать не пришлось, он проворно скользнул под бархатную ленточку и встал рядом со мной, а его коллеги бесновались, выкрикивая вопросы: что за объявление обещали нынче вечером, что Адам скажет о Джордане и Джордан об Адаме, но всех перевизжала девица, которой потребовалось узнать имя моего парикмахера. Проигнорировав этот вопрос, я двинулась вперед по ковровой дорожке, ведя за собой Кенни. Мы добрались до Адама и Кайла, и Кайл хмуро спросил:

— Что происходит?

— Здесь не место, — прошипел Адам, затравленно глядя на фотографа. — Надеюсь, ты соображаешь, что делаешь, Молли!

— Она меня использует, а я и рад. — С виду Кенни казался мрачным, но бодрая усмешка в момент преобразила его физиономию. Покачав в руках фотоаппарат, он добавил: — Я буду рад и счастлив запечатлеть Объявление.

— Какое еще объявление? — фыркнул Адам.

— Здесь не место, — передразнил его Кайл и поволок нас мимо охранника в клуб.

"Пиллоу" — местечко странное, однако обаятельное; с одной стороны сверкающая медью барная стойка, с другой — сцена. Помещение большим не назовешь, зато оно сплошь затянуто плотными складчатыми тканями золотых и прочих богатых тонов, стены обиты мягкими панелями-подушечками, полукруг "лож" уставлен мягкими, пышными диванчиками, а все остальное пространство выстелено подушками и матрасиками, так что модные жители Нью-Йорка в вечерних нарядах — весь наряд в горсти сожмешь — сидят практически на полу, прикидываясь турками или там римлянами. Зато падать спьяну удобно, до пола рукой подать.

На сцене маячила Бонни, вела переговоры с менеджером и светооператором; судя по движениям ее изящных маленьких ручек, добивалась какого-то определенного эффекта. Одета она была просто, скромнее, чем когда-либо прежде, и все равно, войдя в зал, я первым делом заметила ее. Она так и светилась — то ли от гордости, то ли от волнения.

Пока я озиралась по сторонам в поисках Оливии, Питера, Генри, Эйлин, Райзы и всех прочих, за кого считала себя ответственной, ко мне подскочила Трисия в потрясающем кукольном костюмчике от Роберта Родригеса[1] и даже поведением больше смахивающая на счастливую новобрачную, чем на профессионала, который дважды в неделю организует вечеринки ничуть не хуже этой.

— Потрясающее место, правда? Замечательная будет вечеринка! — лепетала она, заговорщически подмигивая при этом мне — к счастью, Адам отвернулся и не заметил ничего подозрительного. Кайл заметил, но, поскольку он и так

1 Дизайнер Роберт Родригес много лет работал на "Кристиан Диор", а в 2003 г. создал собственный бренд.

уже весь наморщился при виде мягкого и пышного декора, морщинки теперь стали немного глубже, вот и все.

Трисию не смутило даже присутствие Кенни с фотоаппаратом. Она игриво потрепала меня по руке:

— Смотри, я тебе доверяю, но если что, твой адрес мне известен.

— И мне тоже! — радостно подхватил Кенни.

— Без команды не снимать! — предупредила я.

— Ясно! Буду ждать Объявления.

— Какое объявление? — в сотый раз переспросил Адам.

Я бы не нашлась с ответом, но Адама отвлекла Клэр: буквально спикировала на своего мальчика и чуть не удушила его в объятиях. Длинная, гибкая, в черном костюме от "Макс Мара"[1], она одинаково годилась на роль деловой женщины или убийцы. Впрочем, возможно, тут дело не в ее наряде, а в моем подсознании.

— Я так за тебя волновалась, — восклицала она, и плевать ей было, если Кенни и запечатлеет ее материнскую нежность своей фотокамерой. До нее даже не сразу дошло, что рядом с Кенни — а значит, и рядом с Адамом — стою я.

1 "Женщина от "Макс Мара" всегда молода, энергична, влюблена в себя".

— Ты был с ней? — Судя по интонации, пребывать в моей компании — все равно что ползать в подземных пещерах, полных летучих мышей и неведомой заразы.

— Миссис Кроули, на ваш столик принесли шампанское, — с жизнерадостностью санитара из сумасшедшего дома возвестила Трисия.

Клэр не дрогнула.

— Тут такое творится, мама... — жалобным голосом маленького мальчика заговорил Адам.

— Значит, ты прячешься от проблем у женщины, которая имеет наглость заявлять, будто нашла пленки твоего отца? — дожимала его Клэр. — Люди собрались сюда, потому что она посулила им какое-то "объявление", очередное вранье. Они пришли сюда за этим, а не слушать твоего брата!

Первым обернулся ко мне Кенни, Адам поворачивался как-то медленно, словно боялся отвести глаза от матери. Интересно, что диктует такое поведение? Привычка — недоверие — любовь?

— Вы говорили с Грэем Бенедеком, — сказала я. Клэр дернулась, невольно подтверждая мою догадку.

— Так это и будет "объявление"? Ты добыла пленки? — ледяным тоном поинтересовался Адам. — Как ты могла их добыть?

— Не торопись, — одернула я Адама. Его обижать не хотелось, но Клэр явно была еще не готова сделать *свое* объявление.

— Они же не твои, отдай! — выкрикнул Адам, пытаясь схватить меня за руки, но Кайл уже стоял между нами, крепко сжимая длинными пальцами запястье Адама.

— Это ты зря, — тихо сказал Кайл, я так и не поняла кому, Адаму или мне. Будем надеяться, Адаму.

— Осторожнее, миз Форрестер, или вы у меня получите! — внятно произнесла Клэр.

— Извините. — Я подалась вперед, притворяясь, будто не расслышала толком за гулом вечеринки. — Получу что?

Кайл поволок меня в одну сторону, а Трисия умело направила Клэр в другую. Адам, помедлив, двинулся вслед за матерью. Я высмотрела Грэя в ложе слева от сцены, он принимал гостей, словно вечеринка была устроена в его честь, а не ради Джордана. Стряхнув руку Трисии, Клэр ухватила Адама и вместе с ним подошла к Грэю.

Кенни пристально посмотрел на меня.

— С ума сошла? — без осуждения спросил он.

— Вот именно, — подхватил Кайл, и уж он-то явно имел ко мне претензии.

— Объявление — фальшивка? — Счастливая улыбка расползлась по лицу Кенни, он автоматически проверил, готов ли фотоаппарат к бою. — Здорово!

Меня спасло появление Кэссиди. Задыхаясь, она подбежала к нам, Аарон с трудом пробивался следом через толпу.

— Мы ничего не пропустили?

— Нет, — покачал головой Кайл, — только разогреваемся. Привет, Аарон.

Мужчины пожали руки, Кайл представил Кенни моей подруге и ее другу, Трисия примчалась к нам с другого конца зала, торопливо поприветствовала Кэссиди и Аарона и сказала:

— Я заняла места в ложе, надо Молли отвести туда, с глаз долой.

— Боюсь, мне ложа не подойдет, — с легким кокетливым смешком заявила Кэссиди.

— Костюмчик у тебя не такой уж облегающий, — подбодрила я.

— Но сама-то я вся на взводе.

— Почему? — затеребила ее Трисия. — Что случилось?

Кэссиди слегка закатила глаза, картинно вздрогнула.

— Вы не поверите. Я сама не верю в это. — И она подняла нам на обозрение левую руку с дивным бриллиантом огранки “маркиз” и четырьмя багетами по сторонам.

Убийство и воровство — штуки интересные, но во что превратится жизнь, если не сможешь на миг забыть о расследовании и завопить во всю глотку при виде обручального кольца, сверкающего на пальце подруги?

18

В природе, должно быть, действует какой-то закон наподобие закона бутерброда: в самый неожиданный момент все переворачивается вверх тормашками. Для аттракционов самое оно, однако для разумной и уравновешенной жизни отнюдь не подходит. Вот наша переборчивая подруга — казалось бы, где ей замуж выйти, а она первая нашла себе парня и обручилась; вот парень, который тебе нравится, но ты не нравишься ему; вот человек, которого ты бы никогда не заподозрила в убийстве, а он оказался самым что ни на есть хладнокровным злодеем. Может быть, Аарон со своей физикой сумеет мне это объяснить как-нибудь при случае, ведь он теперь с нами надолго.

Мы с Трисией едва не треснулись лбами, одновременно склонившись над окольцованным пальцем Кэссиди. Засмеявшись, мы ненадолго отпустили подружку, чтобы обнять Аарона, и тут же вновь набросились на невесту.

— Вы когда-нибудь видели что-нибудь более нелепое? — со слезами на глазах твердила Кэссиди.

— Оно прекрасно! — пробормотала я, у меня тоже комок в горле застрял.

— Ты потрясена? — всхлипывала Трисия.

— Оглушена, — честно призналась Кэссиди.

— А ты-то думала, что у него дурное на уме, — припомнила я, так и сяк поворачивая ее кисть, чтобы разглядеть бриллиант при наиболее выигрышном освещении.

— Знаешь, почему он откладывал свидание? Он так нервничал, что хотел еще порепетировать. — Голос Кэссиди больше походил на пение.

— Значит, у аспирантки проблем не было?

— Были, конечно, только Аарон говорит, в обычной ситуации он бы не стал из-за работы отказываться от личной жизни, а тут подвернулся удобный предлог. — Каждое слово она произносила с какой-то застенчивой гордостью, а мне вдруг стало стыдно: для меня работа и впрямь служила прикрытием, я подстраховывалась на случай, если у нас с Кайлом ничего не выйдет.

— Потрясающе, потрясающе! — твердила Трисия, она сама так и дрожала от восторга. — Стой тут, никуда не уходи, я кое-что придумала.

Она ринулась прочь, предоставив мне возможность еще раз обнять Кэссиди:

— Я так за тебя рада!

— Кто бы мог подумать! — засмеялась и заплакала она.

За ее плечом маячил Аарон — профессор взахлеб поучал Кайла и Кенни, как следует делать любимой женщине предложение, и те внимательно слушали. В какой-то момент Кайл поймал мой взгляд и подмигнул. Похоже, в отличие от меня, мой возлюбленный не терзался ни чувством вины, ни ревностью, и я не могла сообразить, хорошо ли это, да и не тем голова была занята. Я даже не могла как следует порадоваться за Кэссиди и Аарона, потому что полностью сосредоточилась на Миссии.

В королевской ложе Клэр замерла между Грэем и Адамом, мужчины таращились на сцену, Клэр еще кипела и булькала, и Адам нехотя кивал в такт ее словам. Через забитый зал Клэр метала в меня кинжальные взоры. Вечерок удался, что и говорить.

Бонни, похоже, добилась от работников сцены, чего хотела. В кулисе о чем-то вполне дружески шептались Джордан, Трисия и Оливия. Вот ладони Оливии взметнулись к губам, а Джордан расплылся в улыбке от каких-то неслышных мне слов Трисии, оба они закивали. Трисия обхватила руками шею Джордана, страстный поцелуй. Боже, я со своими журналистскими расследованиями и заметить не успела, как обе мои подруги закрутили серьезные романы.

И вот Джордан выходит на сцену, черные кожаные брюки в обтяжку, белая льняная рубашка распахнута на груди. Бонни захлопала в ладоши, вся лучась материнской гордостью, бросилась с распростертыми объятиями к сыну, сын подхватил ее, покружил в воздухе и бережно поставил на пол. Все, кто видел это, дружно зааплодировали, кто еще не глядел на сцену, обернулись к ней.

Джордан расцеловал мать в обе щеки, зал взорвался овацией. В толпе я заметила Райзу, она тоже хлопала и улыбалась. Бонни проскользнула за кулисы, на сцену вышел оркестр, Джордан приблизился к микрофону, раскинул в приветственном жесте руки:

— Добрый вечер! Добро пожаловать на маленькую вечеринку для друзей! — С ухмылкой он обвел рукой битком набитый зал. — Скоро мы начнем, так что хватайте стакан, хватайте подружку и усаживайтесь. Это затянется на всю ночь.

Таким живым и общительным я Джордана еще не видела. Интересно, подумала я, это Триция его так стимулирует или хорошую песню удалось сочинить? Я покосилась на Адама: тот пристально, враждебно следил за братом. Быть может, Джордан ликует только потому, что одержал победу в этом соперничестве?

В ложе справа от сцены показались Бонни и Оливия, обе улыбались и махали руками своим верноподданным. Две соперничающие династии у подножия трона.

Трисия галопом подскакала к нам, запыхавшаяся, но счастливая, в каждой руке по бутылке шампанского “Вдова Клико”.

— Джордан кое-что приготовил специально для тебя, — шепнула она Кэссиди. — Пошли в ложу. — Она повернулась и уверенно повела нас в ложу, соседнюю с той, где восседали Клэр с Грэем и Адамом.

— Я начну с песни, которую еще никогда не исполнял на публике. — Голос Джордана перекрыл приветственные крики. — До сегодняшнего дня эту песню почти никто не слышал. И я спою ее сегодня для двух влюбленных — для Кэссиди и Аарона. Поздравляем с помолвкой!

Трисия подмигнула влюбленным, те зарделись. Никто в клубе не знал в лицо Кэссиди и Аарона, однако все дружно заорали, желая им любви и счастья. Мощный гитарный аккорд, оркестр подхватил, изошел блюзовой тоской. Целуясь с микрофоном, Джордан запел:

— Отведи меня в край, где мы будем одни с тобой, отведи меня в край, с детства мне родной. — Глаза полуприкрыты, голос чуть хрипловатый.

Опустив бутылки на стол, Трисия с гордостью указала рукой на сцену.

— Я попросила его спеть эту песню для вас, — перекричала она музыку.

— Прекрасная песня, — крикнула в ответ Кэссиди.

— Он написал ее для меня, — похвасталась Трисия.

— Ой, милая, спасибо, спасибо! — Кэссиди запрыгала в ложе, одной рукой обнимая Трисию, другой — Аарона.

— Придется нам теперь поломать голову над подарком на обручение? — прошептал мне в ухо Кайл. Но едва я обернулась, чтобы ответить ему...

Одно утешение — песня была хороша. Было бы совсем обидно, если преисподняя разверзлась из-за грошового мотива, который все забудут через пару минут. Едва я обернулась, как из соседней ложи, словно чертик из табакерки, выскочила Клэр.

— Остановите его! — орала она в зал, хотя музыка гремела так, что вряд ли ее вопль слышал кто-нибудь за пределами ближайшей ложи.

— Мама! — Вслед за Клэр из ложи выскочил Адам. Грэй остался сидеть, уронив голову на руки. Прекрасная, трогательная песня, чего они все так перебудоражились?

Поскольку никто не отреагировал на вопли Клэр, она привычно обернулась ко мне.

— Прекратите это! — потребовала она. Как всегда, Молли Форрестер во всем виновата.

— Миссис Кроули, — профессиональным голосом вступилась Трисия, — неужели вам не нравится песня? Джордан написал ее для меня. — Она даже отважилась погладить Клэр по руке, но та с отвращением отбросила ее ладонь.

— Мерзкая маленькая выскочка, — сплюнула королева. — Это не твоя песня. Кто тебе наплел?

— Джордан посвятил эту песню Трисии. — Я все никак не могла сообразить, с чего это Клэр взбесилась, и поспешно высматривала в толпе Кенни — вдруг нам придется срочно пересмотреть запрет на фотографии ДО объявления.

Ура! В очередной раз мне удалось обратить на себя всю ярость Клэр. Ноздри ее раздулись так, что верхняя губа сделалась совершенно плоской:

— Я же говорила — вы глупы! Это *моя* песня!

Прошлым летом племяшка заманила меня на аттракционы Диснейленда. Там такой отель с привидениями: садишься в лифт, и сначала лифт поднимается наверх, наверх, покуда перед глазами не откроется дивный вид на парк и на весь город, миллионы ярких огоньков, после чего кабина ухнет вниз и живот твой тоже ухнет вниз и начнет болтаться где-то между лодыжками, а тело, прикованное ремнем безопасности, тщетно будет гнаться за своими же собственными внутренностями. Это я к тому, чтобы вы понимали, как я себя чувствовала.

— Та самая песня, которую Мика посвятил вам? — прошептала я.

Клэр меня услышала и в этом адском шуме.

— Та самая. Единственная.

Мой желудок и мои детективные теории летели в тартарары, а в мозгу вспыхнул нестерпимый свет. Я выбрала Клэр на роль кукловода и была уверена, что она дергает за веревочки и руководит жизнью Адама, Оливии и всех, кто ее окружает. Про другую ветвь семьи я ни разу и не вспомнила. Мне и в голову не пришло, что пленки у Джордана и он только выжидает момента, чтобы пустить их в ход.

— Джордан написал ее для меня, — в растерянности твердила Трисия.

— Не может быть, — сказала я Клэр, защищая не столько Джордана, сколько свою теорию. — Я думала, пленки у вас и вы отдали их Адаму, но тогда вам пришлось бы молчать.

— Ты так думала про меня? — взорвался Адам.

Разобрать слова нашего спора не могли бы даже зрители, сидевшие поблизости, но позы и жесты были достаточно выразительны, к тому же бросалось в глаза, что ближайшие родственники, пренебрегая выступлением Джордана, вступили в разборку между собой. Все оборачивались к нам, кое-где мужчины, привлеченные столь неотразимой для мужчин перспективой славной заварушки, уже вставали на ноги. Все шло как нельзя хуже, и никакой пользы от такого оборота событий я не предвидела.

Объясняться с Адамом было некогда, нужно было разобраться во всем до конца, просить прощения буду потом, решила я.

— Но как же он рассчитывал исполнить прилюдно песню Мики — и чтобы вы его не разоблачили?

— Джордан у нас гений! — фыркнула Клэр.

— Вы не сумеете доказать, что песня ему не принадлежит, — напомнил Кайл.

Клэр побелела, задвигала беззвучно губами. Грэй все так же сидел в ложе, обхватив голову руками, смирившись с поражением.

— Но пленки... — Впервые я увидела Клэр растерянной и растерялась сама.

— Копий у вас не осталось, сам Мика эти песни до ума не довел, — на полуслове подхватила я ее мысль.

— Какая разница? — Адам рвался в бой.

— Адам! — безошибочно угадав его настроение, строго окликнул Кайл.

— Оставьте его! — потребовала Клэр.

— Лучше бы его остановить! — И я ринулась вслед за Адамом.

Песня достигла кульминации, Джордан умелой рукой терзал струны, ноты сливались в единый гармоничный, эмоциональный стон, и публика дружно поднялась, покачиваясь, гудя в такт, словно все давно знали слова этой песни, как будто не впервые она прозвучала в тот день со сцены. Однако не успел замереть последний, протестующий аккорд, как Адам одним прыжком взлетел на сцену и аккуратно врезал Джордану прямо в челюсть. Джордан полетел на басиста, сверху на них прыгнул Адам, заработал кулаками. Музыканты и публика завопили в унисон, барабанщик и клавишник попытались растащить противников, Кайл уже подбегал к сцене, и я оказалась у него в кильватере, но Кэссиди и Трисия вовремя остановили меня. Аарону вскочить на сцену вслед за Кайлом они не препятствовали, а возле меня уже пыхтел Кенни, только что не повизгивал, словно щенок, который просится с поводка.

— Вперед, Кенни, — поощрила я. — Если не для прессы, так для судебного разбирательства — фотографируй!

И Кенни защелкал камерой, запечатлевая побоище. Клэр стало не с кем ругаться, и она, по обыкновению, накинулась на меня.

— Это все ты затеяла! — верещала она.

Кэссиди и Трисия, непривычные к ее выходкам, только рты разинули, а я ответила четким афоризмом:

— Жить намного легче, если перекладывать ответственность на других.

— Кстати насчет ответственности, — спохватилась Кэссиди. — Вечеринка-то вышла из-под контроля. — И правда, даже в дальних темных уголках клуба люди начали соображать, что перед ними разворачивается отнюдь не постановочная сцена. Паника пока не разразилась, никаких истерических воплей, но все разговоры замерли, охранники стояли наготове, все выжидали, чем обернется ссора братьев. В итоге Кайлу и Аарону удалось оттащить Адама от Джордана, и Джордан зачем-то спрыгнул со сцены. Увы, в тот же момент весь оркестр накинулся на Аарона и Кайла, не поняв их добрых намерений, и освободил Адама, тот спрыгнул со сцены вслед за братом, и они, как это ни смешно, стали драться подушками.

Джордан выдрал длинный валик из-под фотомодели, чей тощий зад никак не мог удобно примоститься без мягкой опоры, и с размаху швырнул его в Адама. Адам чуть не упал, но устоял, и тут какой-то благожелатель — боже, да это Райза! — вложил ему в руки такое же оружие, и Адам со всей дури шмякнул подушкой

Джордана. Тот столь же звучно вмазал Адаму по лицу и груди, но Райза и ее приятельницы уже расхватывали подушки, чтобы радостно присоединиться к драке.

Трисия помчалась звать подкрепление, охранников в зале было маловато. Приняв драку подушками за игру, гости охотно присоединились к веселью. С умопомрачительной быстротой расфуфыренные и тщательно причесанные дамы превратились в вопящий детсад, кавалеры не отставали. Модные туфельки полетели во все стороны, дамы сбрасывали их, чтобы устойчивее держаться в бою, мужчины снимали сшитые на заказ пиджаки, играли бицепсами, а благоразумные официанты искали укрытия. Кенни скакал по всему залу, точно помощник осветителя, который требуется то тут, то там. В обстановку безумного чаепития идеально вписался Грэй — позабыл печаль, влез на сцену, уселся за рояль и давай наяривать странные, сумасшедшие блюзы, неистовую мелодию — "Песнь хаоса", вот как бы я ее назвала.

По привычке я рвалась в эпицентр, разнимать братьев, но и Клэр оставлять без присмотра не хотелось. Хуже того: я заметила, как Оливия пробирается к тому месту, где мои мальчики и сочувствующие дрались с ее мальчиками, не обращая внимания на толкающихся и сражающихся подушками гостей. Ясно: мне понадобится помощь немногих оставшихся рядом союзников.

— Не выпускай ее, — велела я Кэссиди, указывая на дымившуюся рядом с нами Клэр.

— Если что, сбить ее с ног и сесть сверху? — деловито осведомилась подруга.

— Конечно, садись. Подушки-то закончились, — великодушно разрешила я.

— Вы не можете обращаться со мной словно с какой-то хулиганкой! — возмутилась Клэр.

— Еще как можем! — заверила ее Кэссиди. — Хотите попробовать?

— Вы все еще думаете, что я к этому причастна? — Теперь уж Клэр готова была воззвать и ко мне.

Моя теория распадалась с опасной быстротой, но все же я не могла отделаться от мысли, что каким-то боком Клэр ко всему этому причастна.

— Может быть, вы убили Рассела за то, что он отдал пленки Джордану, а теперь хотите добиться всеобщего сочувствия, разоблачив Джордана?

— Его я разоблачу, можешь мне поверить! — Накопленная за двадцать пять лет ярость прорвала плотину. — Но в смерти Рассела я не виновата!

— Следи за ней, — еще раз велела я Кэссиди и попыталась пробраться между летающими в воздухе подушками и почти что летающими локтями и коленями туда, где Кайл с Аароном при поддержке молодцов из охраны разнимали Джордана и Адама и витала печальным призраком Оливия.

Трисия поднялась на сцену и уговорила Грэя на миг прервать блюз Безумного шляпника и дать ей возможность крикнуть в микрофон:

— Леди и джентльмены, мы просим вас оставить подушки в покое и послушать следующую песню. Пока вы расходитесь по местам, наш гость, Грэй Бенедек, сыграет нам еще блюз, а потом мы снова пригласим на сцену Джордана.

К счастью, толпа охотно подчинилась. Все побросали подушки и принялись с энтузиазмом хлопать, а Грэй с неменьшим энтузиазмом заколотил по клавишам. Барабанщик и басист вернулись к своим инструментам и поддержали Грэя. Почти все теперь смотрели на сцену, только маленькая группка людей оставалась вокруг Адама и Джордана. Кенни кружил рядом с ними, но руку с фотоаппаратом, приличия ради, опустил.

— Я не пущу его на сцену! — бушевал Адам. Кайл, стоя за спиной Джордана, держал его за руки, Аарон точно так же удерживал Адама, и все равно лица братьев почти соприкасались. Охранники стояли наготове, но Кайл, покачав головой, дал им понять, что справится и сам.

— Почему? Чего ты бесишься? — возмутился Джордан.

— Ты украл песню моей мамы, засранец!

— Твоя мать врушка.

— Джордан, Джордан, — вмешалась я, судорожно отыскивая в запасниках дипломатический тон. — Давай выложим все карты на стол, пока никто не пострадал. Откуда взялась эта песня?

— Это моя песня.

— Джордан... — страдальчески выговорила Трисия.

Джордан обернулся к ней и с минуту смотрел ей в глаза, потом оглядел всех нас, ко мне его взгляд вернулся в последнюю очередь.

— Ладно, хорошо. Ее написал кто-то другой.

— "Кто-то другой"! — завопил Адам. — Папа написал ее. Написал для моей мамы!

— Нет, нет! — почти так же громко закричал Джордан. — Это не он.

— Эта песня была на "пленках из отеля", брат!

— Нет! — Джордана уже трясло.

— Джордан, мама ее слышала!

Вывернув шею, Джордан попытался оглядеть клуб, насколько позволяли зажатые Кайлом руки.

— Не может быть! Где она?

— Клэр? — уточнила я.

— *Моя* мама.

— Деточка малая! — брезгливо поморщился Адам.

— Ты не понимаешь, Адам! Это она сочинила песню и дала мне. Выручила меня, когда я застрял с новым альбомом. Сказала, это ее подарок и пусть все остается в тайне.

Адам насмешливо фыркнул. Видя, что драка не состоится, Кайл отпустил Джордана. Тот закружил среди нас, высматривая Бонни.

— Мама? — неуверенно позвал он.

Я была права: мать убьет кого угодно, чтобы обеспечить сыночку его "право", его рок-н-ролльное наследство.

Я была не права: я ставила не на ту мать.

19

— Я снова отправлюсь в турне!

Источая пот, возбуждение, брызги шампанского, Грэй Бенедек слетел со сцены так, словно его поджидала толпа неистовых поклонников, а не доведенные до истерики Кроули и компания.

— Это было прекрасно! Ребята, вам понравилось? Могли бы поблагодарить меня за то, что не дал веселью угаснуть.

Я хотела тихонько отвести его в сторону и все объяснить, но Клэр опередила меня. Подошла к своему дружку вплотную, вздернула подбородок — королева гневается.

— Залезь обратно и посмотри, обратит ли на тебя хоть кто-то внимание. Охота же шута из себя разыгрывать. Наверное, и твое выступление приняли за пародию.

— Пародия? — Такого Грэй никак не ожидал. — Моя музыка — настоящая, не шутка и не пародия.

Кайл и Трисия пробежали по коридору, за ними спешили охранники.

— В клубе ее нет. — Ребята успели все проверить, а мы — Кэссиди, Аарон и я — тем временем проводили Джордана и Ко за сцену.

— Кого нет? — удивился Грэй.

— Пьян ты, что ли? — Затопала ногами Клэр, чуть каблук не отвалился. — Бонни украла пленки и отдала песни Джордану. Ты же слышал, что он пел? Ты не смог узнать песню Мики?

Грэй с печальной ностальгической улыбкой посмотрел на своего протеже.

— Я подумал — наконец-то он вернулся к источнику.

Джордан рухнул на стул, голова его под невыносимым грузом опускалась все ниже, ниже.

— Где уж мне, — пробормотал он.

— Ты забыл эту песню? — настаивала Клэр.

— Боюсь, весь тот год выпал у меня из памяти, — признался Грэй.

— Джордан, — дернула я парня, — куда могла пойти твоя мать?

— Не знаю, — тупо отвечал он: все никак не мог постичь, на что его мать решилась — и ради него.

— Может сбежать, — проворчал Кайл, пощипывая нижнюю губу.

— Пошлите за ней полицию! — возбудилась Оливия. — Сигнал всем постам.

— Не годится, — возразил Кайл.

— Расставим новую ловушку, — торопливо заговорила я, на ходу прикидывая варианты. Просить Джордана о помощи было некрасиво, но другого выхода я не видела. — Джордан, где твой мобильник?

С тяжелым вздохом Джордан приподнялся, чтобы посмотреть мне в глаза. По его взгляду я поняла — он не то чтобы доверился мне, просто у него больше не было сил сопротивляться. Вялым движением руки он указал в сторону гримерки:

— В кармане куртки.

— Полагаю, номер Бонни забит в память? — Он кивнул. — Отлично. Оливия, несите сюда телефон. Джордан, ты вернешься на сцену. Играй, пой, все равно, чьи песни — пой из старого альбома "Ху", если хочешь, только пой. Адам и Грэй — вы пойдете вместе с ним.

— Ни за что, — отрезал Адам, злобно поглядывая на сводного брата.

— Адам, Джордан. Попробуйте все-таки понять. Годы ревности, ссор, взаимных подначек и подсиживания. Ваши матери использовали вас словно пешек в своей борьбе.

— Минуточку! — запротестовала Клэр.

Да, мне было совестно, что я подозревала ее в убийстве, но это еще не повод заткнуться.

— Сейчас речь идет не об этом. Забудьте все и постарайтесь воздать должное двум людям, которые всегда любили вас и поступали с вами по-честному. Один из них умер, защищая вас. Загляните поглубже в свое сердце — не найдется ли там толика братской любви? Любви к Расселу, любви к вашему отцу?

Я была готова к любому ответу, но Адам молча шагнул вперед и встал рядом с Джорданом, положив руку на плечо брату. Джордан почти невольно поднял руку и обнял Адама за талию. Мальчиков растили в ненависти, их отношения изуродованы и искажены, и все же братья остаются братьями.

И только Грэй еще хмурился и качал головой.

— Мы оба играем на синтезаторе, — заявил он, тыча пальцем в Адама.

Адам только вздохнул и двинулся к сцене, увлекая за собой Джордана.

— Полно тебе, Грэй. Садись за рояль, я за синтезатор.

Клэр бросилась наперерез:

— Что ты делаешь, Адам?

— Делаю, что Молли советует.

Мамочке это пришлось не по вкусу.

— Ты не знаешь, что она задумала. С какой стати подыгрывать ей?

— Потому что она все правильно сказала про папу и Рассела. Впервые за много лет я встретил человека, который не врет и не льстит мне. Я доверяю Молли.

Клэр не сразу нашлась с ответом, и Адам так и увел за собой Джордана. В мою сторону он даже не поглядел. Грэй брел следом — сбитый с толку, но пальцы его подергивались в предвкушении музыки.

Опомнившись, Клэр бросила мне:

— И что теперь?

Ее резкий голос перекрыл вопли толпы, приветствовавшей возвращение молодых Кроули.

— Вам придется сделать заявление для прессы, — ответила я.

— И не подумаю. Это частное, семейное дело.

— Ничто в вашей семье не остается частным делом. И вы сами тому причиной.

Подскочила Оливия с мобильником Джордана в руках:

— Молли, клянусь, Джордан ничего не знал...

— Охотно верю. А теперь ты будешь вместо Джордана: напиши с его телефона Бонни, мол, куда ж она делась, Клэр собирается сделать заявление для прессы о скором выпуске "пленок из отеля", Бонни должна срочно вернуться.

Пальцы Оливии запорхали над клавиатурой. Клэр властным жестом попыталась ее остановить:

— Оливия, прекрати!

Оливия, надо отдать ей должное, продолжала печатать сообщение, не обращая внимания на Клэр.

— Я не стану в этом участвовать!

— Отлично. Оливия, пишите: "Адам собирается сделать заявление", пусть нашим героем станет Адам, — подсказала я. Оливия, не отрывая взгляда от телефона, только кивнула.

— Каким еще героем?

— Заманит Бонни в ловушку и изобличит ее.

Музыка зазвучала вновь, группа играла песню из первого альбома Джордана, "Пыль мечты", и толпа радостно ухала. Клэр облизнула губы, как бы предвкушая сладкий вкус торжества: ниспровергнуть Бонни после того, как двадцать лет делила с ней корону да еще притворялась, будто ей это нравится.

— Пиши меня, а не Адама.

— Я сразу написала тебя и не меняла. Семейная динамика довольно-таки предсказуемая вещь, — профессиональным тоном заметила Оливия и, не удержавшись, тоже отведала сладенького: — Ты уж, ради моего отца, не испорть дело. — Оливия в последний раз нажала клавишу, отправляя сообщение, и обернулась ко мне:

— Что теперь?

Кэссиди и Аарон вышли вместе с Кенни пригласить журналистов.

Трисия и Оливия поговорили с Райзой и Питером, дали каждому из них номер Бонни и попросили написать ей: как же так, почему она не участвует в лицензированном выпуске "пленок из отеля".

Мы с Кайлом отвели Клэр в гримерную, чтобы она успокоилась и подготовилась к выступлению.

— У тебя есть план Б на случай, если этот не сработает? — иронично поинтересовалась Клэр, накладывая макияж. Когда она проводила помадой по губам, я заметила, что руки ее дрожат.

— Если что, будете все валить на меня, — жизнерадостно предложила я. Если мой паровоз сойдет с рельс, меня по-любому уволят, терять нечего.

Мобильный Джордана настойчиво заверещал у меня в руке. Короткое сообщение от Бонни: "Ща прду, затки Лживой Суке рот".

Услышав этот звук, Клэр выпрямилась:

— Бонни? Что она пишет?

— “Сейчас приду...” — начала я читать, но решила полностью текст не озвучивать. Повернув экран так, чтобы Клэр могла сама прочесть сообщение, я невинно поинтересовалась: — Это у нее такое ласковое прозвище для вас?

Клэр глянула, оттолкнула мою руку с телефоном и вдвое усерднее занялась макияжем. Кайл пристально рассматривал носки своей обуви. Что он там нашел интересного?

— Как ты собираешься выстроить сцену? — спросил он меня наконец.

— Папарацци уже собрались и ждут исторического заявления.

— Что вы им скажете? — Это уже Клэр.

— Скажу, что я нашла пленки. Тогда вам придется выступить вперед и опровергнуть мое заявление, потому что на самом деле пленки у вас.

Перехватив в зеркале ненавистнический взгляд Клэр, я покачала головой:

— Полно, что прикидываться? После того как вы дали мне взятку и ваш дружок накачал наркотиками вашего же сына...

На этот раз гримаса отвращения была искренней:

— Не называйте его моим дружком!

Я хотела было обратить ее внимание на тот занятный факт, что из всех пунктов обвинения она отвергла только этот, но Кайл поспешил вернуться к основному сюжету:

— Итак, папарацци собрались, слюна каплет изо рта...

Я набрала в грудь воздуху и продолжала:

— Выходит Клэр и говорит, что пленки у нее и скоро будет подготовлен массовый тираж. Бонни закатывает истерику, ведь на самом деле пленки у нее. Трисия зовет охрану усмирить Бонни, твои приятели из соседнего участка прибегают на помощь, и тут-то и выясняется, что за похищением пленок скрывается нечто поважнее.

Проще некуда, верно?

И так хорошо все начиналось...

Стоявшая на стреме Кэссиди предупредила меня в тот момент, когда к подъезду причалило такси Бонни. Аарон спустил с цепи папарацци, которые ожидали снаружи: Кэссиди и Аарон успели им рассказать, что внутри разразился скандал и Бонни ушла во гневе, но похоже, вот-вот вернется свести счеты с Клэр. Толпа фотографов задержала Бонни у входа, и Трисия успела подать Адаму и Джордану сигнал закончить песню, чтобы Джордан мог обратиться к публике.

— Между мной и Адамом и между другими членами нашей семьи в последнее время много чего произошло, — с привычной искренностью и открытостью поведал он жадно внимавшей толпе. — Накипело всякое, нам самим жаль, что так вышло. Но теперь мы снова играем рок и все у нас прикольно — рок-н-ролльно, верно? — Фаны восторженно завопили, Джордан расплылся в улыбке. — Споем и еще, но сейчас я приглашаю на сцену истинную королеву рок-н-ролльного мира Клэр Кроули — у нее для вас сюрприз.

Клэр не двигалась с места. Испугалась или вдруг застроптивилась, кто ж ее поймет? Я слегка подтолкнула ее в спину:

— Вы справитесь, Клэр! — Боюсь, это прозвучало не как поощрение, а как угроза.

— Разумеется, справлюсь, — передернула она плечиками и выплыла в зал: голова гордо запрокинута, руки распахнуты, словно для аплодисментов, вдова, наследница и чуть ли не перевоплощение Мики.

Я двинулась было за ней, но Кайл перехватил меня.

— Стой тут. Лучший наблюдательный пункт, — негромко сказал он, прочесывая взглядом толпу. — Нужно следить за Бонни с той минуты, как она войдет в зал.

— Добрый вечер, — заговорила Клэр хрипловатым, сексуальным голосом. — Какие у нас замечательные мальчики, правда? — Толпа рукоплесканием выразила согласие. — Я горжусь ими обоими. Два брата, и оба такие талантливые. — Она распахнула объятия, и мальчики прижались к ней с обеих сторон.

— Бинго! — шепнул мне Кайл, указывая на дверь. Бонни вошла и остановилась, не смешиваясь с толпой.

— Мне жаль прерывать их, но мы все решили, что настало время для очень важного объявления. Много лет ходили слухи о записях, которые их отец, Мика Кроули, делал во время гастролей.

— Бинокль бы мне, — пожаловалась я Кайлу, хотя и невооруженным глазом прекрасно видела гримасу гнева на красивом лице Бонни.

— Сегодня я с радостью и гордостью впервые открыто объявляю: пленки существуют! — Голос Клэр вибрировал, наполняясь эмоциями. Аудитория затаила дыхание. — С помощью Джордана, Адама и Грэя Бенедека я выпущу их на нескольких дисках и...

— Ты, ты, при чем тут ты! — от двери завопила Бонни.

— Поехали! — шепнул Кайл.

Я скрестила пальцы на счастье: только бы Бонни с начала до конца вела себя так, как я предугадала. На миг пульс у меня забился чаще и тревожнее: я припомнила, что с Бонни я общалась куда меньше, чем с другими членами семейства Кроули, и не могу с такой точностью предвидеть ее реакции. Но ничего, подбодрила я себя, все образуется.

Фотографы проталкивались к сцене, вынуждая публику расступиться, среди испуганного шепота и восторженных ахов Бонни тоже выступила вперед.

Клэр отошла от микрофона и обратилась к Бонни как бы приватно:

— Бонни...

— Что — Бонни?! — завопила та, надвигаясь. — Бонни, отойди в сторонку, уступи мне сцену? Бонни, сиди тихо, не лезь? Бонни — шлюха, ее сын ублюдок? Наша Клэр, королева рок-н-ролльного мира, настоящая жена короля? Такая снисходительная, все понимающая. Хранительница традиции. Нечего тебе хранить, кроме собственной лжи. Что ты тут несешь? Какую ложь скармливаешь публике на этот раз?

Народ давно поднялся на ноги, пританцовывая под музыку, но сейчас все сели и притихли, только щелкали телефонные камеры. Где же Райза, Питер, Генри и Эйлин, как им нравится заварившаяся каша?

Бонни взбежала по ступенькам на сцену, и Клэр тревожно оглянулась на меня. Я кивнула, подбадривая. Джордан сделал шаг навстречу матери, но Адам и Грэй его удержали. Бонни даже не заметила этого, она не видела сына, она смотрела только на Клэр.

— Я не лгу. — Клэр снова воспользовалась микрофоном.

— Лжешь! — перекричала ее Бонни. — Пленки-то у меня!

Я чуть было не вскинула руки, торжествуя, но нельзя было сбивать Клэр. Кайл, настроенный на одну со мной волну, крепко сжал мою руку.

— Это ты лжешь! — Лицо Клэр разрумянилось, про публику она забыла.

Она забыла, но не Бонни. Обернувшись к залу, она играла на зрителей. Звезда реалити-шоу: нет секретов, столь опасных и постыдных, чтобы их стоило утаить, если можно хоть на минутку позабавить ими народ. Бонни только что ресницами не хлопала, изображая обиженную невинность:

— Она хочет оттереть меня! Она всегда меня оттирает! А кто вдохновил Мику на лучшие его песни? Кто подарил ему гениального сына?

— Она срывает концерт, — шепнул мне Кайл. — Этого довольно: пусть Трисия вызывает охранников. Прямо сейчас.

Пока я возилась с телефоном, Джордан успел высунуться.

— Не надо, мама! — воззвал он и протянул к ней руку, но Бонни увернулась, торжествующим жестом извлекла самую простую на вид кассету из висевшей у нее на плече сумки от

Ива Сен-Лорана и высоко подняла кассету над головой. Публика заахала, узрев священную реликвию — ни дать ни взять чаша Грааля.

— Как хорошо, что вы все здесь собрались, — сказала Бонни, обращаясь к публике. — Мика любил вас.

— Ага, ты знаешь, что любил Мика! — фыркнула Клэр.

— Он любил меня. Тебя он жалел! — Улыбкой Бонни дала зрителям понять: она-то знает, на чьей они стороне. По залу пронеслись смешки, люди усаживались поудобнее, предвкушая бонус к вечернему концерту: хорошенькую драку между двумя сучками. — И я любила его больше всех, — упоенно продолжала Бонни, — поэтому именно мне суждено вернуть миру его великую музыку. Я заслужила это право.

— Вот чего ты заслуживаешь! — вмешалась Оливия, выходя на сцену и наставив на Бонни пистолет.

А это уж, пожалуй, чересчур даже для бонуса к концерту. Кто-то в зале визжал и прятался под сиденье, более отважные щелкали камерами, Адам оттаскивал Клэр в сторону, чтоб не попала под раздачу, Джордан застыл на месте, так что его пришлось оттаскивать Грэю. Кайл рванулся на сцену, и я за ним, понимая, что охрана теперь прибежит и без моего звонка. Но поскольку Кайл остановился в двух шагах

мне, я сразу же приехала и попыталась его урезонить, я дала ему таблетки, чтобы он хоть немного успокоился, чтобы у меня было время подумать. Я же не знала, что он и сам уже накачался, Оливия, мне так жаль, так жаль!

Ни звука, ни вспышки молнии. Люди замерли, оцепенели перед этими бесстыдно обнаженными эмоциями, перед столь откровенным признанием в убийстве. Одна только Клэр улыбалась: наконец-то ее вечная соперница разоблачена и унижена.

Итак, Бонни украла пару кассет в надежде, что Рассел ничего не заметит. После его смерти она унесла из квартиры все кассеты, чтобы никто больше не мог их прослушать и разоблачить Джордана как *слишком* точную копию Мики.

— Верни кассеты, — потребовала Оливия, свободной рукой вырывая у Бонни сумку.

— Они мои, мои! — завизжала Бонни, цепляясь за сумку. — Я же не нарочно....

В тот же миг Клэр прыгнула на Бонни, и Бонни, отшатнувшись и потянув на себя сумку, рванула к себе Оливию. Слава богу, та не выстрелила: ее гораздо больше интересовала сумка Бонни, она дернула ее на себя, чтобы заполучить пленки (а заодно устоять на ногах). Сумка рухнула на пол, извергнув с десяток кассет. Бонни рухнула прямо на них, сверху ее оседлала Клэр, вопя, кусаясь, пиная соперницу ногами. Оливия, отшвырнув пистолет, присоединилась к свалке.

Зрители из передних рядов прихлынули к сцене — помочь или полюбоваться, кто их разберет, но задние ряды отталкивали их, пробиваясь к сцене, а кто поблагоразумнее — спешил на выход, и все завихрилось множеством водоворотов.

Кайл подобрал пистолет, затем ухватил Оливию за лодыжку и стащил ее с обеих вдов Кроули. Джордан, Адам и Грэй нырнули на пол, словно футболисты, занесшие мяч в очковую зону. Разнимать мамаш никто не хотел, им главное было подобрать пленки, пока зрители до них не добрались. Честь оттаскивать Клэр от Бонни и Бонни от Клэр выпала на мою долю.

Мужская драка бывает страшна, женская — вдвое ужаснее. Барахтаясь с ними на полу, я только поспевала уворачиваться от локтей, колен и клыков — не может быть столько всего у двоих женщин, стая гиен какая-то! К тому времени, как до нас добралась охрана, я уже выдохлась, считала на себе синяки и радовалась профессиональной помощи.

Кайл передал охранникам также и Оливию: поделом, нечего пистолетом размахивать.

Кайл помог мне подняться с пола; парни собрали пленки и тоже поднялись. Кэссиди и Аарон ринулись к нам, ощупали со всех сторон, проверяя, сильно ли нам досталось. Трисия завладела микрофоном, чтобы объявить публике: концерт окончен, просьба не расходиться, полиции нужны свидетельские показания. Пауза — и зал вдруг взорвался аплодисментами, люди заулыбались, принялись болтать, посылать сообщения и звонить, чтобы разнести новости по всему городу, прежде чем главные герои успеют хотя бы выйти за дверь.

— Вас ждут в полиции, — предупредил Кайл братьев Кроули и Грэя.

Грэй обеими руками сжимал кассеты.

— Нельзя ли сперва пристроить их в безопасном месте? — взмолился он.

— Надо спросить детективов, — задумался Кайл. — Это вещественное доказательство.

— Вещественное доказательство? Тогда мы их сто лет назад не получим! — простонал Грэй.

— Их надо сжечь, — угрюмо проворчал Джордан. Он положил руку на плечо брату, и Адам отрешенно кивнул, соглашаясь.

— Пусть сначала полиция разберется, — повторила я вслед за Кайлом.

Жестом Кайл попросил парней спускаться со сцены и протянул мне руку:

— Идем!

— Нет, — возразила я. — Не хочу нарушать твои границы. Отныне дело в твоих руках.

— Уважать границы и перекладывать проблему на чужие плечи — не одно и то же, — поддразнил он меня. — Спасибо, конечно, но мы пойдем вместе.

— Я не хотела вовлекать тебя — до такой степени. — Сойдет за извинение?

— Вот и хорошо.

— И все-таки спасибо за помощь.

— Мое великодушие имеет свои пределы.

— Например? — поинтересовалась я, беря его под руку.

— Я не стану покупать тебе их диски.

20

— С чего ты решила, что это сойдет тебе с рук?

Почему бы этот вопрос не задать Бонни, которую допрашивают в связи со смертью Рассела, или Клэр, затеявшей публичную драку, или Оливии, Джордану, Адаму — где они укроются от скандала? Нет, Бен, напарник Кайла, первым делом обратился с этим вопросом ко мне, едва переступил порог Первого Участка, где Кайл и другие офицеры пытались навести хоть какой-то порядок.

— Это был удачный ход, так мне казалось, — протянула я.

— Удачный ход и авантюра — две разные вещи, вбей себе это в башку, — не унимался Бен.

— Зато сработало! — не утерпела я.

— Ага, сработало.

— И он не порвал со мной. — Я постаралась, чтобы это прозвучало как утверждение, а не как вопрос.

— Да, вы снова парочка, — кивнул Бен. — Это здорово.

— Ага! — Не удержавшись, я расплылась в улыбке. Адреналин уходил, не оставляя после себя ни липкого чувства вины, ни урчания в животе, каким мой организм обычно предупреждал: что-то неладно. Всю дорогу я была с Кайлом честна и откровенна и теперь пожинала плоды. Каждый раз, поймав мой взгляд с другого конца комнаты — вернее, сумасшедшего дома, — Кайл подбадривал меня улыбкой. Это и правда было здорово.

А еще лучше стало несколько часов спустя, когда мы вошли в мою квартиру и заперли за собой дверь.

— Запираешь, чтобы меня не выпустить или чтобы их не впустить? — подмигнул Кайл.

Понадобится не один день, чтобы привести в порядок события и чувства, но пока что у нас было несколько свободных часов плюс наша квартира и никаких помех. Трисия заявила, что в выходные будет отсыпаться, у Аарона и Кэссиди намечался свой собственный праздник воссоединения, а клан Кроули–Эллиотов готовил заявление для прессы с просьбой оставить их в покое и дать пережить трудные времена.

— Не знаю, как и благодарить тебя, — заспешила я, опасаясь, что Кайл и в этот раз не захочет остаться.

— Давай прикинем как. — Он завладел моей рукой и целовал ладошку. — Перепробуем все способы, один за другим, — продолжал он, легонько обводя большим пальцем каждый мой палец, и я уже не могла унять дрожь. — В нашем распоряжении целых два дня.

Мы предоставили голосовой и электронной почте накапливать сообщения, трубку с телефона снимали только для того, чтобы сделать заказ, и полностью посвятили выходные восстановлению отношений — не торопясь и пробуя все способы один за другим.

И это было прекрасно, однако в понедельник утром реальный мир призвал нас к себе: Кайл отправился в свой участок, а я — я пришла в себя в конференц-зале, плагиаторский ответ передо мной, Дорри напротив. Уточню: по пути я заглянула к Адриенне, и та выложила передо мной список паролей, ни о чем не спросив, хотя, уверена, Скайлер успела пустить слушок. Однако Дорри этот слух не достиг, судя по тому, как она просияла улыбкой, когда я пригласила ее следовать за мной.

Теперь ее улыбка погасла. Она сидела передо мной, отводя глаза, тугим жгутом скручивая носовой платок и пытаясь подобрать слова.

— Им нужна вторая Молли, — наконец, выдавила она.

— Мы искали *нового* ведущего колонки, — возразила я. — Эйлин была бы счастлива, если б удалось найти совсем другого человека. Свежий голос.

Дорри печально покачала головой:

— Колонка прекрасна, как она есть.

— Да, мне было интересно ее вести. Но как может быть интересно вести колонку — вообще что-то делать на этом свете, — если ты перестанешь быть собой? — Я смотрела, как Дорри комкает в руках платок, а думала о Джордане и Адаме, о том, как братья боролись с могучей тенью отца, искали каждый свой собственный голос и страдали от мучительного страха, думая, что голоса у них вовсе нет или же никому такой голос не нужен. — Что бы ты стала делать, если бы получила работу?

— Об этом я пока не думала. — Дорри плаксиво сморщила нос. — В архиве много твоих ответов.

— И ты думала, я не замечу, как они пойдут в ход?

— Я думала, тебе понравится, что я так точно подражаю тебе, — с неожиданной гордостью сказала она.

— Что уж лестного в таком подражании, Дорри? Да и не подражание это, а плагиат.

— Ты хочешь меня уволить?

— Это не мое дело. Придется обсудить ситуацию с Эйлин и Генри.

— Но ты *хочешь* меня уволить.

— Нет, я хочу помочь тебе, чтобы ты стала самой собой.

— Понятия не имею, кто я, — призналась Дорри, и последние остатки тщеславия покинули ее голос.

— Все мы гонимся, сами не зная за чем и за кем, — утешила я.

Мне хотелось поглубже разобраться в ситуации, найти в ней мораль, какой-то смысл, потому что Дорри было жаль, и я не понимала, с какой стати она подражает такой неумехе, как я. Хотя бы из суеверия я хотела проявить великодушие, а то у меня как-то чересчур хорошо все складывалось.

От суеверных страхов меня избавил визит в кабинет Эйлин — тут же и перестало все хорошо складываться. На лице редакторши расплылась довольная улыбка мелкого хищника, полакомившегося канарейкой, а улыбка на лице Генри была не столь цветущей.

— Мы как раз говорили о тебе! — Эйлин распахнула объятия, но этот жест больше напоминал призыв императрицы к собравшейся в Колизее публике: давайте, ребята, тычьте пальцем вниз, пусть раненого гладиатора прикончат!

— Простите, что не добралась до вас в Ночь Подушечных Битв, — извинилась я. — Тут такие дела...

— Некоторым людям хватает здравого смысла уйти, когда начинаются "такие дела", — заявила Эйлин. — Лично я не собираюсь в очередной раз получать травмы только потому, что тебе вздумалось развязать войнушку. Ты простых путей не ищешь, верно я говорю? — И все это она произносила с улыбкой победительницы, свободно взмахивая руками.

— Отличная статья, — вмешался, наконец, Генри. — Поздравляю!

— Спасибо вам обоим. Вы предоставили мне такую возможность...

— Ты это заслужила, — кивнул Генри. — Желаю тебе и впредь удачи.

Это прозвучало так, словно Генри уже не будет здесь, когда я напишу следующую — ведь я напишу следующую? — статью. Эйлин не замедлила разъяснить ситуацию:

— Приятные новости не только у тебя. Генри пошел на повышение — он уходит от нас.

— Поздравляю, — сказала я, пожимая Генри руку и лихорадочно соображая, что же означает тон Эйлин. Она завидует Генри или радуется тому, каких дел натворит без его присмотра?

— Официальное сообщение ожидается на неделе, но в "Пиллоу" я наткнулся на Питера Малкахи, который уже знает, так что слухи, очевидно, просочились.

— Где Питер, там и слухи, — проворчала я. — Так это "Право особого доступа"?

— Наш Издатель приобрел "Право", — кивнул Генри, — и предложил мне возглавить редакцию, встряхнуть их там хорошенько.

— Замечательно! Это будет интересно. Только мы тут будем скучать, — искренне призналась я, рассчитывая, что Генри поймет намек: без его поддержки мне придется туго.

— Будем скучать, будем, — протрубила Эйлин. — Хотя скучать нам особо некогда: от нас тоже ждут обновления, так что надо нам присмотреться к самим себе и найти каждому из нас роль в новом, улучшенном "Цайтгайсте"!

Императрица Эйлин махнула рукой, чтобы на арену выпускали хищников, и почти благосклонно улыбнулась мне:

— Теперь насчет колонки.

Я приготовилась к удару. Сейчас она скажет, что в обновленном "Цайтгайсте" моя роль сводится к старой колонке.

— Я так понял, возникла небольшая проблема? — спросил Генри.

— Один конкурсант неправильно понял условия, — уклончиво ответила я, все еще прикидывая, как лучше обойтись с Дорри.

— Кому ты предлагаешь отдать колонку? — нетерпеливо поинтересовалась Эйлин.

— Я предлагаю изменить подход, раз уж мы решились на обновление. Давайте отдадим колонку Скайлер и Карлосу, чтобы они предлагали "мужской" и "женский" взгляд, тогда у наших читателей появится настоящая перспектива, и, может быть, удастся привлечь к журналу интерес также и мужской части аудитории? — К моему удовольствию, здесь, в кабинете Эйлин, мое предложение прозвучало не хуже, чем утром в душе, когда я репетировала эту речь перед Кайлом.

— Отличная мысль! — просиял Генри. — Согласен, это лучшие ответы, и, если мы поручим колонку им обоим, никто не будет в обиде. Прекрасно — рад, что это удалось решить еще при мне.

— Удалось решить? — глухо переспросила Эйлин.

— Мы же договорились, что выбирать будем все втроем, — напомнил Генри.

— Лично я обеими руками за, — залебезила Эйлин. — Вот только что Издатель скажет?

— А его и спрашивать нет нужды, — отмахнулся Генри. — Он сейчас занят новым журналом, этот вопрос предоставил на наше усмотрение. Да ему понравится. Зовите Скайлер и Карлоса.

— Погодите. А что же Дорри? — притормозила Эйлин.

— Тебе понадобится помощница, — торопливо заговорила я. — Это прекрасная возможность, возьми Дорри к себе и покажи ей, что значит быть самой собой, ведь ты-то себе никогда не изменяешь.

Генри насмешливо сощурился, но Эйлин искренне обрадовалась:

— Ты права! Ей нужен пример для подражания, а кому же и подражать, если не мне!

Что касается меня, я считала, что Дорри следует проучить — вот пусть и работает теперь на Эйлин. Бррр!

Сначала мы позвали Карлоса и Скайлер и поздравили их, затем позвали Дорри и сообщили, что ей предоставляется еще один шанс, и к тому же блестящий. После приватных разговоров Генри собрал всех в конференц-зале и сделал общее заявление, а я погрузилась в нирвану, восхищаясь тем, как мне удалось выпутаться из всех трудностей с выгодой для себя, с пользой для журнала, да еще и людям добро сделала.

Из нирваны меня вывел голос Эйлин, вновь призвавшей великую Молли Форрестер к себе в кабинет.

— Вот что усвой напоследок. — Она даже вышла из-за стола и довольно-таки грозно надвинулась на меня. — Обновлением журнала занимаюсь я. Не Генри, и уж ни в коем случае не ты. Сделай одолжение, перестань считать себя такой уж ценной и незаменимой.

— Незаменимых нет, — припомнила я и побрела прочь, опасаясь лопнуть от противоречивых эмоций.

— За неведомое, — подняла я в тот вечер тост, усевшись за столик у "Бемельмана" вместе с Кайлом, Кэссиди, Аароном и Трисией.

— Жаль, что не она уходит. — Трисия имела в виду Эйлин, разумеется. — Вот бы кому я устроила прощальную вечеринку!

— Рано или поздно устроишь, — подбодрила ее Кэссиди. — Молли ее пересидит, вот увидишь.

— Пьем за неведомое, Аарон? — спросил Кайл.

— Область и твоих, и моих профессиональных интересов, — кивнул физик.

— Столкнувшись с неведомым, еще больше начинаешь ценить знакомое, — признался Кайл, сжимая мою руку.

Все, что я любила в жизни, было прямо здесь, за этим столом — мой любимый, мои подруги, новый друг, он же будущий муж моей подруги. Я готова была принять неведомое, и пусть оно станет знакомым.

— Мы открываемся неведомому, и нас ждут сюрпризы, — продолжала я, наблюдая за человеком, который подкрался к Трисии сзади.

— Можно к вам присоединиться? — Джордан мягко опустил руку на плечо Трисии, и она почти не вздрогнула. Свободной рукой Джордан покачал стакан с хайболом, зазвенели кубики льда. — Питье я прихватил с собой.

Трисия подвинулась, Кайл позаимствовал стул из-за соседнего столика — там сидела парочка, столь увлеченная ссорой, что можно было и стол прихватить, они бы не заметили.

— Как ты нас нашел? — спросила своего поклонника Трисия.

— Позвонил Кенни, — усмехнулся Джордан.

Я как-то не думала, что Кенни все еще нацеливает на нас свой радар, но хорошо, что и Джордан радар нацеливает. Оливия посулила мне "безусловное сотрудничество" в работе над статьей, но я не знала, как отреагируют мальчики.

— Не ожидала увидеть тебя, — честно призналась я.

— С какой стати мне прятаться? Я ничего плохого не сделал, — вздохнул он. — И сколько можно сидеть взаперти? Мы с Адамом работали целый день, надо же хоть воздуху глотнуть.

— Работали? — переспросила Кэссиди.

— Сочиняли музыку, — пояснил Джордан. — Вместе. Катарсис, типа. Но у нас... в общем, пока говорить рано, посмотрим, что получится.

Его жизнерадостности можно только позавидовать, особенно если учесть, через что этот мальчик прошел. Но все логично: не стоит тужиться, подгоняя судьбу, наживешь проблемы. Надо верить в главные вещи в жизни — в любовь, в истину, в Бога — и эта вера поможет пережить плохие времена, а уж хорошие как украсит!

— Посмотрим, что получится, — подняла я бокал, и мы чокнулись, а про себя я дала обет стать терпеливой и доверчивой к жизни и не пытаться навязывать всему миру свое мнение и свои желания.

Ну, пока очередной сюжет не подвернется.

Шерил Андерсон

Роковой аккорд

Главный редактор издательства "Иностранка"
О.Морозова
Редактор А.Райская
Корректоры Г.Фролов, О.Левина
Технический редактор Л.Синицына
Компьютерная верстка Т.Коровенкова

ООО "Издательская Группа "Азбука-Аттикус" —
обладатель товарного знака "Издательство Иностранка"
119991, Москва, 5-й Донской проезд, д. 15, стр. 4
Наш адрес в Интернете: www.atticus-group.ru

Подписано в печать 24.07.2010. Формат 84×100/32.
Бумага писчая. Гарнитура "OctavaOSC".
Печать офсетная. Усл. печ. л. 22,5.
Тираж 7000 экз. F-OT-4619-01-R. Заказ № 1260.

Отпечатано в ОАО "Тульская типография"
300600, Тула, проспект Ленина, 109

ПО ВОПРОСАМ РАСПРОСТРАНЕНИЯ ОБРАЩАТЬСЯ:

В Москве: ООО "Издательская Группа "Азбука-Аттикус"
тел. (495) 933-76-00, факс (495) 933-76-19
e-mail: sales@atticus-group.ru

В Санкт-Петербурге:
Филиал ООО "Издательская Группа "Азбука-Аттикус"
тел./факс (812) 325-03-14, (812) 325-03-15

В Киеве: "Махаон-Украина"
тел. (044) 490-99-01
e-mail: sale@machaon.kiev.ua